Peter Friesenhahn
Das rote Skelett am Viadukt

RHEIN
MOSEL
VERLAG

Rhein-Mosel-Verlag
Brandenburg 17, D-56856 Zell/Mosel
Tel. 06542-5151 Fax 06542-61158

ISBN 978-3-89801-063-4
Ausstattung: Cornelia Czerny
Umschlagillustration: Steffi Delfmann
Druck: AALEXX Buchproduktion GmbH

Peter Friesenhahn

Das rote Skelett am Viadukt

Ein neuer Fall für Bodo Kröber

RHEIN-MOSEL-VERLAG

MONTAG

Als die Nadel des Seismographen der Erdbebenwarte Bensberg/Rheinland mit einem kurzen Warnton ausschlug, stand Horst Podinsky von seinem Arbeitsplatz auf und ging zu dem Gerät. Er sah auf die Skala, dann schüttelte er den Kopf und pfiff leise durch die Zähne.

»Allerhand«, murmelte er, »das war was Stärkeres.«

Er ging wieder zu seinem Rechner und verglich die Amplituden und Laufzeiten der Erdbebenwellen. Dann gab er eine Formel in eine Tabelle ein: sofort sah er, wo genau das Beben stattgefunden hatte und wie stark es gewesen war. Er sicherte das Ergebnis und schrieb einen Pressetext: »Ein Erdbeben der Stärke 4,5 auf der Richterskala wurde heute morgen um 10.40 Uhr gemessen. Es war Sekunden lang zu spüren, das Epizentrum lag in zehn Kilometern Tiefe im Neuwieder Becken.«

*

Nico Veith arbeitete in seinem neu gesetzten Weinberg. Ein leichtes Grummeln im Boden weckte ihn aus seinen Gedanken. Er schaute auf das Eisenbahnviadukt unter sich. Es war aber kein Zug da, der solche Vibrationen hätte auslösen können. Plötzlich hörte er links von sich ein Poltern, er drehte sich um und erschrak.

*

Als die Erde bebte, löste sich ein hellgrauer Schieferstein und fiel auf einen darunter liegenden größeren Stein. Der setzte sich in Bewegung und rutschte den steilen Weinberg hinunter. Auf seiner Bahn ins Tal nahm er verwelkte Rebenblätter, abgeschnittene Äste, kleinere Stücke von Bindekordel und größere Steine mit.

Immer mehr Geröll und Blattmaterial kamen hinzu. Jetzt rutschte nichts mehr, sondern es polterte schon mit großer Geschwindigkeit die steile Rebzeile hinunter. Quer liegende Äste wurden zuerst noch mit geschoben, dann aber vom schwereren Gestein überholt und in die Lawine einverleibt. Die ersten Weinbergspfähle knickten zersplitternd um und wurden mitgerissen.

Die kleine Lawine wurde immer größer, lauter und kraftvoller. Eine alte Weinbergsmauer, die ihr im Wege stand, hielt dem enormen Druck, der sich vor ihr aufbaute, nur kurze Zeit stand. Krachend stürzte sie an der schwächsten Stelle ein. Nun riss die Lawine ein Loch in die Mitte der Mauer, dabei kamen Knochen eines menschlichen Skelettes zum Vorschein und setzten sich mit in Bewegung. Die Eckstücke der alten Mauer fielen ohne den Halt der Mittelsteine in sich zusammen und vereinigten sich mit den Gebeinen.

Die groß gewordene Lawine riss auf einer Breite von sechs Metern alles mit, was sich ihr in den Weg stellte. Sie stürzte über die markanten Felsen der Falkenlay, verschüttete den Eingang der Höhle, in der sich Kasimir befand, ergoss sich dann auf das Gleisbett der Bahnlinie Koblenz–Trier und kam schließlich langsam zum Erliegen.

Kleinere Steine rutschten noch nach, einige davon rollten über die Viaduktmauer und fielen in den darunter liegenden Weinberg. Dann war es still.

*

Rudolf Meurer war Lokführer. Jedes Mal, wenn er für die Regionalbahn Koblenz–Trier eingeteilt war, freute er sich, denn diese Strecke mochte er, landschaftlich gesehen war sie einmalig. Im Moseltal verlief eine der schönsten Eisenbahnstrecken, fand er.

Gerade fuhr er an Kobern-Gondorf mit seinem Schloss Liebig vorbei. Dann kam Treis-Karden mit seinem Dom. Schließlich kam die Cochemer Reichsburg in Sicht, der Cochemer Tunnel! Hier konnte er, wenn er Verspätung hatte, auf die Tube drücken und Zeit aufholen.

Die Leute, die er beförderte, kamen aus den Orten an der Mosel, er kannte sie fast alle.

Er bedauerte seine Kollegen, die auf ICEs mit zweihundertfünfzig Sachen durchs Land rasten. Sie mussten oft durch Röhren fahren, in denen sie nichts von der Landschaft sahen. Oder sie fuhren Strecken, auf denen man nur die Schallschutzwände rechts und links der Gleise sah.

Er sah aus dem Fenster: Rechts von ihm auf der anderen Moselseite zog gerade St. Aldegund vorbei, weiter vorne sah er den Ort Alf und die Fähre, die den Fluss querte. Lichtreflexe tanzten auf dem Wasser. Dann kamen die Signale des Bahnhofs Bullay in Sicht. Er legte seine Hand auf die Bremse und zog gleichmäßig den Hebel nach hinten. Der Zug wurde langsamer und während er einfuhr, konnte Meurer schon einige der wartenden Fahrgäste erkennen. Schließlich hielt er am Gleis eins.

Er öffnete das Fenster und rief: »Hallo Bodo, alter Schnüffler! Was hat dich denn so früh aus dem Bett getrieben?«

Bodo, der gerade einsteigen wollte, ging einen Schritt zurück, er schaute nach vorne zur Lokomotive, erkannte den Zugführer und rief lachend: »Das Gartencenter in Trier, Rudolf! Ich suche nach einer neuen Rosensorte für unsere Ranch!«

»Sonst hast du wohl nix zu tun, was?«

»Komm, gib Gas mit deinem Schüttelexpress!«, gab Bodo zurück.

Es stiegen nur wenige Fahrgäste zu. Die Pendler, die morgens nach Trier fuhren, waren schon lange bei der Arbeit. Der Zehn-Uhr-Zwanzig-Zug war ziemlich leer. Als alle eingestiegen waren, pfiff die Zugbegleiterin und hob die Kelle mit der grünen Seite in Richtung Lokomotive. Sie drehte den Türschlüssel und die Türen schlossen sich zischend.

Meurer bewegte den Fahrthebel nach vorne, brummend setzte sich der Zug in Bewegung. Das Gewirr der Gleise verlor sich schnell und die zweigleisige Strecke über die Bullayer Doppelstockbrücke kam in Sicht. Rumpelnd überquerte der Zug die wuchtige Stahlkonstruktion auf der oberen Etage in Richtung Tunnel, während auf der unteren Ebene Autos fuhren. Kurz vorm Tunneleingang befand sich eine Aussichtsplattform, auf der Spaziergänger winkten.

Meurer winkte zurück. Dann fuhr er in den vierhundert Meter langen, leicht gebogenen Prinzenkopftunnel ein. Nur in der Mitte war es kurze Zeit ganz dunkel, dann sah er schon das Licht am Tunnelende.

Der Zug fuhr aus dem Tunnel auf das Viadukt. Rudolf Meurer blinzelte, dann sperrte er erschrocken die Augen auf – und reagierte sofort: Er riss den Bremshebel ruckartig nach hinten, um die Schnellbremsung einzuleiten. Funken sprühten und ein ohrenbetäubendes Kreischen war zu hören. Erika Steffens, die Zugbegleiterin, die gerade Fahrkarten kontrollierte, verlor den Halt und schlug der Länge nach in den Wagen.

Der Zug wurde zwar langsamer, aber der Bremsweg eines Tonnen schweren Zuges ist lang.

Dieses Mal war er zu lang. Krachend fuhr die Lokomotive auf die Geröllmassen auf und neigte sich zur Seite. Die Köpfe der Fahrgäste ruckten nach vorne, diejenigen, die nicht in Fahrtrichtung saßen, schlugen mit dem Hinterkopf in die Polster der Sitze.

Einige Leute schrien. Der Zug stand. Meurer griff zum Telefon und drückte die Notfallnummer. Schwer atmend sagte er: »Regiobahn T65 bei Kilometer 33 Viadukt Pünderich auf Geröllawine aufgefahren. Lawine bedeckt Gleiskörper, sofort Gegengleis sperren.«

*

Nico Veith sah die Geröllawine auf die Gleise stürzen und erschrak. ›Mein Gott, wenn jetzt ein Zug …‹, er hatte den Gedanken noch nicht zu Ende gedacht, da hörte er schon den Regionalexpress aus dem Tunnel kommen. Er fuchtelte wild mit den Armen und schrie laut: »Halt! Stopp! Vorsicht!«, als ob er damit den Zug hätte aufhalten können. Er hörte die Bremsen kreischen, sah, wie der Zug zwar langsamer wurde, dann aber im letzten Augenblick doch noch in die Geröllawine krachte.

*

Claires Hund Bisquit, ein hellbrauner Labrador, lag hinter der Theke im Buchladen auf seiner Wolldecke. Irgendetwas bereitete ihm Unbehagen. Unruhig drehte er den Kopf hin und her, stand auf, drehte sich um sich selber und legte sich wieder hin. Plötzlich fing er an zu knurren, schließlich bellte er kurz und ungewohnt laut. Claire war irritiert – was war denn mit dem Hund los? – doch sie bediente weiter. Sie war gerade dabei, einer Kundin eine Neuerscheinung zu zeigen, als ein dumpfer Schlag das Haus erschütterte. Dann ertönte ein Ächzen, der Boden bewegte sich, die Bücher fielen aus den Regalen, die Kaffeetassen klirrten auf ihren Untertellern, der Ficus am Fenster zitterte und Bisquit jaulte auf.

Die Kundin schrie: »Ein Erdbeben! Schnell, raus auf die Straße!«

»Bisquit, komm mit!«, rief Claire und packte den Hund am Halsband.

Die beiden Frauen rannten hinaus. Aus allen Geschäften kamen Menschen, panisch und aufgeschreckt. Und noch einmal bebte die Erde und alles wackelte.

Dann war ein lautes Krachen zu hören. Voller Entsetzen starrten die Menschen in die Staubwolke, die sich vor ihnen ausbreitete: Der Schornstein eines Hauses war aus den Fugen geraten und auf ein Auto gestürzt. Schwaden von Staub wirbelten durch die Zeller Fußgängerzone.

*

Nico Veith rannte keuchend zu seiner Monorackbahn. Er startete den Motor, stieg auf, legte den Rückwärtsgang ein und fuhr nach unten. Von weitem sah er, wie sich die Türen des Zuges öffneten und die Menschen auf den Gleiskörper sprangen.

Am Ende der stählernen Monorakschiene stoppte er den Motor, stieg ab und lief die letzten Meter durch den Weinberg, der oberhalb des Viadukts lag. Er kletterte über das Geländer und rannte auf dem Betonstreifen bis zu der Gerölllawine, die sich über beide Schienenstränge ergossen hatte.

Der halbe Weinberg von Paul Schier lag auf den Gleisen.

›Na dann mal los‹, dachte Nico und fing an zu klettern. Mühsam kämpfte er sich durch zerbrochene Weinbergspfähle, trat auf zersplitterte Reben, verhakte sich in einem Drahtknäuel und knickte schließlich auf einem langen, rötlich bleichen Knochen um.

Was war das? Er kannte sich mit Knochen aus, sein Großvater hatte ihn oft zur Jagd mitgenommen und er hatte auch zugesehen, wenn die erlegten Wildschweine und Rehe aufgebrochen wurden.

Das hier war kein Tierknochen. Suchend sah er sich um. Nicht weit von diesem Knochen – er glaubte, einen Oberschenkelknochen zu erkennen – lagen noch mehr rötliche Knochen. Das waren Menschenknochen!

Nico stand auf, rieb sich den schmerzenden Knöchel und setzte sich wieder in Bewegung. Da entdeckte er einen vollständig erhaltenen Brustkorb, durchsetzt von Rebenwurzeln. Nicht weit davon sah er weitere Reste eines menschlichen Skeletts – nur der Schädel fehlte.

Nico kratzte sich am Kopf und dachte nach: vorne auf dem Viadukt der verunglückte Zug mit Reisenden, die Hilfe benötigten, hier ein Skelett.

»Manchmal kommt aber auch alles zusammen!«, brummte er. Er wischte sich die Hände an der Hose ab und rutschte weiter bis zur Lok, die mit dem rechten Poller im Bergrutsch steckte. Ihr Blech war verbeult und verzogen, die Lampe eingedrückt und zersplittert. Durch den Aufprall war der Zug in Schieflage geraten.

Bodo hatte mit ein paar Fahrgästen den Zug verlassen, er stand vor dem Erdrutsch und beobachtete, wie Nico, sich mit den Händen abstützend, auf sie zu bewegte.

»Jemand was passiert?«, wollte Nico wissen, als er schließlich angekommen war.

»Sieht nicht so aus«, antwortete Bodo, »das Ding hier ist gerade noch mal gut gegangen! Stell dir vor, wir wären von der Lawine erwischt worden und dann vom Viadukt gestürzt …!«

»Dann könnt'ste jetzt die Radieschen von unten begucken!«, feixte ein Zugpassagier und schaute den Abhang hinunter. »Dreißig Meter sind das bestimmt!«

Einige der Gestrandeten standen auf dem schmalen Betonstreifen neben den Gleisen und telefonierten, andere wiederum hatten sich aufs Geländer gesetzt, auch im Zug saßen noch Leute.

Rudolf Meurer stand neben dem Zug und telefonierte mit der Einsatzleitung: »Nein, keiner verletzt«, sagte er, »deshalb brauchen wir auch keinen Staatsanwalt. Die Bundespolizei kommt sowieso. Die Zeller Polizeiinspektion habe ich schon verständigt, aber schick mal den Notfallmanager vorbei, die Lok hängt schief. Nein, wirklich, es ist nichts passiert! Nur die Erika hat ein paar Schrammen, aber alles halb so wild. Sie geht gerade durch den Zug und sagt den Leuten, wie sie hier weg gebracht werden. Also nochmal: Ihr kommt mit der Diesellok und holt die Leute ab. Dann setzt ihr sie in Bullay in den Bus nach Trier. Klar kann sich das ziehen, das wird auf jeden Fall länger dauern! Dann, als Nächstes soll der Bauzug von Cochem kommen. Schickt ihr auch einen von Trier los? Okay, ich kümmere mich jetzt wieder um die Leute!«

Auch Bodo stand auf dem Betonstreifen neben den Schienen und versuchte Claire zu erreichen, doch es meldete sich nur ihre Mailbox. Wieso ging sie nicht ran? Es war ihr doch hoffentlich nichts passiert? Bodo räusperte sich und sagte: »Hallo Claire! Wenn du irgendwas von einem Zugunglück auf der Moselstrecke hörst: das stimmt. Wenn du aber hören solltest, mir sei etwas passiert: das stimmt nicht. Ich versuch es später nochmal!«

Nico Veith ging auf Rudolf Meurer zu: »Da habt ihr aber noch mal Schwein gehabt, was?«

»Kann man sagen!«, gab Rudolf erleichtert zurück. Keinem war etwas passiert, sie würden mit einem Ersatzzug abgeholt werden, die Bautrupps waren informiert und würden die Gleise bald wieder freigeräumt haben. Und morgen, spätestens übermorgen, würde die Strecke Koblenz–Trier wieder durchgehend befahrbar sein.

»Da oben auf dem Geröllhaufen liegt ein Skelett«, sagte Nico.

Bodo, der gerade sein Handy verstaut hatte, kam näher und fragte: »Wie bitte?«

»Ein Skelett«, wiederholte Nico, »bin eben drüber gestolpert. Ein Menschenskelett. Es ist fast alles an Knochen da, nur der Schädel fehlt.«

»Was, wo?« Rudolf und Bodo drehten gleichzeitig die Köpfe und sahen zur Gerölllawine hoch.

»Das kann man von hier aus nicht sehen«, sagte Nico, »es liegt ganz oben drauf.«

»Das schau ich mir mal an«, sagte Bodo, »ich hab ja sowieso gerade nichts zu tun!«

Schon kletterte er über das Gewirr von Pfählen, Steinen, Wurzeln und Drahtschlingen nach oben.

»Ich bleib beim Zug«, sagte Rudolf Meurer kopfschüttelnd und griff zum Handy, um mit der Zentrale zu telefonieren, während Nico Bodo hinterher stieg. Als sie oben angekommen waren, zeigte er ihm die Skeletteile.

»Tatsächlich, ein menschliches Skelett«, stellte Bodo fest, »du hast recht gehabt! Hier der Brustkorb und die Schulterblätter, da das Becken, aber abgerissen von der Wirbelsäule. Am Becken sind noch die Knochen vom linken Bein … aber diese Farbe!« Bodo schob mit dem Zeigefinger seine Nase hin und her und dachte nach: »Und wo liegt der Rest?«

»Genau da vorne bin ich über den Knochen gestolpert.« Nico zeigte auf die Stelle. Sie gingen ein paar Schritte nach unten.

»Dann ist das wohl ein Knochenstück vom rechten Bein«, stellte Bodo fest, »aber wo ist der Kopf?«

Beide blickten sich suchend in dem Durcheinander um.

»Weißt du, wem der Weinberg hier gehört?«, fragte Bodo.

»Ja klar«, antwortete Nico, »der gehört dem Schiers Paul. Der wird fluchen, wenn er das hier sieht! Eine ganze Stützmauer mit Treppenstufen muss er neu machen! Mindestens achtzig Reben neu pflanzen und dazu noch achtzig neue Pfähle setzen! Das wird eine Scheißarbeit, die Steine und den ganzen anderen Kram unten vom Weg bis hier hoch übers Viadukt zu bringen. In dem seiner Haut möchte ich nicht stecken. Außerdem hat er drei Jahre Ernteausfall! Hier, in dieser guten Weinbergslage zählt jeder Liter!«

»Gute Weinbergslage? Wieso?«, fragte Bodo. »Hier scheint die Sonne doch genauso lange hin wie zweihundert Meter weiter.«

»Ja ja«, lachte Nico, »aber an der Farbe des Bodens siehst du den Unterschied! Fällt dir denn gar nichts auf?«

»Doch, klar!«, antwortete Bodo, »der Schiefer hier ist rötlicher, bräunlicher gefärbt als der hinten im Berg.«

»Genau so ist es, gut erkannt!«, lobte Nico, »das ist ein ganz anderer Boden. Hier läuft eine seltene Gesteinsader mit rotem Schiefer aus. Der Wein, der auf diesem Boden wächst – die Franzosen nennen es Terroir – der Wein hier schmeckt würziger!«

»Jetzt hast du mich neugierig gemacht«, stellte Bodo fest. »Hast du noch ein paar Flaschen davon?«

»Ja, aber wirklich nur noch ein paar!« Nico lachte und hob die Hände.

»Ich komm mal vorbei«, sagte Bodo. Er bückte sich und nahm eine Handvoll Erde, zerrieb sie zwischen den Fingern und ließ sie langsam zu Boden rieseln. Dann sah er seine Hände an und sagte nachdenklich: »Daher also die Farbe der Knochen, das Terroir hat abgefärbt.«

»Dann muss das Skelett aber schon lange im Boden gelegen haben«, sagte Nico. »Wer das wohl mal war?«

*

»Da wird sich der Reuters Egon aber freuen, wenn er das hier sieht!« Sabine Schmal lächelte strahlend und zeigte auf das verbeulte Dach des Autos, das am Schwarze-Katz-Brunnen parkte.

»Bah, was bist du gemein!«, erwiderte Claire. »Stell dir vor, der Schornstein wäre auf dein Auto gestürzt. Dann würdest du anders reden!«

»Das wird auf jeden Fall teurer als ein Knöllchen für falsches Parken!« Sabine grinste immer noch. »Was stellt er sich aber auch immer so blöd da hin! Aber jetzt mal im Ernst: ein Erdbeben, hier bei uns! So etwas habe ich noch nie erlebt! Mir ist immer noch ganz komisch.«

»Es gab schon mal eins, aber das ist schon ein paar Jahre her«, sagte Achim vom Tourismusbüro, der mit seinen Kolleginnen ebenfalls auf der Straße stand.

»Wenn man ›Erdbeben‹ hört, denkt man sofort an Länder wie Italien oder Türkei. Aber doch nicht an Deutschland!«, sagte Claires Kundin.

»Aber wir haben auch hier in Deutschland schon mal ein Erdbeben gehabt, vor dreißig Jahren, auf der Schwäbischen Alb. Das war so heftig, dass die Burg Hohenzollern schwer beschädigt wurde«, wusste Achim, »so was kann auch bei uns vorkommen. Aber nicht so schlimm wie in der Türkei, da hast du recht, Claire.«

Ein Auto raste die Moselstraße hoch und blieb am Brunnen stehen. Harry vom Wochenblatt stieg aus. Er zückte seine Kamera und ging Bilder schießend um Reuters kaputtes Auto herum.

»Ich sehe schon die Schlagzeile vor mir«, sagte Sabine, »›Erdbebenkatastrophe in Zell! Eingestürztes Gebäude begräbt Auto unter sich! Mann in letzter Sekunde gerettet!‹«

Jetzt musste auch Claire lächeln.

Harrys Handy jaulte auf. »Ja, was gibts?« Er tänzelte von einem Bein aufs andere, dann sagte er: »Was, Zug entgleist? Wo, Viadukt? Wann, eben?«, und, »Eijeijeijei«, dann, »Bin schon unterwegs!«

Claire war elektrisiert. Was hatte Harry gesagt? ›Zug entgleist, Viadukt?‹ Ihre Knie fingen an zu zittern. Bodo wollte doch heute mit dem Zug nach Trier fahren. ›Zug entgleist, Viadukt?‹ Natürlich fuhr der Zug über das Viadukt! ›Eben passiert?‹

»He, halt!«, rief sie Harry zu, der gerade im Begriff war in sein Auto zu steigen. »Was ist passiert?«

»Ich weiß noch nichts Genaues, aber anscheinend ist auf dem Pündericher Viadukt der Regionalexpress nach Trier entgleist. Ich muss da unbedingt hin!« Die Autotür fiel zu und der Wagen fuhr mit quietschenden Reifen davon.

Claire stand einen Moment wie versteinert da, dann rannte sie los. Ihr Handy lag in der Buchhandlung neben der Ladenkasse: ›Ein Anruf in Abwesenheit‹. Zitternd drückte sie die Mailbox: »Hallo, Claire! Wenn du irgendwas von einem Zugunglück auf der Moselstrecke hörst: das stimmt. Wenn du aber hören solltest, mir sei etwas passiert: das stimmt nicht. Ich versuch es später nochmal.«

›Gott sei Dank‹, dachte Claire. Bodo war anscheinend nichts passiert, seine Stimme klang ruhig. Claire drückte seine Nummer.

*

»Mich interessiert, wo das Skelett vorher lag«, sagte Bodo, »es muss doch mit dem Erdrutsch heruntergekommen sein. Also muss es vorher im Wingert von Paul Schier gelegen haben.«

»Stimmt!«, sagte Nico. Er legte den Kopf in den Nacken und schaute nach oben: »Da siehst du, wo der Erdrutsch angefangen hat.«

Die Geröllmassen hatten sich wie ein umgekehrtes V ausgebreitet, oben im Felsen klaffte ein Loch. Anfangs war nur ein schmaler Streifen frischer, rötlicher Schiefererde zu sehen, dann wurde der Streifen breiter und tiefer. Zu beiden Seiten der Mulde hingen Rebwurzeln in der Luft. Etwa in der Mitte des abgerutschten Teils war eine Felswand.

»Darauf stand die Trockenmauer«, erklärte Nico, »die hat noch einer meiner Vorfahren gebaut. Damals wussten sie noch, wie das Mauern ohne Zement ging.«

Bodos Handy klingelte. Er sah kurz auf das Display, dann nahm er das Gespräch an: »Hallo Claire! Hast du meine Nachricht bekommen? Ja, nix passiert, keinem. Der Zug ist auf dem Pündericher Viadukt in einen Erdrutsch gefahren. Es wird eine Weile dauern bis wir hier abgeholt werden. Wie? Was sagst du?

Ein Erdbeben hier bei uns? Wir haben nichts bemerkt! Sogar Schornsteine sind runtergekommen? Was, so heftig? Ich werd verrückt! Ist dir was passiert? Nein! Und die Buchhandlung, alles in Ordnung? Was macht der Hund? Schlechte Laune, kann ich verstehen! Okay, bis bald, ich melde mich wieder.«

Bodo steckte das Handy ein, pfiff durch die Zähne und sagte zu Nico: »Das war meine Freundin, sie hat das mit dem Zugunglück schon gehört. Ich habe sie beruhigt, es ist ja nichts passiert. Aber sie sagte mir gerade, dass es ein Erdbeben gegeben hat, hier bei uns. In Zell ist sogar ein Schornstein eingestürzt.«

»Ein Erdbeben?«, fragte Nico. »Das ist ja interessant! Als ich eben noch im Wingert stand, habe ich ein Grummeln in der Erde gehört, ich hab mir nichts dabei gedacht. Und dann ging plötzlich alles so schnell: das Rumoren, der Erdrutsch, der Zug! Kann denn ein Erdbeben einen Erdrutsch auslösen?«

»Wenn Häuserwände wackeln, warum sollten dann Felswände nicht wackeln«, sagte Bodo, »und dann löst sich ein Stein und eins kommt zum andern. Wenn im Himalaja ein Schmetterling mit den Flügeln schlägt, kann das auf der anderen Seite der Erde eine Katastrophe auslösen.«

»Das mag ja sein! Aber ein Erdbeben als Auslöser für einen Erdrutsch scheint mir plausibler als ein chinesischer Schmetterling.« Nico lachte.

»Wer weiß?«, meinte Bodo rätselhaft. »Aber hör mal, wir sagen dauernd Erdrutsch! Die Steine sind gerutscht, die Pfähle sind auch gerutscht. Die Skelettknochen sind mitgerutscht, wir sagen immer nur: ›gerutscht‹. Mir fällt da was ein. Als ich jung war, habe ich einen Film gesehen: ›Wie einer auszog das Fürchten zu lernen‹, hieß der. Darin hat jemand mit einem Schädel gekegelt. Die Knochen waren die Kegel und der Schädel war die Kugel. Was tut eine Kugel? Sie rollt. Sie rutscht nicht, sie rollt!« Bodo war plötzlich ganz aufgeregt: »Komm mal mit! Ich glaube, wir müssen weiter unten suchen! Wenn wir den Schädel finden wollen, müssen wir runtergehen!«

»Moment, ich pfeif grad meinem Hund. Wenn ich den mit in den Weinberg nehme, geht er immer auf Karnickeljagd, das ist seine Lieblingsbeschäftigung.«

Nico formte Zeigefinger und Daumen zu einem Kreis und steckte die Finger in den Mund. Ein kurzer schriller Pfiff ertönte. Dann suchte er den Weinberg mit den Augen ab. Er pfiff noch einmal durchdringend und sagte schließlich: »Der kommt schon wieder, wenn er Hunger hat.«

*

»Bist du bescheuert Gabi?«, schrie Egon Reuter. »Du willst mir wirklich eine Knolle wegen Falschparkens machen? Du siehst doch, was mit meinem Auto passiert ist! Total kaputt, und da willst du mir … ich glaub, du spinnst!«

»Egon, du weißt genau, dass du hier nicht parken darfst! Wie oft habe ich ein Auge zugedrückt, wenn ich vorbei kam und deine Karre hier stand. Aber jetzt kann ich nicht so tun, als ob dein Auto nicht da wäre! Kaputt oder nicht, das spielt keine Rolle. Fünf Euro sind fällig.«

Die Angestellte der Verbandsgemeinde tippte die Tasten ihres kleinen Rechners, druckte den Beleg aus und wollte ihn Egon Reuter überreichen, doch der riss abwehrend beide Hände hoch. Er sah in die Gesichter der Umstehenden und rief mit vor Wut bebender Stimme: »Sagt doch auch mal was! In was für einem Bürokratenstaat leben wir eigentlich? Das ist doch nicht normal: Mein Auto ist total im Arsch, und die Dame will mir ein Knöllchen für falsches Parken machen. Die Tussi, die blöde! Die tickt doch nicht mehr richtig!«

»Vorsicht, Egon«, sagte die Politesse in ruhigem Ton. »Vorsicht! Sonst zeige ich dich auch noch wegen Beleidigung an! Zeugen habe ich ja genug. Das wird dann aber richtig teuer!«

Siegesgewiss schaute sie in die Gesichter der Leute, die immer noch in Gruppen auf der Straße standen und über das Erdbeben redeten.

»Selber schuld, Egon«, sagte Sabine schnippisch, »du stellst dein Auto auch immer dermaßen blöd hin, dass keiner vorbeikommt!«

»Aber jetzt, in dieser Situation! Das Auto hat, so viel ich sehe, Totalschaden. Lass gut sein, Gabi, das war doch höhere Gewalt mit dem Schornstein«, meinte Achim.

Ein anderer meinte: »Gabi, wenn du, wie du sagst, öfter mal ein Auge zugedrückt hast beim Egon, dann können wir jetzt auch mal ein Auge zudrücken! Wir sehen dich überhaupt nicht mehr!« Er drehte sich einmal um sich selber, dann schaute er die Umstehenden an: »Sehen wir hier eine Gabi? Die dem armen, geschädigten Egon ein Knöllchen verpassen will? Ich sehe keine Gabi! Seht ihr eine?«

»Nööö«, johlte die Menge, »keine Gabi zu sehen!« – »Wer ist Gabi?« –

Innerlich vor Wut kochend, aber nach außen die Ruhe selbst, stieg Gabi auf das Schornsteingeröll und klemmte den Strafzettel, da die Frontscheibe und beide Scheibenwischer kaputt waren, an den Heckscheibenwischer von Egons Auto. Dann ging sie wortlos zur Moselpromenade.

Claires Kundin kam noch einmal zurück in die Buchhandlung: »Da sind wir ja gerade noch mal mit dem Schrecken davongekommen!«, meinte sie. Dann fragte sie vorsichtig: »Was habe ich da eben gehört? Ein Zugunglück auf der Moselstrecke?«

»Ja, der Regionalexpress von Koblenz nach Trier ist auf eine Geröllawine aufgefahren. Es ist aber keinem was passiert. Mein Freund saß im Zug, wir haben schon telefoniert.« Claire bückte sich, hob die herabgefallenen Bücher auf und stellte sie wieder in die Regale. Beim letzten Buch stutzte sie und lachte laut: »Das passt jetzt aber wie die Faust aufs Auge!« Sie drehte den dicken Bildband zu ihrer Kundin: »Schöne Eisenbahnstrecken in Deutschland.«

*

Bodo und Nico stiegen über das Geländer zur Bergseite des Viadukts. Nico sagte: »Da vorne, im zweiten Viaduktbogen ist ein Durchgang, da führt auch der Pfad nach unten. Mann, was haben wir hier früher alles hoch geschleppt: Düngersäcke, Pfähle, Handwerkszeug. Und dann im Herbst die Trauben in der Hotte runtergetragen, das war eine elende Plackerei! Die Monorackbahnen heute sind ein Segen: So können wir wieder mehr Weinberge bewirtschaften.«

Sie gingen jetzt unter dem Bogen hindurch und noch ein paar Meter weiter bergab, dann standen sie genau unterhalb der Geröllawine. Auch hier in diesem Weinberg lagen Steine und waren Pfähle umgefallen, aber der Schaden war geringer. Sie schauten nach oben zum Viadukt, wo das Geröll heruntergekommen war, dann drehten sie sich um. Nico zeigte nach unten: »Du nimmst diese Weinbergszeile, ich gehe die andere.«

Den Blick auf den Boden gerichtet, gingen sie langsam den steilen Berg hinab. Immer wieder musste sich Bodo an Weinbergspfählen festhalten, denn seine Schuhe hatte er heute morgen für die Trierer Fußgängerzone ausgesucht und nicht für einen steilen Weinberg. Er rutschte mehrmals aus und setzte sich auf den Hosenboden. »Junge, ist das steil hier«, schimpfte er. Dabei glitt er wieder aus und fiel mit der Hand in ein Eisenteil.

Er setzte sich auf, am Handballen hatte er eine tiefe Schnittwunde. »Himmel, Arsch und Zwirn! Hose versaut, Schuhe verschrammt, Hand aufgeschlitzt, mit dem Zug entgleist!«, jammerte er. »Was ist das nur für ein Tag?«

Er saugte den Dreck aus der Wunde und spuckte das Speichel-Blut-Gemisch auf den Boden. Dann zog er ein Taschentuch aus der Hosentasche und verband seine Hand notdürftig.

Das Eisenteil, in das er gefallen war, war ziemlich verrostet. Wann hatte Bodo eigentlich seine letzte Tetanusspritze bekommen?

»Hey, Bodo, was ist los?«, rief Veith von unten, »wo bleibst du?«

»Hier oben!«, rief Bodo zurück. »Meine Schuhe sind wohl eher für den Tanzboden als für den Weinberg geeignet!«

Nico lachte, als er Bodo unter dem Stock sitzen sah. Er rief: »Bleib sitzen, ich komme hoch!«

In seinen Arbeitsschuhen mit den groben Stollen kam er Schritt für Schritt näher. Dabei suchte er aufmerksam den Boden ab. Plötzlich blieb er stehen: »Hier ist was, Bodo!« Er kniete auf den Boden, dabei stützte er sich mit der linken Hand ab und bückte sich, bis seine linke Gesichtshälfte fast auf der Erde lag. Dann langte er mit der rechten Hand unter den Weinbergsdraht in die nächste Zeile. »Ich hab ihn, Bodo! Ich hab den Schädel!« Er richtete sich auf und hielt ihn triumphierend in die Höhe: »Du hattest recht, Bodo! Der Totenkopf ist bis hier unten hingekullert.«

Er stand auf und ging zu Bodo, der sich am Pfahl hochgezogen hatte. Gemeinsam betrachteten sie den Schädel. »Genau so rötlich wie die anderen Skelettteile«, bemerkte Bodo.

»Aber guck mal hier«, Nico drehte den Schädel nach links, sodass Bodo das Loch an der Schädelseite sehen konnte, »was ist denn dem passiert?«

»Der hat ein Loch im Kopf«, sagte Bodo trocken, »gib mal her!«

Nico reichte Bodo den Schädel, dabei sah er das blutdurchtränkte Taschentuch an seiner Hand.

»Du blutest ja«, stellte er fest.

»Ich bin bloß auf ein verrostetes Eisenteil gefallen. Halb so schlimm, ich habe eine gute Heilhaut.« Bodo besah sich den Schädel, zeigte auf das Loch und sagte: »Bei dem hier heilt nix mehr!«

Er drehte den Schädel um und fuhr mit dem Finger so in das Loch, dass er oben herausschaute.

»Bodo, lass den Quatsch! Das war ja schließlich mal ein Mensch.« Nico war entsetzt.

»Das ist kein Quatsch! Ich wollte nur prüfen, ob das Loch frisch ist. Also, ich meine, ob der Schädel beim Aufprall kaputt gegangen ist oder ob das Loch so alt wie der Schädel ist.«

»Und, was meinst du?«, fragte Nico interessiert.

»Hmm ... wenn das Loch frisch, also durch den Aufschlag entstanden wäre, müssten die Kanten scharf sein. Sind sie aber nicht! Sie sind stumpf, abgerundet. Und sie haben die selbe Struktur wie der Rest. Also ich sag mal, das Loch ist so alt wie der Schädel. Und wenn mich nicht alles täuscht, hat der hier sich das Loch nicht selber in den Kopf gehauen. Da hat jemand nachgeholfen!«

»Wie?«, meinte Nico. »Das heißt, wir stehen hier und haben den Kopf von einem Ermordeten in der Hand?«

»Genau das heißt es«, antwortete Bodo. »Es könnte aber auch sein, dass er verunglückt ist. Von einer Weinbergsmauer gestürzt ... beim Arbeiten im Weinberg von einem Stein getroffen ... oder von einer Gerölllawine verschüttet worden ... was weiß ich! Aber ich weiß, dass es Zeit wird, die Polizei zu rufen.«

»Mein Handy ist in der Jacke, die oben am Stock hängt«, sagte Nico, aber Bodo winkte ab. »Egal, wie tot jemand ist, ob frisch tot oder skelett-tot, Hauptsache: tot. Am besten, wir legen den Kopf wieder da hin, wo du ihn gefunden hast. Die Polizei will sich sicher selbst einen Eindruck verschaffen.« Bodo nahm sein Handy.

»Jetzt haben wir aber unsere Fingerabdrücke auf dem Schädel hinterlassen«, sagte Nico nachdenklich.

Bodo lachte: »Ach, du meinst, die Polizei verdächtigt uns, den hier so zugerichtet zu haben?«

»Was einem alles so in den Sinn kommt«, meinte Nico kopfschüttelnd. »Wer mag das nur gewesen sein? Meinst du, die Polizei kriegt das raus?«

»Keine Ahnung, wird man sehen.«

Bodo tippte die ›110‹ und sagte: »Hallo, hier ist Bodo Kröber. Ich wollte einen Leichenfund, nein, einen Skelettfund melden. Wo? Auf dem Eisenbahnviadukt, kurz nach dem Prinzenkopftunnel. Was? Nein, da hat sich keiner auf die Schienen gelegt. Nein, kein Selbstmörder! Das Skelett ist mit der Gerölllawine auf die Gleise gerutscht. Was? Sie sagen es! Genau da, wo der Zug entgleist ist! Ja, danke, wir bleiben hier. Bis gleich!«

*

Harry raste die Serpentinen hinauf zum Reiler Hals. Als er oben war, bog er in einen asphaltierten Wirtschaftsweg ein und fuhr in Richtung Viadukt. Von hier aus konnte er den Zug schon sehen. Er hörte im Radio das Zeitzeichen für die Nachrichten und stellte lauter.

»Sie hören die Nachrichten bei SWR 4, am Mikrofon: Markus Mönnig. Ein Erdbeben der Stärke 4,5 auf der Richterskala wurde heute morgen in unserem Sendegebiet gemessen. Es war Sekunden lang zu spüren. Das Epizentrum lag in zehn Kilometern Tiefe im Neuwieder Becken. Zahlreiche besorgte Anrufer aus Westerwald, Eifel und dem Rhein-Mosel-Gebiet meldeten sich bei Polizei und Feuerwehr. Vermutlich durch das Erdbeben wurde auf der Bahnstrecke Koblenz-Trier ein Erdrutsch verursacht. Ein Regionalexpress fuhr in die Geröllmassen und entgleiste. Personen wurden dabei nicht verletzt. An mehreren Gebäuden entstanden Risse, vereinzelt stürzten Schornsteine vom Dach. Der Geologe Dr. Syndermann betonte, dass Erdbeben in unserer Region häufiger vorkommen, da unser Gebiet nahe zweier tektonischer Erdplatten liegt. Die Nachricht, dass ein altes Fachwerkhaus im Ort Landkern durch das Erdbeben eingestürzt sei, erwies sich als Falschmeldung. Koblenz: Vor dem Amtsgericht musste sich ein Mann …«

Harry stellte das Radio ab und grinste. Wer kannte nicht das alte, heruntergekommene Fachwerkhaus in Landkern? Darüber könnte er auch mal wieder einen Artikel schreiben.

Er parkte seinen Wagen auf dem Moseluferweg. Dann stieg er aus und machte ein paar Fotos vom Zug. Durch sein Teleobjektiv sah er mehrere Menschen neben dem Zug stehen, und vor dem Zug die Geröllmassen. Er stieg in seinen Wagen und fuhr weiter, bis er sich genau unterhalb der Unglücksstelle befand. Hier stieg er wieder aus und suchte einen Weg nach oben, doch er fand nur eine kaputte Weinbergstreppe mit losen

Eisenklammern. Er schulterte seine Fototasche und kletterte auf die Stützmauer.

Von der anderen Seite näherten sich zwei Polizeifahrzeuge, die unterhalb des Tunnels anhielten. Polizisten stiegen aus und erklommen den Pfad, der unter dem ersten Viaduktbogen nahe am Tunneleingang vorbeiführte.

Bodo und Nico waren wieder zu den Zugpassagieren gestoßen, die mittlerweile auch die Nachricht vom Erdbeben gehört hatten.

»Liegt da wirklich ein Skelett auf dem Geröll?«, wollte Lokführer Rudolf Meurer wissen.

»Ja, tatsächlich«, sagte Nico Veith, »ein menschliches Skelett, aber ohne Kopf. Der Schädel ist über die Kante gerollt, der liegt da unten im Weinberg und hat ein Loch im Kopf.«

»Im Zug sitzt ein alter Mann«, sagte Meurer, »als er hörte, dass ihr hier, an dieser Stelle ein Skelett gefunden habt, hat er gesagt: ›Das kann nur der Copilot sein.‹ «

»Was für ein Copilot? Wovon spricht der alte Mann, was meint er damit?«, fragte Bodo.

»Geh rein und frag ihn selber! Der packt den Sprung aufs Gleisbett nicht mehr.« Rudolf Meurer wies auf ein Abteilfenster, hinter dem ein zerknittertes Gesicht lächelte.

Bodo wollte sich gerade am Haltegriff der Tür nach oben in den Waggon ziehen, als er die Polizisten auf dem Betonstreifen zum Zug kommen sah.

›Der alte Mann hat Zeit‹, dachte er und sprang wieder auf die Schottersteine. Die Beamten näherten sich dem Zug, blieben dann aber am Geländer stehen, schauten nach unten und lachten.

»Nicht immer ist der direkte Weg der schnellste!«, rief einer. »Das ist Harry! Ach guck mal, wie der schwitzt!«

Auch Bodo schaute nach unten und sah den Reporter keuchend und fluchend den steilen Weinberg hinaufsteigen. Die ortskundigen Polizisten hatten den längeren, aber bequemeren Anstieg auf dem Pfad gewählt.

»Ach, sieh an! Bodo, du auch hier«, sagte Hauptwachtmeister Heinz Schüller, »wo steckst du mal nicht deine Nase rein?«

»Ich kann nichts dafür«, grinste Bodo, »ich wollte nur mit dem Zug nach Trier zur Gartenmesse fahren. Das Skelett hat übrigens der Nico gefunden, nicht ich!«

»Ja«, sagte Veith, »das stimmt. Ich war im Weinberg am Arbeiten. Von dort oben hab ich gesehen, wie zuerst die Lawine abging und auf die Gleise donnerte und dann, wie der Zug aus dem Tunnel kam und auf das Geröll auffuhr. Ich bin dann mit der Monorackbahn runter, um zu helfen. Und wie ich über die Lawine klettere, seh ich das Skelett – aber ohne Kopf. Der ist über das Viadukt gerollt und liegt im Wingert drunter.«

»Schaun wir mal«, sagte der Polizist. Nico kletterte los, die Polizisten und Bodo hinterher.

Als sie bei den Gebeinen angekommen waren, sagte Schüller zu seiner Kollegin: »So! Jetzt können Sie Ihren ersten Einsatz beginnen. Fotografieren Sie das Skelett von allen Seiten.«

Die junge Polizistin, die ihre blonden Haare zu einem Pferdeschwanz gebunden hatte, war eifrig bei der Sache. »Die Knochen haben aber eine merkwürdige Farbe«, stellte sie fest.

»Ja«, sagte Bodo, »wegen dem Terroir.«

»Wegen was?«, fragte sie.

»Wegen der Beschaffenheit der Erde«, dozierte Nico, »hier ist mehr roter Schiefer im Gestein. Das wirkt sich beim Wein auf den Geschmack und bei den Knochen auf die Farbe aus.«

»Und der Wein, wird der dann auch rötlicher? So wie Rosé? Den trinke ich nämlich ganz gerne!«

Nico verdrehte die Augen, blonder gings nimmer: »Nein kein Rosé! Rosé wächst nicht, er wird gemacht. Hier wächst nur Riesling, feiner würziger Riesling!«

Hauptwachtmeister Schüller sah nach oben und sagte: »Zwischen dem Skelett und dem Felsabbruch da oben liegen circa fünfzig Meter. In diesen fünfzig Metern muss sich das Skelett befunden haben, also in einem Weinberg. Vermutlich vergraben, verscharrt … und durch den Erdrutsch wieder ans Tageslicht gekommen. Wo, sagten Sie, liegt der Kopf?«

»Da müssen wir nach unten gehen«, antwortete Nico Veith.

»Haben Sie die Fotos? Von allen Seiten, alle Knochen, Nahaufnahme und Umgebung?«, fragte Schüller streng und die junge Polizistin nickte. »Sie bleiben hier«, sagte er, »und passen auf, dass sich keiner der Fahrgäste einen Knochen als Souvenir mit nach Hause nimmt!«

Der Polizist machte sich mit Bodo und Veith auf den Weg nach unten, Veith ging voraus. Aus dem Reiler-Hals-Tunnel sahen sie einen gelben Bauzug kommen. Männer mit roten Jacken standen im Führerhaus der Lok, auf einen der Waggons war ein Schaufelbagger montiert.

Auf dem Betonstreifen standen immer noch Fahrgäste. Einige hatten sich allerdings auf die andere Seite des Zuges in den Schatten geflüchtet, denn die Sonne brannte heftig. Einer der Passagiere rief Rudolf Meurer zu: »Schade, dass du keinen Intercity fährst! Da wäre wenigstens ein Speisewagen mit Getränken drangewesen!«

»Lieber würde ich verdursten als die Apothekerpreise im Bistrowagen zu bezahlen!«, rief ein anderer.

»Du alter Sprücheklopfer! So wie ich dich kenne, hättest du in der Zeit, in der wir hier stehen, schon fünf Bier getrunken! Aber große!«

Ohne ein Wort zu sagen stieg Rudolf Meurer in den Führerstand seiner Lok. Kurze Zeit später kam er wieder heraus, eine Hand am Handlauf der Treppe, in der anderen hielt er einen Sechserpack Gerolsteiner Wasser.

»Lass die mal rund gehen«, sagte er und gab dem alten Sprücheklopfer die Plastikflaschen.

Harry kam keuchend unter dem Viaduktbogen nach oben zur Bahnstrecke. Er ging noch ein paar Meter, dann hielt er sich an einem Weinbergspfahl fest um zu verschnaufen. Er hustete laut, räusperte sich und spuckte auf den Boden.

»Ja ja, die Zigaretten«, feixte ein Polizist, »wenn du nicht qualmen würdest wie eine alte Dampflok, kämst du besser den Berg hoch! Aber jetzt kannst du gleich wieder mit uns nach unten gehen, da gibts bestimmt was für dich zu sehen!«

»Ich glaubs nicht«, hechelte Harry, »zuerst rauf, dann wieder runter … Scheißspiel! Was habt ihr denn da unten?«

»Den wichtigsten Teil von einem Skelett.«

Schwitzend, aber neugierig schloss Harry sich dem Trupp an. Sie gingen unter dem Viaduktbogen hindurch und dann in die Weinbergszeile, in der der Totenschädel lag.

»Ich bleibe lieber hier oben«, sagte Bodo, »ich will mich nicht noch mal auf den Arsch setzen!«

Die anderen gingen und rutschten nach unten bis zu der Stelle, an der der Schädel lag. Die Polizistin machte wieder Fotos, und auch Harry kam zum Schuss. Dann nahm einer der Polizisten den Schädel und steckte ihn in eine Plastiktüte. Sie suchten noch eine Weile die Umgebung ab, dann kamen alle wieder nach oben.

»Der hat tatsächlich ein Loch im Kopf! Ein großes sogar«, sagte Schüller.

»Aber wie ist das denn da hineingekommen? Wer war der Mann überhaupt, und wie lange ist er schon tot? Wo sind die anderen Knochen?«, die Fragen sprudelten nur so aus Harry heraus.

»Langsam, Harry, langsam«, antwortete Schüller, »der Reihe nach! Zuerst müssen wir herausfinden, wie das Loch da hineingekommen ist. Dann werden wir nachsehen, wer wann wo vermisst wurde. Und wie lange er schon tot ist, wird ein Pathologe feststellen. Die anderen Knochen befinden sich einen Wingert höher, das heißt für dich: jetzt gehts wieder aufwärts! Hattest du noch eine Frage?«

»Ach nöö«, stöhnte Harry, »nicht schon wieder schwitzen!« Sie kletterten alle nach oben, zu Bodo, der es sich neben einem Weinstock gemütlich gemacht hatte. Er fragte: »Noch was gefunden?«

»Nein, nur den Schädel.«

»Und was passiert jetzt?«

Die Polizisten wirkten unsicher. Schüller ergriff das Wort: »Also, wenn wir hier einen Mordfall haben, kommen normalerweise die Kripobeamten aus Wittlich dazu. Mit großem

Besteck: KTU und so weiter. Aber bei einem Skelettfund? So etwas haben wir noch nie gehabt. Ich informiere mich mal auf der Dienststelle.« Er telefonierte und schilderte den Wittlichern die Situation.

»Die kommen doch mit zwei Leuten«, sagte er und klappte sein Handy zu.

Sie gingen zurück zum Zug. Als sie dort angekommen waren, sahen sie, dass die Männer von der Bahnmeisterei damit angefangen hatten, den Bagger in Stellung zu bringen. Schüller ging über den Geröllberg auf sie zu: »Sie können noch nicht anfangen«, sagte er, »wir haben ein Problem da oben. Es wurde ein menschliches Skelett gefunden, das muss zuerst abgeholt werden. Es kann noch eine Weile dauern bis die Kollegen von der Kripo Wittlich da sind.«

Harry machte ein paar Aufnahmen vom Zug im Geröll. Dann ging er auf die ausgestiegenen Fahrgäste zu und befragte sie in seiner unnachahmlichen Art: »Was haben Sie gedacht, als es knallte? Dachten Sie, Ihr letztes Stündlein habe geschlagen? Haben Sie Verletzungen erlitten? Haben Sie Angst gehabt vom Viadukt zu stürzen, vielleicht Todesangst? Mit welchen Gefühlen werden Sie in Zukunft in einen Zug steigen? War es ein einschneidendes Erlebnis für Sie?«

Er nahm die Antworten mit seinem Recorder auf. Dann stieg er wieder auf die Geröllawine, um noch ein paar Fotos vom Skelett zu machen.

»So, das dürfte für zwei Seiten reichen«, freute er sich, rutschte vom Geröll und ging über den Pfad nach unten zu seinem Auto.

Bodo ging zum Zug. »In welchem Abteil sitzt denn der alte Mann, der mit dem Copiloten?«, fragte er. »Der sitzt im zweiten Wagen, ziemlich weit vorne«, antwortete Rudolf Meurer.

Stimmte ja, er hatte ihn doch vorhin schon gesehen! Während Bodo auf dem Betonstreifen entlangging, sah er unten den Reporter davonbrausen und einen Jeep und ein Auto der Bundespolizei ankommen. »Notfallmanagement der Bahn« stand in gelben Buchstaben auf der Seite des Jeeps. Die Insassen beider Fahrzeuge stiegen aus und kamen auf dem Pfad nach oben.

Bodo wandte sich zur Zugtür. Als er sich am Geländer hochzog, schmerzte seine aufgerissene Hand. Er ging in das Abteil und sah sich um. Die meisten Passagiere standen an den geöffneten, heruntergezogenen Fenstern und sahen hinaus, andere lasen Zeitung. An der Abteiltür hinten spielte ein kleiner Junge mit einem Plastiktraktor, während seine Mutter telefonierte.

Ein alter Mann saß ganz allein in einer Vierer-Sitzbank und schaute auf die Mosel.

»Entschuldigung«, sagte Bodo und setzte sich gegenüber. »Der Lokführer hat mir erzählt, Sie hätten gesagt, bei dem Skelett da draußen im Geröll könne es sich nur um den Copiloten handeln. Was meinten Sie damit?«

Der alte Mann legte den Kopf schief und antwortete: »Geht es denn jetzt endlich weiter? So viel Zeit habe ich in meinem Alter ja auch nicht mehr! Ich muss pünktlich in Trier sein, zur Fernsehsendung! Ich habe nämlich eine Freikarte für die ›Musikscheune‹ gewonnen. Meinen Sie, ich komme noch früh genug da hin?«

Der Mann war schwerhörig! Bodo rückte näher und sagte laut: »Wir werden gleich hier abgeholt und nach Bullay gebracht. Dann geht es weiter mit dem Bus nach Trier. Wann fängt das Konzert denn an?«

»Um neunzehn Uhr. Aber wieso schreien Sie denn so?«

›Aha‹, dachte Bodo, ›die Lautstärke stimmt jetzt.‹ Er sah auf seine Uhr und sagte: »Um neunzehn Uhr? Jetzt ist es Viertel nach Drei. Das müssten Sie schaffen!«

»Nein, ich schaffe nichts mehr! Ich bin Rentner und habe lange genug geschafft. Jetzt will ich noch ein bisschen Spaß haben! Kennen Sie die Hunsrücker Spatzen, die mit der Giselle, die so schön singt? Die sind heute auch in Trier, da freu ich mich drauf!«

Bodo nickte, laut log er: »Natürlich kenne ich die! Was meinten Sie mit dem Copiloten? Das Skelett da draußen! Skelett! Copilot!«

»Skelett? Tot? Ein Skelett ist doch schon tot!«

Der Alte schüttelte den Kopf und nahm seine Brille ab. Er schraubte am Bügel herum, setzte die Brille wieder auf und bat: »Bitte, sagen Sie es nochmal! Ich hatte mein Hörgerät ausgeschaltet, ich will doch die Batterien schonen! Nicht dass während des Konzerts der Saft weg ist!«

›Was mir wohl mal fehlen mag, wenn ich so alt bin‹, dachte Bodo und fragte geduldig nochmal: »Was meinten Sie mit ›Das war der Copilot‹?«

Der Alte lächelte, er hatte verstanden: »Also, das war im Krieg, 1944, glaube ich. Da haben die Amerikaner mit ihren Flugzeugen das Pündericher Viadukt und die Bullayer Brücke bombardiert, um den Nachschub abzuschneiden. Sie haben damals ihre Ziele nicht genau treffen können. So haben sie einfach über dem gesamten Gebiet ihre Bombenklappen aufgemacht und alles nach dem Gießkannenprinzip verteilt, also einen Bombenteppich gelegt. Eine von den vielen Bomben wird schon treffen, haben sie sich gedacht. Das war aber falsch gedacht, denn viele Bomben sind in die Weinberge gefallen. Dort sind sie explodiert und haben tiefe Krater gerissen. Überall lagen Metallteile herum. Noch lange nach dem Krieg wurden viele Blindgänger gefunden und entschärft.«

»Aber was war mit dem Copiloten?«, hakte Bodo nach.

»Ach so, ja, stimmt ja, das wollte ich eigentlich erzählen.« Der alte Mann kratzte sich am Kopf. »Also: ein Flugzeug der Amis, eine Lightning 38, das ist die mit dem doppelten Rumpf ...«

»Ja?«, fragte Bodo.

»Also, diese Lightning hatte über dem Rhein-Main-Gebiet einen Treffer abbekommen. Die Besatzung wollte es noch bis nach Belgien schaffen, da die Amerikaner dort schon eingerückt waren. Als der Pilot merkte, dass das nicht mehr klappen würde, befahl er den Besatzungsmitgliedern, sie sollten mit dem Fallschirm abspringen. Sie sind heil runtergekommen und dann irgendwo auf dem Hunsrück festgenommen worden. Er und sein Copilot versuchten, die Maschine auf einem freien Feld oberhalb von Pünderich zu landen. Sie flogen aber schon zu tief, eine Kurve war nicht mehr drin. Der Pilot wollte das Flugzeug noch einmal hochziehen, doch da fiel die Leistung plötzlich ab und es stürzte genau hier in die Weinberge. Da oben ungefähr ...«, er zeigte zum gegenüberliegenden Zugfenster hinaus, »... glaube ich wenigstens.«

»Da ungefähr. Glauben Sie. Haben Sie das denn nicht selbst gesehen?«, fragte Bodo.

»Nein«, sagte der alte Mann erstaunt, »das weiß ich von meiner Schwester! Ich saß zu der Zeit doch in englischer Kriegsgefangenschaft! Aber meine Schwester hat das alles gesehen und sogar aufgeschrieben. Weil, es kam ja nicht alle Tage vor, dass hier bei uns ein Flugzeug vom Himmel fiel!«

»Und dann?« Ungeduldig fragte Bodo weiter: »Was passierte dann?«

»Es müssen Leute im Weinberg gewesen sein, als es passierte. Als dann das Flugzeug da lag, sind sie hin und haben den verletzten Piloten aus dem Wrack gezogen. Der Copilot, so erzählten sie, sei mit einer stark blutenden Kopfwunde abgehauen und in den Felsen da oben verschwunden.«

»Und was passierte mit dem Piloten?«

»Den haben sie mit einem Nachen über die Mosel rüber ins Dorf gebracht und da verhauen.«

»Wie«, fragte Bodo erstaunt, »verhauen?«

»Ja, meine Schwester hat aufgeschrieben: Der Ami wurde unten am Moselufer an einen Heuwagen gebunden und jeder, der wollte, konnte hingehen und dem eine langen. Oder ihn in den Arsch treten.«

»Das ist aber jetzt nicht wahr?«, fragte Bodo ungläubig.

»Doch, das muss wahr sein! Aber es gab auch Leute, die das nicht gut fanden und ihm zu trinken brachten. Das wissen schon noch einige im Dorf! Aber so was erzählt man ja nicht so gerne.

Übrigens die, die am meisten draufgehauen haben, das waren dann die ersten, die ›Hier!‹ geschrien haben, als die Amis die Care-Pakete im Ort verteilten!«

»Unglaublich, was es für Geschichten gibt! Aber nochmal: Was ist mit dem Copiloten passiert? Hat man ihn gesucht? Hat man ihn gefunden?«

»Man hat ihn gesucht, aber er war wie vom Erdboden verschluckt. Und weil jetzt hier ein Skelett auftaucht, genau da, wo der Flieger damals runtergekommen ist, da dachte ich sofort an den Copiloten, den man nie gefunden hat.«

Bodo stand auf, ging zur anderen Wagenseite und schaute aus dem Fenster nach oben in die Weinberge. Er sah die mit Efeu überwachsenen Felsen und fragte: »Sind denn durch die Bombenabwürfe hier in den Weinbergen Menschen ums Leben gekommen?«

»Nicht dass ich wüsste. Auf der anderen Seite, oben im Wald, da sind zwei Jungen gestorben, als ein Flieger mit seinen Bomben das Viadukt treffen wollte. Die Treffsicherheit, wie gesagt, die war damals noch nicht so hoch.«

»Also wurde auch keiner nach so einem Bombenangriff vermisst?«, hakte Bodo nach.

»Nein, die einzigen beiden im Krieg Vermissten waren beim Russlandfeldzug dabei. Sonst sind alle Gefallenen aus dem Dorf bekannt.«

»Dann wird die Geschichte mit dem Copiloten ja immer wahrscheinlicher«, meinte Bodo. »Tja, vielen Dank für die Auskünfte und die tolle Geschichte! Wenn ich Fragen habe, könnte ich mich dann nochmal an Sie wenden? Darf ich wissen, wie Sie heißen?«

»Ja klar! Günter Grünewald ist mein Name, ich wohne in Rebdorf.«

»Lebt denn Ihre Schwester noch?«

»Ja klar, die lebt noch! Sie wohnt in Pünderich und heißt Breuer.«

»Also dann, tschüss! Und viel Spaß in der Trierer Musikscheune!«

Gerade als Bodo von der Zugtreppe auf die Schottersteine sprang, kam eine rot-schwarze Diesellok aus dem Prinzenkopftunnel gefahren. Rechts und links auf ihrer Treppe stand jeweils ein Arbeiter mit gelber Signalweste. Die Lok wurde langsamer und blieb einen halben Meter vor dem letzten Wagen des Regionalexpress stehen.

Die beiden Männer stiegen ab und Rudolf Meurer, der Notfallmanager und die beiden Polizisten der Bundespolizei gingen auf sie zu. Sie besprachen den Ablauf der Rettungsaktion. Nach einiger Zeit und mehreren Telefonaten ging ein Bahnarbeiter zwischen Lok und Wagen, bückte sich und kletterte unter die Puffer der Lok des Regionalexpress. Er löste die Druckluftleitungen der Bremsen und der Heizung und trennte die Elektrik. Dann kam er zurück und stellte sich zwischen den letzten Waggon und die Diesellokomotive. Die fuhr langsam los. Als sich die beiden Puffer berührten, steckte der Arbeiter den Druckluftschlauch und die anderen Leitungen zusammen. Die Bundespolizisten und der Notfallmanager überwachten die Aktion. Als die drei Waggons und die Diesellok miteinander verbunden waren, gab der Notfallmanager grünes Licht. Da der Abstand zwischen Gleisbett und Zugtreppe sehr hoch war, nahm der Arbeiter eine Kiste und stellte sie vor die Wagentür.

»Alles rein und ab nach Bullay!«, rief er und die Passagiere kletterten auf die Kiste und stiegen in den Zug. Ein gellender Pfiff ertönte.

»War das jetzt der Pfiff für die Abfahrt?«, lachte jemand, doch es war Nico Veith. Er nahm die Finger aus dem Mund, schüttelte den Kopf, schaute suchend in den Weinberg und pfiff noch einmal nach seinem Hund. »Das versteh ich nicht«, sagte er, »der kommt doch sonst immer, wenn ich ihm pfeife!« Und Bodo meinte: »Dann gibt es heute wohl keinen Karnickelbraten bei euch?«

»Den hat es noch nie gegeben«, erwiderte Nico, »Kasimir rennt ihnen nur hinterher! Der ist viel zu blöd, um sie zu fangen.«

»Kasimir? Der Hund heißt Kasimir?«

»Ja!«, lachte Nico. »Meine Tochter hat ihm diesen Namen gegeben. Sie hat eine Puppe, die so heißt. Und weil der Hund genau so Kulleraugen wie die Puppe hat, hat sie ihn Kasimir getauft.«

»Unserer heißt Bisquit und ist ein Labrador. Bisquit heißt er deshalb, weil er so braun ist wie ein Keks. Wenn der Enten sieht, flippt er aus! Karnickel sind ihm egal.«

»He, Bodo! Einsteigen, gleich gehts los!«, rief Rudolf Meurer, »Sonst verpasst du noch den Ersatzbus nach Trier!«

»Ich bleibe lieber noch ein bisschen hier! Ich geh nachher zu Fuß über die Marienburg nach Bullay. Trier lohnt sich heute nicht mehr. Ich fahre, wenn die Strecke wieder frei ist.«

»Alles klar«, sagte Rudolf. Er drehte sich um und rief seinen Kollegen zu: »Ihr könnt los!«

Dann wandte er sich zu Bodo und Nico und sagte: »Ich muss ja auch noch hier bleiben bis die Lok abgeholt wird.«

Die Diesellok brummte und stieß bläulichen Qualm aus; der Zug setzte sich langsam rückwärts in Bewegung und verschwand im Tunnel. Zur gleichen Zeit kamen die Leute von der Kripo und der Bestattungsunternehmer unter dem Bogen des Viaduktes hervor. Seine beiden Angestellten brachten einen Blechsarg mit. Sie schwitzten stark, auch die Kripobeamten hatten dunkle Flecken unter den Achseln.

»Na, Gott sei Dank ist da nichts mehr dran!«, sagte einer der Sargträger, als er das Skelett sah. »Was meint ihr, wie das bei der Hitze stinken würde!«

»Komm, hör schon auf, das ist ja eklig!«, erwiderte ein Kripobeamter.

»So wie der aussieht, ist er schon länger tot. Die Farbe der Knochen ist gruselig! Wie aus einem Horrorfilm!«

»Was guckst du denn für Filme? Reicht dir denn nicht, was du bei deiner Arbeit siehst?«

»Quatsch! Aber ich meine ja nur ... so was wie hier habe ich noch nie gesehen! Rote Knochen! Wo gibts denn so was?«

»In einem Weinberg, in dem der Schiefer nicht grau, nicht blau, sondern rot ist«, sagte Nico Veith knapp, er wollte keine unnötigen Fragen.

Der Kripobeamte ließ sich den Schädel zeigen, begutachtete das Loch und sagte: »Ob da nachgeholfen wurde, das muss die Pathologie in Koblenz klären. Sammelt alle Knochen ein, und ab damit ins gerichtsmedizinische Institut zu Professor Stürmer, der ist Spezialist für alte Knochen. Denn dass die alt sind, sieht man ja! Wenn er oder sie erschlagen wurde …«, er zuckte mit den Achseln, »dann ist das für uns kein Fall mehr, die Tat wäre sowieso verjährt!«

»Aber«, hakte Bodo nach, »es wäre doch interessant zu erfahren, wer das mal war!«

»Für dich vielleicht!«, antwortete der Beamte. »Aber du weißt doch: Jeder Fall weniger bedeutet für uns mehr Zeit für die Aufklärung von anderen, ungelösten Fällen.«

»Habt ihr denn so viele davon?«, fragte Nico.

»Nein, aber Personalmangel«, antwortete der Kripobeamte. »Ihr habt vielleicht davon gehört: Wir graben in der Eifel gerade eine Müllhalde nach einem vermissten Mädchen um. Ein Zeuge, den das schlechte Gewissen plagt, hat angegeben, er hätte dem Mörder vor dreißig Jahren dabei geholfen, die Leiche zu entsorgen. Und jetzt graben wir uns halt fleißig durch dreißig Jahre alten Müll!«

»Wie sieht man denn aus, wenn man dreißig Jahre unter einer Müllhalde gelegen hat? So wie der hier?«, fragte Nico und zeigte mit dem Daumen auf das Skelett.

»Das weiß ich nicht«, erwiderte der Beamte, »vielleicht finden wir ja was, dann kann ich dir das sagen.«

Die Mitarbeiter des Bestattungsunternehmers betteten die Knochen in den Blechsarg, der Polizist legte den Schädel dazu und schloss den Deckel. »Können wir?«, fragte er.

»Alles klar! Abmarsch für die morschen Knochen!« Der Leichenzug setzte sich in Bewegung.

Bodo sprach den Kripobeamten an: »Heinz, tust du mir einen Gefallen? Wenn das Skelett untersucht ist, und die in Koblenz was wissen, kümmerst du dich darum und sagst mir Bescheid? Es würde mich interessieren, wen wir da gefunden haben.«

»Alles klar, Bodo! Ich ruf dich an, sobald ich etwas weiß. Also tschüss!«

»Tschüss Heinz! Gruß an die Frau!«

Bodo wandte sich wieder zu Nico: »Wie lange der wohl schon hier lag?«, meinte er nachdenklich und schob dabei seine Nase hin und her.

»Na ja«, meinte Nico, »wenn das mit dem Copiloten stimmt, dann wären das von 1944 bis heute ... lass mich rechnen ... so ziemlich genau achtundsechzig Jahre.«

»Stimmt!«, sagte Bodo. »Aber weißt du, was mich beschäftigt? Wenn einer beerdigt wird, so ganz normal im Sarg, meine ich, dann ist seine Grabruhe nach fünfundzwanzig Jahren abgelaufen. Und wenn du dann nachguckst, ist alles weg! Verwest, zu Erde geworden ... manchmal findet man noch einen Metallgriff vom Sarg, aber auch eher selten.«

»Neulich haben unsere Gemeindearbeiter beim Ausheben eines neuen Grabes auf dem alten Friedhof eine Flasche Wein gefunden!«, sagte Nico. »Und das Tollste war: Sie war noch halb voll!«

Bodo runzelte die Stirn: »Und wer hat den Rest getrunken? Komm, Nico! Verarschen kann ich mich selber!«

»Nein, Bodo, das stimmt tatsächlich! Erde zu Erde, Staub zu Staub«, sagte Nico, »von Wein war nie die Rede! Aber worauf willst du eigentlich hinaus?«

»Wenn der wirklich fast siebzig Jahre in der Erde verbuddelt war, dann hat er sich verdammt gut gehalten.«

»Tja«, sagte Nico, »roter Schiefer konserviert. Da wird man alt!«

»Wenn das so ist«, konterte Bodo, »dann komme ich schon sehr bald zu dir auf den Hof, etwas für meine Gesundheit tun! Claire kommt mit, wir machen eine Weinprobe und du schenkst uns Wein vom roten Schiefer aus.«

»Abgemacht!«, lachte Nico. »Aber ruf vorher an, damit ich auch zu Hause bin und nicht im Wingert! In den ich jetzt wieder muss! Ein paar Stöcke krieg ich noch geschafft. Was machst du heute noch?«

»Ich gehe den Pfad hier hoch. Dann am Aussichtsturm vorbei zur Marienburg, und dann nach Bullay zum Bahnhof. Da steht nämlich mein Auto.«

»Spar dir den steilen Pfad bei der Hitze! Du kannst mit mir in der Monorackbahn fahren, wenn du willst!«

»Gute Idee!«, meinte Bodo. Während sie über das Geröll stiegen, sagte er: »Ich bin noch nie mit so einem Ding gefahren. Sind die auch sicher? Nicht, dass heute noch was passiert!«

»Ganz sicher!«, beruhigte ihn Nico. »Es ist noch nie eine Bahn aus der Schiene gesprungen. Oder ungebremst nach unten gerast. Das System ist aus der Schweiz. Total sicher!«

Sie kamen an der Weinbergsbahn an. Nico Veith klappte den Schutzbügel zur Seite und sagte: »Setz dich in den Palettenwagen! Aber so, dass du dich mit den Füßen unten abstützen kannst!«

Bodo kletterte in die Kiste, Veith schloss den Metallbügel und stieg auf den Fahrersitz. »Los gehts!«, sagte er, riss den Motor an und legte den Hebel um. Knatternd setzte sich die Monorackbahn in Bewegung. Bodo sah die Weinbergspfähle an sich vorbeiziehen. Nach der ersten Kurve ging es steil nach oben. Er stemmte die Füße gegen den Wagenboden und spürte, wie er, je steiler die Bahn fuhr, immer schwerer wurde. Dann kam eine Mauer. Mit kühnem Bogen der Führungsschienen hatten die Erbauer sie überwunden, aber die Bahn stand nun fast senkrecht im Berg. Bodo hatte Herzklopfen, so schlimm hatte er sich das nicht vorgestellt! Er dachte an die Seilbahn von Bozen nach oben in die Berge, dann dachte er an die sich drehende, runde Kabine hoch über dem Gardasee, sogar der Cochemer Sessellift kam ihm in den Sinn. Aber das hier – alle Achtung!

Winzer waren anscheinend auch noch Artisten, denn Nico hatte sich vom Sitz erhoben und stand jetzt auf der Maschine. In dieser Haltung konnte er die Steillage der Bahn besser abfangen.

Bodo sah jetzt links von sich die Geröllawine: Sie waren da, wo das Drama seinen Anfang genommen hatte. »Halt mal an!«, rief er.

»Hast du etwa Angst? Willst du auf halber Strecke aussteigen, oder was?«, feixte Nico.

»Ach, Quatsch«, sagte Bodo, »ich will nur da hingehen, wo der Erdrutsch begonnen hat!«

An einer flachen Stelle drosselte Nico den Motor. Er stellte die Bremse fest und machte den Motor aus. Dann kletterte er vom Sitz und half Bodo beim Aussteigen.

›Ziemlich wackelige Beine hab ich‹, dachte Bodo, er sagte aber nichts.

Sie gingen quer durch den Weinberg bis zu der Stelle, an der im Felsen das Loch klaffte. Sie schauten nach unten. Die Bahnarbeiter hatten den Bagger schon in Position gebracht und begonnen, die Gleise frei zu schaufeln. Ein anderer Trupp baute Stative mit Lampen auf. Nachts musste durchgearbeitet werden, um die Bahnstrecke so schnell wie möglich wieder befahrbar zu machen.

»Da, hier siehst du noch die Reste von der Trockenmauer. Alles andere hat die Lawine mitgerissen.« Nico zeigte auf die etwa dreißig Meter unter ihnen liegenden Steine, die schräg in den Berg gesetzt worden waren. »Das wird eine Scheißarbeit für den Paul! Was bin ich froh, dass wir den Wingert nicht mehr haben!«

Sie gingen zur Monorackbahn zurück und Bodo sagte: »Den Rest schaffe ich alleine, vielen Dank fürs Mitnehmen! Das war mal eine neue Erfahrung! Also bis demnächst zur Weinprobe, ich sag vorher Bescheid. Machs gut!«

»Bis bald«, sagte Nico und machte sich an seinen Stöcken zu schaffen. Mit einer Sichel kappte er die langen Triebe, Stock für Stock.

›Ziemlich monotone Arbeit‹, dachte Bodo und stieg den Weinbergspfad hoch, bis er nach ein paar hundert Metern schwitzend und durstig den oberen, nicht asphaltierten Fahrweg erreichte.

Warum das Wasser in den Pfützen rot war, wusste er jetzt: roter Schiefer. So wie das Skelett.

Bodo genoss den Weg und die Aussicht auf Pünderich. Am tief blauen Himmel waren ein paar kleine Schönwetterwolken. Schließlich erreichte er den schattigen Wald. Mittlerweile hatte er großen Durst, deshalb stieg er diesmal nicht auf den Aussichtsturm, der wieder leise vor sich hin summte. ›Westwind‹, dachte Bodo. Bei Sturm sang der Turm eine Obertonreihe auf Cis. Claire hatte das herausgefunden und ihm lachend davon erzählt.

»Klang-skulp-tur«, summte Bodo die ersten drei Töne der Reihe und ging schneller, um auf den Parkplatz unterhalb der Marienburg zu kommen. Schon von weitem sah er die Fahne, die am Suppenkaspermobil flatterte. Quer über dem kleinen, umgebauten Auto hatte der Besitzer ein Schild angebracht: »Vorne heiß, hinten Eis.« Ein paar Leute standen unter Sonnenschirmen an Stehtischen und tranken etwas oder aßen ein Eis. In einiger Entfernung brummte ein kleiner Stromgenerator im Gebüsch. Bodo bestellte sich eine Weinschorle. »Na, Kasper, wie gehen die Geschäfte?«, fragte er.

»Dem Bischof sei Dank, recht gut!«, antwortete der Kioskbesitzer. »Von mir aus kann er das Restaurant auf der Burg noch jahrelang geschlossen halten. Dann gehts mir und den Gästen hier gut.«

Einer der Gäste schaltete sich ein: »Dat wollt ich sowieso mal fragen! Wo jibt et denn so wat? Aufem Berch ene Burch, aber kein Wirtschaft drin?«

»Das verhält sich so«, holte Suppenkasper aus, »die Wirtschaft auf der Burg lief Jahrzehnte lang unter privater Leitung ganz gut. Dann wurde sie vom Bistum Trier übernommen. Das hat festgestellt, dass die Wirtschaft dem Bischof kein Geld bringt. Also wurde sie wegen Unrentabilität geschlossen. So einfach ist das!«

»Dofür kütt eure Bischof och net in de Himmel«, lachte der Gast und trank mit großen Schlucken sein Bier aus: »Und Sie haben dann die Idee mit dem Suppenkaspermobil jehabt?«

»Genau! Ich habe mir dieses italienische Dreirad gekauft und umgebaut. Im vorderen Teil halte ich die Suppen warm und hinten sind die kalten Sachen.«

»Wärene Imbissbud nit einfacher jewesen?«

»Viel komplizierter!« Kasper hob abwehrend die Hände: »Von der behördlichen Genehmigung her sowieso! Aber auch vom Auf- und Abbau her. So klappe ich einfach die Sonnenschirme und die Stehtische zusammen, schiebe den Generator rein, und ab geht die Post zur nächsten Stelle. Abends stehe ich gern unten am Moselufer, wenn die hungrigen Radfahrer vorbeikommen.«

»Sind das selbst gemachte Suppen?«, wollte eine Frau wissen.

»Ja klar«, antwortete Kasper, »so wie es auf dem Plakat steht: Kartoffelsuppe, Erbsensuppe und Fahrradsuppe! Die kocht mir meine Oma morgens ganz frisch, und ich bring sie dann von mittags bis abends an den Mann und an die Frau.«

»Wieso Fahrradsuppe? Was ist das?«

»Das ist die kräftigste Suppe, da ist Mettwurst und ein Schuss Wein drin. Wenn man die im Bauch hat, strampelt man noch mal zehn Kilometer!«

»Ideen muss man haben«, sagte der Kölner. »Aber sagense mal, wissen Sie wat Jenaueres von dem Zug, der unten auf den Gleisen steht und nit mehr weiterfährt?«

Bodo schaute nach unten. Von hier oben sah die Lokomotive aus wie aus einem Märklin-Modell-Baukasten, der Erdrutsch war kaum zu erkennen. Nur der gelbe Bauzug hob sich vom Grün der Weinberge ab. Bodo erzählte die Geschichte vom entgleisten Zug, trank aus, bezahlte und ging den Berg hinunter, bis er zu der Abzweigung kam, die nach Bullay führte. Er setzte sich auf eine Bank, nahm sein Handy und wählte Claires Nummer.

»Hallo Claire«, sagte er, »ich wollte dir nur Bescheid geben. Ich fahre heute nicht mehr nach Trier, ich mache lieber eine kleine Wanderung!«

»Und die Rose? Was ist mit der neuen Sorte?« Claire war erstaunt.

»Weißt du was? Lass uns doch nächste Woche zusammen fahren! Dann gibts auch kein Palaver beim Aussuchen. Und wir könnten noch ins Kino gehen! Was hältst du davon?«

»Super Idee, Bodo«, antwortete Claire gut gelaunt.

»Okay! Aber hör mal, wenn du ein bisschen Zeit hast, schau doch mal im Internet nach, ob du irgendetwas über einen Flugzeugabsturz beim Pündericher Viadukt findest.«

»Wie? Flugzeug?«, fragte Claire erstaunt. »Ich dachte, du bist mit einem Zug entgleist und nicht mit einem Flieger abgestürzt! Hast du vielleicht doch was abbekommen, Bodo? Bist du okay? Im Kopf, meine ich?«

»Ganz okay, Claire, mach dir keine Sorgen! Versuch lieber, rauszufinden, ob 1944 ein amerikanischer Flieger am Pündericher Viadukt abgestürzt ist. Da muss doch was zu finden sein!«

»1944, sagst du. Und? Was ist damit?«

»Das ist eine längere Geschichte, aber spannend! Ich erzähls dir nachher.«

»Ich schau nach, wenn keine Kundschaft da ist.«

»Danke dir, Claire! Bis gleich!«

»Halt, Bodo, eh ich's vergesse! Der Schiffseigner Schottel hat angerufen, er hat einen Auftrag für dich.«

»Was will denn der alte Flusspirat von mir?«

»Irgendwas mit Diebstählen auf seinen Schiffen. Taschendiebstähle, immer wieder. So hab ich's jedenfalls verstanden.«

»Ach je, das klingt ja nicht besonders lukrativ!«

»Du sollst ihn unbedingt anrufen! Die Nummer hab ich hier.«

»Also gut! Bis dann.«

»Tschüss Bodo!«

Bodo stieg den schmalen, felsigen Pfad hinab, überquerte zuerst die Bundesstraße und dann die Doppelstockbrücke, unter der gerade ein holländisches Flusskreuzfahrtschiff durchfuhr.

Bodo blieb kurz stehen und schaute aufs Deck hinab, auf dem ältere Herrschaften in Liegestühlen vor sich hin dösten oder lasen. Der Swimmingpool war, obwohl die Sonne schien, leer. ›Vielleicht ist das Wasser zu kalt‹, dachte Bodo, ›Holländer sparen ja an allem.‹

Jetzt war das Heck des Schiffes zu sehen, die Schiffsschrauben quirlten das Wasser zu weißem Schaum. Bodo ging weiter, am Bahnhof vorbei zum Parkplatz, wo er vor ein paar Stunden, in denen viel passiert war, sein Auto abgestellt hatte.

Er fuhr nach Zell, parkte am Moselufer und ging in Richtung Schwarze-Katz-Brunnen. Links, am alten, zerfallenen Hotel vor dem Brunnen stand das zerdepperte Auto von Egon Reuter. Überall lagen noch Schuttbrocken herum. Bodo ging ein paar Schritte zurück und sah nach oben, auf das Dach des schon lange leer stehenden Hotels. Durch die Wucht der Steine waren ein paar Schieferplatten kaputt gegangen. Dachpappe flatterte im Wind und die Dachrinne war aufgerissen und hing über die Dachkante.

Bodo pfiff durch die Zähne: ›Das hätte ich nicht gedacht! Ein Erdbeben, so stark, und ich habs verpasst! Wahrscheinlich hat es gewackelt, als ich im Zug unterwegs war.‹

»Wenn der Besitzer nichts an dem Haus macht, stürzt es irgendwann ein«, sagte ein Passant, der gerade vorbei kam und auch nach oben schaute.

»Zuerst bekommt der mal Hochwasser auf dem Speicher«, meinte Bodo und ging zur Buchhandlung.

»Mensch, Bodo! Bin ich froh, dass dir nichts passiert ist«, empfing ihn Claire. Sie umarmte ihn und gab ihm einen Kuss auf die Nase. Bisquit sprang an ihnen hoch und bellte fröhlich.

»Was ist mit deiner Hand passiert?« Claire hatte ihn losgelassen und untersuchte seine Hand: »Das sieht ja böse aus!«

»Ich bin im Weinberg ausgerutscht. Dabei habe ich mir die Hand an einem Eisenteil aufgerissen. Nichts Schlimmes, das versorge ich nachher zu Hause! Und bei dir? Wie war das denn mit dem Beben? Erzähl doch mal! Egons Auto sieht ja böse aus. Ist in der Stadt noch mehr Schaden entstanden?«

»Nein, nicht dass ich wüsste! Also, das hat vielleicht gewackelt und im Boden rumort. Ein paar Bücher hat es aus den

Regalen geschüttelt. Bisquit hat anscheinend vorher schon was gespürt, er hat scheinbar ohne Grund geknurrt und gebellt.«

»Tja«, meinte Bodo, »Tiere sind halt sensibler als Menschen. Nicht wahr, Bisquit?« Er streichelte dem Hund über den Kopf.

»Und im Radio sagten sie, es sei ein Beben der Stärke 4,5 gewesen. Das Epizentrum hätte im Neuwieder Becken gelegen.«

»Wahrscheinlich genau unter dem Atomkraftwerk in Mülheim-Kärlich«, sagte Bodo. »Gut, dass das stillgelegt worden ist! Denk mal an Fukushima. Ach nein, da will ich lieber nicht dran denken!«

»Und der Erdrutsch sei wahrscheinlich auch vom Beben ausgelöst worden, sagten sie im Radio. Es hat mehrere Abgänge gegeben. Nur das Geröll am Viadukt musste natürlich ausgerechnet dir vor die Füße fallen!«

»Nicht nur Geröll! Es hat auch ein Skelett auf den Gleisen gelegen, ein rotes Skelett.«

Bodo erzählte die Geschichte. Dann fragte er: »Hast du was rausgefunden im Internet?«

»Ja«, sagte Claire, »da steht viel über diese Flugzeugabstürze drin. Es gibt sogar Vereine, die alle Abstürze im Saarland oder auch hier bei uns in der Gegend dokumentiert haben! Oft mit Bildern der abgestürzten Maschinen. Sieh selbst!« Bodo ging an den Computer.

Draußen hievte ein Fahrradfahrer sein schwer bepacktes Fahrrad auf den Ständer. Er trug braune, dreiviertel lange Lederhosen mit Hosenträgern und ein rot-weiß kariertes Hemd. Auf dem Kopf hatte er einen grünen Filzhut mit einem Gamsbart. Das Erstaunlichste an ihm aber war sein schwarzer, hoch gezwirbelter Schnurrbart. Er trat ein, sagte: »Grüß Gott!« und sah sich um.

Claire trat zu ihm und fragte: »Kann ich Ihnen behilflich sein?«

»I glaub scho! I such an Reiseführer über die Mosel bis nach Trier. Hom Sie so was hier herinnen?«

»Ja, so was habe ich hier. Schauen Sie mal!«

Während Claire den Kunden bediente, sah sich Bodo die Seite an, die sie über die Flugzeugabstürze 1944 in der Region gefunden hatte. Man sah eine große Zahl von abgeschossenen Flugzeugen, und es wurde unterschieden zwischen deutschen, englischen und amerikanischen Maschinen. Es waren auch Bilder von den Flugzeugmannschaften zu sehen, aufgelistet nach Kapitän, Funker, Schütze und Navigator. Leider konnte er keinen Hinweis auf den Absturz beim Pündericher Viadukt entdecken. Wie hatte der alte Mann geheißen? Bodo dachte angestrengt nach. »Verdammt, ich vergesse aber auch schon viel«, brummte er, »es war irgendetwas mit einer Farbe.«

Er sah hoch zu dem Radfahrer, der gerade sein Buch bezahlte.

»Gute Reise«, wünschte Claire.

»Pfiat euch«, sagte der Mann, ging nach draußen und verstaute das kleine Buch in der Packtasche seines Drahtesels.

»Was war das denn für ein seltsamer Vogel?«, fragte Bodo.

»Das war ein waschechter Bayer! Der will mit dem Fahrrad die Mosel entlang bis nach Trier!«

Der Bayer stieg aufs Rad, sah noch einmal durchs Schaufenster und zog zum Abschied den Hut.

»Grünwald! Grünewald, na endlich!«, rief Bodo erleichtert.

Claire zeigte auf den davonfahrenden Radler: »Der heißt Grünewald? Kennst du den?«

»Nein, aber als ich seinen grünen Hut gesehen habe, ist mir ein Name wieder eingefallen! Den hätte ich fast vergessen! Grünewald, so hieß der alte Mann im Zug. Der, der mir die Geschichte vom Flieger erzählt hat.«

»Aber der Schnurrbart von dem Bayern, der war doch klasse! Oder?« Claire sah dem davonfahrenden Bayern lange nach.

»Klasse wäre jetzt eine kalte Dusche! Außerdem brauche ich was zu essen. Claire, ich muss was essen! Ich habe einen Riesenhunger, seit heute morgen habe ich nichts mehr gegessen! Ich gehe jetzt nach Hause und mach mir was. Kannst du mir noch die Nummer von dem Schiffsmenschen geben? Den ruf ich mal an!«

Claire gab ihm einen Zettel, Bodo ihr einen Kuss: »Bis heute Abend, Claire!«

Bisquit hob den Kopf. »Nein, du bleibst heute hier!« Enttäuscht legte der Hund seinen Kopf wieder auf die Vorderpfoten.

Bodo ging nach Hause. Dort wusch er seine Wunde aus, gab ein paar Tropfen Tresterschnaps auf ein Pflaster und drückte es auf die verletzte Stelle an seiner Hand. Dann sah er in den Kühlschrank. »Spiegeleier«, entschied er. Er nahm vier Eier, briet sie mit ein paar Streifen durchwachsenem Speck in seiner gusseisernen Pfanne und ließ sie sich mit einem Stück Brot schmecken. Dann hörte er den Anrufbeantworter ab, es waren drei Nachrichten drauf: Herr Schmittinger beschwerte sich, weil seine Überwachungskamera am Haus nicht mehr funktionierte. Ein anderer Anrufer bat, ohne seinen Namen zu nennen, um Rückruf. Der letzte Anruf kam von Wendelin Weich, der auch auf der Schafswiese einen Garten hatte. Es ging um einen Streit mit seinem Nachbarn, wegen überhängender Äste und sonstiger Kleinigkeiten. Wendelin teilte mit, dass Karl mit einem Gewehr auf seinen Gartenzwerg geschossen habe. Seine Frau habe seitdem Angst und keine Lust mehr, das Gartengrundstück zu betreten. Bodo solle doch bitte als Vorsitzender des Gartenvereins versuchen, den Streit zu schlichten.

»Na, das kann ja heiter werden«, murmelte Bodo. Wendelin war eigentlich ein umgänglicher Typ, Karl Zelter eher weniger. Der reagierte oft voreilig und cholerisch, deshalb musste er sich öfter entschuldigen als andere Menschen. Bodo rief zuerst ihn an: »Hallo Karl, hier ist Bodo. Lass uns mal zusammen mit Wendelin einen Termin machen. Wir sollten versuchen, eure Streitereien zu beenden. Wir müssen reden, das kann doch so nicht weitergehen.«

»Ich hab doch nicht angefangen!«, brüllte Karl. »Der hat doch die Dreistigkeit gehabt, mir ins Gesicht zu sagen, meine Apfelbaumäste hingen viel zu weit über seinen Zaun, und die Blätter …«

»Ja, ich weiß«, unterbrach Bodo mit sanfter Stimme, »aber das muss doch mal aus der Welt geschafft werden, wir finden bestimmt eine Lösung! Auf Gartenzwerge zu schießen ist keine.«

Karl wurde noch lauter: »Wer hat denn den Stuhl nach mir geworfen? Der tut doch immer nur so harmlos! Einen Stuhl hat er mir ins Kreuz geschmissen!«

»Wie bitte?« Bodo war überrascht. »Das hat Wendelin mir nicht erzählt! Aber trotzdem: Was hältst du von Mittwoch fünfzehn Uhr? Bei mir auf der Veranda. Komm, Karl, gib dir einen Ruck!«

Nach längerem Zögern kam ein leises »Okay« durchs Telefon, und dann, wieder lauter: »Aber nur, wenn seine Frau auch mitkommt, hörst du?«

»Warum die Frau?«, fragte Bodo, »ich dachte, das könnten wir drei Männer bei einer Flasche Wein regeln.«

»Das wirst du dann schon sehen«, antwortete Karl und legte auf. Bodo rief nochmal bei Wendelin an, sagte aber nichts vom fliegenden Stuhl. Stattdessen bat er auch Wendelin zum Fünfzehn-Uhr-Termin, aber bitte mit Frau. Wendelin war einverstanden.

Dann rief Bodo die Familie mit der kaputten Kamera an und sagte sein Kommen zu, und zum Schluss war Schiffseigner Schottel an der Reihe. Er wurde sofort weiter verbunden: »Schottel hier, Tach, Herr Kröber! Vielen Dank für Ihren Rückruf. Hat Ihre Frau Ihnen schon gesagt, worum es geht?«

»Freundin, es ist meine Freundin«, antwortete Bodo. »Ja, sie sagte, es gehe um Diebstähle, die auf Ihrem Schiff passieren.«

»Haben Sie eine Idee, wie man da vorgehen könnte?«

»Am besten, wir treffen uns und Sie erzählen mir mehr. Wo? Am Moselufer beim Kiosk mit der Fahrkartenausgabe. Ja gut, wann? Morgen zehn Uhr. Alles klar, Herr Schottel, bis morgen.«

Bodo legte auf. Jetzt war die Familie Schmittinger dran. Bodo verließ die Wohnung, ging zum Auto und fuhr nach Briedel. Dort bog er ab, in das Bachtal, das zu Schmittingers auf den Bummkopf führte. Der einsam gelegene Bauernhof war öfter

Ziel von Einbrechern, und Schmittinger hatte es satt. Vor einem halben Jahr hatten die Lumpen seine Verandatür aufgehebelt und zwei Goldbarren und den Schmuck seiner Frau mitgehen lassen. Das alles, während sie auf einem Familienfest im Hunsrück waren. Auch die Scheune war schon mehrmals aufgebrochen und aus den Traktoren und Autos Diesel gestohlen worden. Die Polizei hatte außer ein paar Reifenspuren und einer großen Brechstange nichts gefunden. Eine ständige Überwachung durch Polizei oder Detektiv war natürlich Unsinn, so hatte ihm Bodo die preiswerte und effektive Überwachung mit Kameras angeboten und sie eingebaut. Eine der Kameras hatte Bodo oben an der Hauswand in einem Meisenkasten versteckt, sie war mit einem Bewegungsmelder gekoppelt. Von weitem, und vor allen Dingen bei Nacht, konnte man das Objektiv der Kamera nicht erkennen, das Einflugloch diente als Versteck. Sie war auf den Hof vor der Scheune gerichtet, eine andere Kamera zeigte den Zufahrtsweg und das Gehöft.

Schmittinger begrüßte Bodo und ging mit ihm ins Haus. »Das Licht am Hof geht nachts dermaßen oft an, ich werd noch verrückt! Beim ersten Mal hab ich noch gedacht, jetzt hab ich die Burschen in flagranti erwischt, aber nix! Beim zweiten Mal ist man immer noch aufgeregt, aber beim was-weiß-ich-wievielten Mal nervt es nur noch.«

»Seit wann ist das denn so?«, fragte Bodo.

»Eigentlich schon seit fünf, sechs Wochen. Ich wollte mich immer schon mal melden, aber der Betrieb und das Wetter … Sie wissen ja!«

»Ich schau mal nach«, sagte Bodo. Auf einem Tisch stand der Rekorder mit dem kleinen Schwarzweißmonitor. Bodo ließ die gefilmten Aufzeichnungen laufen, zuerst diejenigen vom Gehöft und vom Weg. Die Bilder zeigten einmal einen Fuchs mit seinen Jungen, zweimal fuhr Schmittinger selbst mit dem Auto durchs Bild, und bei der dritten Sequenz war unklar, wer oder was die Kamera ausgelöst hatte. Bodo drückte auf Reset und überprüfte die zweite Kamera. Es waren mindestens hundert Auslösungen und bei den kurzen Aufzeichnungen war immer nur der leere Hof zu sehen.

»Vielleicht ein Wackelkontakt?«, fragte Schmittinger.

»Das werden wir gleich sehen«, antwortete Bodo und bat Schmittinger nach draußen, er sollte an der Kamera vorbei gehen. Schmittinger lief einmal von rechts nach links und dann umgekehrt an der Kamera vorbei. Dann kam er wieder ins Haus. Bodo spulte das aufgenommene Band ab und Schmittinger sah sich scharf und in schwarzweiß über seinen Hof laufen.

»Das gibts doch nicht! Das ist ja wie bei meinem Auto! Da klappert was, und dann fahr ich in die Werkstatt. Der Meister fährt ein Stück, ich natürlich mit, um ihm zu zeigen, wie und wo's klappert. Aber ausgerechnet dann klappert nix!«

»Kenn ich«, setzte Bodo noch einen drauf. »Bei mir war es das Zahnweh. Da entschließ ich mich endlich, zum Zahnarzt zu gehen, und dann, im Wartezimmer: Zahnweh weg! Aber das hier – was kann denn das nur sein?«

Sie gingen nach draußen, Bodo bat um eine Leiter. Schmittinger stellte sie an die Hauswand und Bodo stieg die Sprossen bis zum Meisenkasten hoch. Er inspizierte die Kamera und den darüber angebrachten Bewegungsmelder: »Alles in Ordnung, soweit ich es sehen kann.«

Er kam wieder heruntergestiegen, dann sah er nachdenklich nach oben, auf den Kasten und das darüber liegende Dach des Gebäudes. Zwischen dem Dach und der Mauer waren Löcher.

»Wozu sind die Löcher gut?«, fragte Bodo.

»Damit das Heu auf dem Speicher besser trocknen kann. So hat man früher gebaut. Wegen dem Durchzug, wissen Sie! Aber wir haben heute kein Heu mehr auf dem Speicher.«

»Was ist denn dann da oben?«, wollte Bodo wissen.

»Da steht nur noch Plunder rum. Alles, was man vielleicht noch mal brauchen könnte und nicht gleich wegschmeißen will.«

»Kenn ich«, sagte Bodo, »ich hab in meinem Gartenhaus auch so einen Raum, der ist zwar klein, aber da fliegt alles rein. Und dann stapelt es sich. Können wir mal hoch auf den Speicher?«

»Klar! Kommen Sie, ich gehe vor.«

Schmittinger öffnete die Tür, die zum Speicher führte. Über eine enge, hölzerne Stiege ging es nach oben, in einen großen Speicherraum, in dem es immer noch gut nach Heu roch. Alte Möbel, Regale mit leeren Marmeladengläsern, ein Einkochapparat, eine Stehlampe mit braunem Schirm und Kartons mit Büchern und Zeitschriften standen in schönster Unordnung beisammen.

»Das ist alles noch von meiner Mutter«, sagte der Bauer, »das kann ich nicht wegwerfen, noch nicht. Sie ist erst vor zwei Jahren gestorben.«

Bodo schaute sich um und sah die Luftlöcher, die nach draußen führten. Unter einem dieser Löcher war der Bewegungsmelder angebracht. Bodo bückte sich, er fand das entsprechende Loch und sah den Melder, darunter das Dach des Vogelhäuschens. Beim Aufstehen fiel sein Blick auf die Decke. Ganz oben, in der Dachspitze, hingen bestimmt zwanzig Fledermäuse.

»Natürlich!«, entfuhr es Bodo. »Die sind das schuld! Die Fledermäuse!« Er zeigte auf die schlafenden Tiere.

»Die haben wir doch schon immer hier gehabt«, sagte Schmittinger, der sich beim Hochschauen fast den Hals verrenkte.

»Ja klar!« Bodo tippte sich an die Stirn. »Die Fledermäuse waren schon immer da. Nur die Überwachungsanlage nicht! Die habe ich im Winter eingebaut, und da hat sie funktioniert. Jetzt spinnt sie und ich glaube, ich weiß, warum!«

»Da bin ich aber mal gespannt, warum die spinnt«, sagte Schmittinger neugierig.

»Also: die Fledermäuse halten Winterschlaf und sie sind nachtaktiv. Das heißt, im Winter, als sie da oben hingen und von fetten Mücken träumten, hat die Anlage funktioniert. Aber im Frühsommer wurden sie wach und seitdem fliegen sie nachts aus. Dabei müssen sie durch diese Löcher, es gibt keinen anderen Ausgang. Sie fliegen an dem Bewegungsmelder vorbei und schwupps: Licht an, Kamera an! So könnte es sein!«

»Also das heißt ...«, meinte der Bauer und kratzte sich am Kopf, »wenn ich das Loch, und sagen wir noch zwei andere in der Nähe des Melders, dicht mache, dann fliegen sie da nicht mehr raus. Und dann lösen sie auch nicht mehr das Licht und die Aufnahme aus.«

»Genau so«, sagte Bodo, »probieren Sie es mal aus! Wenn es funktioniert, ist gut, und wenn nicht, dann müssen wir weiter sehen.«

Mit den Heuresten, die auf dem Speicher lagen, stopften sie die Löcher zu, zur Sicherheit stellten sie noch Bücherkartons davor.

»So, dann schaun wir mal, was passiert«, meinte Schmittinger.

Bodos Blick fiel auf ein Buch in einem der Kartons. Er nahm es in die Hand und blätterte darin.

»Wenn Sie das nicht mehr brauchen, kaufe ich es Ihnen ab, es interessiert mich«, sagte er.

»Was ist das für ein Buch?«, fragte Schmittinger.

»›Der Bauerngarten durch die Jahreszeiten. Ein Ratgeber von 1923‹.«

Schmittinger lachte: »Bauerngarten ist gut! Ratgeber von Anno Tobak, da stehen bestimmt noch Zaubersprüche drin, bei Vollmond zu sprechen. Nee nee, das schenk ich Ihnen, Herr Kröber! Bauerngarten ist nicht mehr, wir kaufen unser Obst und Gemüse schon lange im Supermarkt. Nehmen Sie sich das ruhig mit!«

Bodo bedankte sich und sie stiegen die knarrende Holztreppe hinunter.

»Das mit den Fledermäusen ist ja schon lustig«, sagte Schmittinger, »am Flugplatz Hahn verhindern sie die Verlängerung der Landebahn, und hier bei mir stellen sie die moderne Elektronik auf den Kopf. Mit einem kurzen Flügelschlag!«

»Daran sehen Sie aber auch, wie präzise meine Geräte arbeiten«, sagte Bodo.

»Was kriegen Sie eigentlich für Ihre Arbeit?«, fragte der Bauer.

»Ach, lassen Sie uns doch zuerst abwarten, ob es auch funktioniert«, sagte Bodo und ärgerte sich im gleichen Moment über sich selbst. Er hatte den großen Jeep des Bauern gesehen, die protzige Einrichtung des Hauses. Der hatte genug Geld! Und? An- und Abfahrt je eine Viertelstunde, Kilometerpauschale für sechsundzwanzig Kilometer. Autoabnutzung. Eine halbe Stunde lang überprüfen, Löcher stopfen, gute Ratschläge geben und dann: Ach, lassen Sie uns doch zuerst abwarten ob es auch funktioniert. ›So komm ich nie auf einen grünen Zweig‹, dachte er, sagte aber: »Also, ich bin dann mal weg. Sie melden sich! Egal, was passiert!«

»Alles klar. Aber warten Sie doch einen Moment! So ganz ohne ... Bin gleich wieder da.« Schmittinger verschwand im Haus und kam nach wenigen Minuten mit zwei goldglänzenden Konservendosen zurück: »Wo L drauf steht, ist Leberwurst drin. Und B, na klar: Blutwurst. Selbst gemacht, lassen Sie sich die Wurst schmecken, sie ist noch von meiner Mutter. Und Danke fürs Kommen!«

Bodo setzte sich ins Auto, verstaute die Dosen und das Buch und fuhr los.

»Was für ein Tag«, dachte er auf dem Weg zurück ins Moseltal, »mit dem Zug entgleist, ein rotes Skelett gefunden, ein Erdbeben verpasst, eine Überwachungsanlage überprüft und dafür ein altes Buch und zwei Jahre alte Dosen mit hausgemachter Wurst bekommen. Na Mahlzeit!«

Plötzlich hatte er großen Hunger, aber nicht auf Blut- oder Leberwurst. Er würde Claire fragen, ob sie mit ihm heute Abend in die neue Straußwirtschaft im Stadtteil Kaimt gehen würde. Die Besitzerin war Französin und er hatte gehört, die kleinen Gerichte, die sie zubereitete, seien fantastisch. Sein Freund Berthold war schon da gewesen und schwärmte von der Köchin und den Crostini mit Hühnerleberpastete und dem Huhn in Rotwein. Bei dem Gedanken daran leckte sich Bodo die Lippen. Dazu würde er gerne einen Spätburgunder von der Mosel probieren. Mehr müsste heute nicht mehr sein.

DIENSTAG

Am nächsten Morgen wachte Bodo auf, weil seine Hand pochte, sie war rot und heiß. Er stand auf, ging ins Badezimmer und riss sich das Pflaster mit einem Ruck ab, dabei verzerrte er das Gesicht.

»Scheiße, entzündet«, knurrte er. Dann suchte er in der Schublade nach der Wundsalbe. Er fand sie nicht, und so klebte er sich nur ein neues Pflaster auf die Wunde. Diesmal aber ohne Schnaps. Claire hantierte schon in der Küche.

»Bodo, gehst du heute morgen die Brötchen holen?«, rief sie. »Ich mach schon mal Kaffee.«

»Alles klar«, sagte Bodo, »frische Luft tut mir heute morgen bestimmt gut. Komm, Bisquit, Gassi gehen und Brötchen holen.«

Claire machte Kaffee und deckte den Frühstückstisch. Bodo kam zurück und sagte: »So ganz fit bin ich heute morgen aber nicht.«

»Kein Wunder! Du und Berthold, ihr wolltet ja unbedingt immer noch ein letztes Gläschen von dem guten Roten trinken.«

»Aber der war wirklich gut! So einen guten Spätburgunder habe ich selten im Glas gehabt.«

»In den Gläsern, Bodo! Es waren viele Gläser!«

»So fühle ich mich auch«, sagte Bodo zerknirscht und zog eine Grimasse. »Früher konnte man irgendwie mehr vertragen. Oder man hat es besser weggesteckt.« Er kratzte sich am Kopf und schenkte sich Kaffee ein.

»Bodo, hast du gesehen, wie der Berthold die Köchin angemacht hat? Das hätte ich ihm niemals zugetraut!« Claire begann, Berthold zu imitieren: »Ach, Ihre Crostini schmecken ja himmlisch gut! Und die Soße zum Coq au vin erst, ich möchte am liebsten darin schwimmen! Köstlich, Madeleine, einfach köstlich!«

»Ja, wenn der Berthold einmal Feuer gefangen hat, dann ist er ein richtiger Charmeur.«

»Feuer gefangen! Ach deshalb hat sein Kopf so geglüht.«

»Das lag bestimmt am Rotwein«, sagte Bodo.

»Aber du hast auch Rotwein getrunken und du hast nicht geglüht.«

»Dann lag es eben an Madeleine. Lass ihn doch Claire, er ist schon so lange solo. Vielleicht wird ja was draus. Aber das Essen war wirklich gut, oder?«

»Stimmt«, bestätigte Claire, »da können wir öfters hingehen. Jeden Monat wechselt sie die Speisekarte, hat sie mir gesagt. Ich bin gespannt. Was hast du heute vor, Bodo?«

Bodo kaute mit vollen Backen auf seinem Schinkenbrötchen herum und nuschelte: »Mussumsehnuamgiossein.«

»Wie bitte? Kein Wort verstanden. Ach Bodo!« Bodo schluckte und sagte: »Entschuldigung, meine Liebe! Ich muss um zehn Uhr am Kiosk sein. Wo es die Karten fürs Schiff gibt. Da treffe ich mich mit dem Schiffsmenschen.«

»Du meinst den mit den Diebstählen an Bord?«

»Genau den! Aber«, er sah auf seine Uhr, »bis dahin kann ich mit Bisquit noch eine Runde spazieren. Und in die Apotheke muss ich auch noch, die Wundsalbe ist alle. Hier, schau mal, meine Hand brennt und pocht. Wahrscheinlich ist Dreck in die Wunde gekommen.«

»Lass sehen!« Claire untersuchte Bodos heiße, pochende Hand. »Willst du damit nicht zum Doktor gehen? Das sieht nicht gut aus!«

»Ach was«, antwortete er, »ich geh zuerst mal in die Apotheke. Die Salbe brauchen wir sowieso wieder.«

»Kannst du dich heute um den Hund kümmern?«, fragte Claire.

»Gerne! Wenn ich mit Herrn Schottel klar bin, fahre ich noch nach Pünderich und suche die Schwester von dem alten Mann im Zug. Die weiß anscheinend noch viel über den Flugzeugabsturz am Viadukt. Vielleicht kriege ich ja was raus.«

Er gab Claire einen Kuss und nahm die Hundeleine vom Haken. Sofort begann Bisquit mit dem Schwanz zu wedeln und sprang an Bodo hoch.

»Du sollst doch nicht springen«, sagte Bodo. Er leinte den Hund an und ging mit ihm runter auf die Straße und durch die Fußgängerzone bis zur Apotheke. Er band Bisquit an den Fahrradständer und stieg die Treppe zur Apotheke hoch.

»Wo haben Sie sich das denn zugezogen?«, fragte der Apotheker, als Bodo ihm seine Hand zeigte.

»Das war irgendein verrostetes Eisenteil im Weinberg. Ich bin ausgerutscht und habe mich mit der Hand abstützen wollen. Da bin ich auf das Teil gefallen.«

»Ich gebe Ihnen mal Ichthyolsalbe mit. Die sollten Sie zweimal täglich auftragen. Wenn es übermorgen nicht weg ist, gehen Sie bitte zum Arzt. Mit solchen Entzündungen ist nicht zu spaßen! Wann haben Sie Ihre letzte Tetanusspritze bekommen?«

»Keine Ahnung, das muss eine Ewigkeit her sein!«

»Lassen Sie sie unbedingt erneuern! Haben Sie eigentlich Kopfschmerzen? Das sind die ersten Anzeichen der Krankheit.«

Bodo schluckte erschocken: »Ja, die habe ich. Aber ...«, er dachte nach, »... ich glaube, meine Kopfschmerzen kommen von was anderem.«

»Nicht auf die leichte Schulter nehmen, Herr Kröber! Hier ist die Salbe, bitteschön.«

»Dankeschön!« Bodo bezahlte und ging nach draußen. Er band den Hund los und spazierte in Richtung Moselufer. Dort angekommen, zog er an der Dog Station einen Plastiksack und ging mit Bisquit so lange auf dem Spazierweg moselabwärts, bis der Hund sein Geschäft verrichtet hatte. Bodo sammelte den Kot auf und entsorgte ihn in einen Abfallkorb. Dann schlenderte er am Wasser entlang.

Die »Theodor Heuss«, ein Ausflugsschiff von Eigner Schottel, fuhr gut besetzt moselaufwärts.

›So viele Leute! Wie soll ich da einen Dieb ermitteln?‹, dachte Bodo und schaute dem Schiff hinterher. ›Falsche Frage, Bodo! Es muss heißen: Wie und wann würdest du auf einem Ausflugsschiff stehlen? Nur so kommst du weiter! Welchen Trick würdest du anwenden? Den Rempeltrick, den Drängeltrick oder den Schlitzertrick? Welche Tricks kannst du nicht auf einem Schiff anwenden?‹

Bodo dachte nach. Der Blumentrick, bei dem die Diebe den Passanten eine Blume ansteckten und jammerten: ›krankes Kind, bitte eine Münze‹ und dann die Scheine ergatterten, der fiel wohl hier flach. Ihm fiel der Rolltreppentrick ein. Der Dieb stellte sich hinter das Opfer auf die Rolltreppe. Ein Komplize stellte sich vor das Opfer, um am Ende der Rolltreppe stehen zu bleiben, bis das Opfer mit ihm zusammenstieß. Dabei konnte der Dieb die Geldbörse aus der Hand- oder Hosentasche entwenden. Wieso sollte das eigentlich nicht auf einem Schiff funktionieren? Allerdings ohne Rolltreppe. Diebe auf einem Ausflugsdampfer, wo würden sie zuschlagen? Beim Einsteigen? An den Landungsstegen gab es oft Menschentrauben. Genauso beim Aussteigen, da standen die Fahrgäste dicht an dicht. ›Das wäre die beste Möglichkeit, da würde ich zuschlagen‹, dachte Bodo. ›Normale Menschen ziehen Geld am Automaten, Taschendiebe ziehen Geldbörsen. Auch eine Art, an Kohle zu kommen! Auf dem Schiff sitzen die Touristen an Tischen, essen oder trinken was, meistens sind es Familien mit Kindern, da wäre es schwer für einen Dieb. Aber im Gedränge? Doch wie könnte ich ihn in flagranti ertappen?‹ Bodo dachte sofort an eine Kamera, die die Einsteigenden aufnehmen würde. ›Quatsch, da kann ich mich selber hinstellen und beobachten!‹

Er näherte sich dem kleinen weißen Fahrkartenkiosk, in dem eine Angestellte saß und den Touristen Karten für die Schiffsfahrt verkaufte. Er wartete, bis er an der Reihe war, dann fragte er nach Herrn Schottel. »Sind Sie der Detektiv?«, wollte die Frau wissen.

»Ja, genau! Kröber ist mein Name.«

»Herr Schottel sitzt oben im Restaurant und frühstückt mit einem unserer Kapitäne«, sagte sie.

Bodo bedankte sich und ging zum Restaurant. An der schmucken, weißen Uniform mit den Goldlitzen auf den Schultern erkannte er den Kapitän, der Mann neben ihm musste der Schiffseigner sein, an ihn wandte er sich: »Herr Schottel?«

Schottel war gerade dabei, sein Ei zu löffeln, er sah hoch und hatte den Löffel noch im Mund. Er zog ihn heraus, legte ihn auf den Tisch und stand auf, um Bodo zu begrüßen: »Sie müssen der Herr Kröber sein!« Dann sagte er zum Kapitän: »Darf ich vorstellen? Das ist Herr Kröber, der Detektiv«, und zu Bodo: »Herr Stefan Boemer, einer unserer Schiffsführer. Nehmen Sie doch Platz, Herr Kröber! Möchten Sie mit uns frühstücken?«

»Nein, danke! Aber einen Tee würde ich gerne trinken.«

Schottel rief die Bedienung, Bodo bestellte einen Darjeelingtee und Schottel legte los: »Wir haben uns gerade Gedanken gemacht, wie wir unseren guten Ruf retten können, nicht wahr, Stefan? Nicht, dass es irgendwann heißt, da kannst du nicht mehr mitfahren, auf den Schiffen vom Schottel wirst du beklaut!«

»Irgendetwas muss passieren«, sagte der Kapitän. »Wir wissen, dass es schwierig sein wird, aber wir müssen den Dieb – oder die Diebe – erwischen, koste es was es wolle!«

»Oh«, frohlockte Bodo, »koste es, was es wolle, das hört sich gut an!«

»Im Ernst, Herr Kröber«, sagte Schottel, »wenn die Presse davon Wind bekommt, dann laufen die Gäste doch zur Konkurrenz! Und wir segeln sozusagen in die Pleite, das wäre unser Untergang!«

»Ich sehe die Schlagzeile in Harrys Wochenblatt schon vor mir«, sagte Boemer, »›Piraten plündern Touristen an Bord der Schottellinie!‹ Das darf nicht passieren! Deshalb lassen Sie uns zusammen überlegen, wie wir die Diebe kriegen.«

»Also gut«, sagte Bodo. »Wie oft ist das schon vorgekommen?«

»In der jetzigen Saison haben sich bisher zwölf Leute bei uns gemeldet. Die Dunkelziffer wird natürlich höher sein, denn es merkt ja nicht jeder gleich, dass sein Portemonnaie weg ist. Und es bringt auch nicht jeder seinen Schiffsausflug damit in Verbindung. Hoffentlich!«

»Und wann melden sich die Leute bei Ihnen?«

»Meistens bei der Rückfahrt. Da sind sie in Traben-Trarbach oder sonst wo ausgestiegen, wollten ins Museum oder ein Eis essen … der Griff nach dem Geldbeutel: zack, Geldbeutel weg! Dann kommen sie zu uns, durchsuchen auf den Knien das ganze Schiff und denken noch, sie hätten ihr Geld vielleicht nur verloren. Und dann geht das Gejammere los: Geld weg, Führerschein und Fahrzeugschein weg, Kreditkarten und Personalausweis weg. Und die Tankkarte vom Supermarkt auch noch!«

»Was tun Sie dann?«

»Wir lassen uns Name und Adresse geben und versichern, dass wir, wenn wir etwas finden, uns unverzüglich melden. Das mussten wir aber bis jetzt noch nicht tun, da wir nichts auf den Schiffen gefunden haben.«

Bodo überlegte: »Ist Ihnen oder Ihrer Mannschaft vielleicht eine Person aufgefallen, die öfter auf den Schiffen mitfährt?«

»Es ist fast unmöglich, sich ein einzelnes Gesicht zu merken! Während der Saison fahren ja Tausende mit uns. Und außerdem wechselt auch das Personal auf den Schiffen.«

»Apropos Personal! Entschuldigen Sie, wenn ich diese Frage stelle, aber könnte es jemand von Ihrem Personal sein?«

»Genau aus diesem Grund haben Herr Boemer und ich uns heute hier verabredet! Wir sind bei unserem Gespräch alle Leute, die bei uns beschäftigt sind, durchgegangen, und jetzt kann ich mit Sicherheit sagen: Ich lege meine Hand für jeden Einzelnen ins Feuer.«

Bodo strich über seine pochende, heiße Hand und sagte: »Das kann nicht jeder Chef von seinen Mitarbeitern sagen. Sehr schön, dann brauche ich mich mit denen schon mal nicht zu beschäftigen.«

Nun informierte Bodo die beiden über die verschiedenen Tricks der Taschendiebe, dabei lotete er auch schon Möglichkeiten aus, die sich auf einem Schiff ergeben könnten.

»Diese Ganoven kommen aber auch auf Sachen!« Boemer schüttelte den Kopf, als er von den verschiedenen, durchaus interessanten Tricks hörte.

»Diese Tricks sind uralt. Schon im 16. Jahrhundert gab es in ganz Europa Schulen, in denen das Klauen gelehrt wurde«, erzählte Bodo. »Die Diebe wurden an Klingelpuppen ausgebildet, das waren lebensgroße Puppen, die mit kleinen Glöckchen behangen waren. Denen mussten sie in die Taschen greifen. Erst wenn es beim Klauen nicht mehr klingelte, hatten sie ausgelernt und wurden zur Kontaktaufnahme auf die Leute losgelassen.«

»Ziemlich einseitiger Kontakt«, meinte Schottel trocken.

»Stimmt! Durch ihre Geschicklichkeit und Fingerfertigkeit wurden die Taschendiebe auch als Meister des Einfühlungsvermögens bezeichnet. Und noch etwas: Sie hatten eine Berufsehre, sie verachteten Räuber, die sich Geld von anderen Leuten mit Gewalt nahmen. Sie hingegen hielten sich für Künstler und Könner ihres Fach, ja sogar für gute Handwerker!«

»Handwerker! Dass ich nicht lache«, polterte Schottel, »Lumpen und Verbrecher sind das, damals wie heute! So etwas gehört bestraft, aber saftig!«

»Ja, die Bestrafung war wirklich saftig, oft spritzte sogar Blut. Richtig heftig muss es damals zugegangen sein, wenn jemand erwischt wurde. Da wurde dem Handwerker sein Handwerkszeug abgeschlagen, und zwar öffentlich. Manchmal nur ein Finger, manchmal aber auch die ganze Hand. Und wenn das Urteil ganz hart war, wurde er unter dem Gejohle einer großen Menschenmenge einen Kopf kürzer gemacht. Und das Interessante war, während die Menge wie gebannt auf den Henker starrte, waren schon wieder Taschendiebe unterwegs!«

»Ihnen könnte man stundenlang zuhören! Woher wissen Sie denn das alles? Lernt man das auf der Detektivschule?«, fragte Boemer.

»Zum Teil ja. Aber ich lese auch gerne historische Romane, da steht so was gelegentlich drin. Aber jetzt sollten wir uns um den heutigen, modernen Dieb kümmern! Eine Frage noch: Wissen Sie, an welchem Wochentag die meisten Diebstähle gemeldet wurden?«

»Sonntags«, kam es wie aus der Pistole geschossen, »da haben wir den meisten Betrieb.«

»Klar«, sagte Bodo, »da würde ich auch losziehen, wenn ich Taschendieb wäre. Und ab wann, sagen die Fahrgäste, habe ihnen das Geld gefehlt? Wann ist es ihnen aufgefallen?«

»Tja, wie gesagt: Traben-Trarbach. Sie steigen aus, wollen etwas einkaufen und das Geld ist weg.«

»Schwierig, schwierig«, brummte Bodo. »Am Besten, ich fahre einfach mal mit auf dem Schiff, um mir einen Überblick zu verschaffen. Ich tue so, als ob ich Taschendieb wäre und achte dabei auf Gelegenheiten, die ein Dieb ausnützen könnte.«

»Gelegenheit macht Diebe«, lachte Boemer.

»Genau, und diese Gelegenheit will ich aufspüren«, sagte Bodo. »Vielleicht kommen wir ja dann ein Stück weiter.«

Schottel sagte: »Herr Boemer wird Ihnen einen Block mit zehn Fahrkarten geben. Sie können jederzeit mitfahren, aber sagen Sie keinem, wer Sie sind!«

»Ich bin ein stinknormaler Tourist, der sich die Mosellandschaft vom Schiff aus ansieht und dabei ein Glas Wein, vielleicht auch zwei, trinkt.«

»Ihr Honorar«, fragte Schottel, »was ist Ihr Stundensatz?«

»Eigentlich bekomme ich fünfzig Euro die Stunde. Aber ich kann doch nicht auf dem Schiff mitfahren, es mir gut gehen lassen und jede Stunde fünfzig Euro berechnen ...«

»Doch, das können Sie, Herr Kröber«, unterbrach ihn Schottel. »Es ist verdammt wichtig für uns! Bei Erfolg kriegen Sie noch eine Prämie oben drauf. Halten Sie nur die Augen auf – und mich auf dem Laufenden. Hier auf der Karte ist meine Handynummer, alles klar?«

»Wenn Sie es sagen, Herr Schottel, alles klar! Dann fahre ich morgen, nein übermorgen zum ersten Mal mit.«

Bodo steckte die Fahrkarten ein, bedankte sich und ging durch die Stadt zurück zu seinem Auto.

Bisquit sprang auf den Beifahrersitz und reckte in Erwartung einer erlebnisreichen Autofahrt den Kopf in die Höhe.

Bodo fuhr nach Pünderich und stellte sein Auto auf den Parkplatz an der Fähre.

Er ging mit Bisquit durch den Ortskern mit den alten Fachwerkhäusern zum Bäcker, der musste doch wissen, wo die Schwester von Grünewald wohnte. ›Ein Bäcker weiß so was‹, vermutete er.

Seine Vermutung war richtig. Bodo bedankte sich für die Auskunft und kaufte ein belegtes Brötchen und eine Flasche Wasser. Damit setzte er sich auf die Bank vor der Bäckerei. Während er aß, ließ Bisquit ihn nicht aus den Augen, aber Bodo blieb hart. Er sah den Hund an und sagte: »Keinen Krümel kriegst du!«

In der Römergasse stand das alte Fachwerkhaus von Maria Breuer. Die Haustür war zwar offen, aber Bodo klingelte. »Komm rein, die Tür ist auf!«

»Hallo, Frau Breuer«, rief Bodo in den Hausflur.

Eine kleine, alte Frau mit schlohweißem Haar kam auf ihn zu: »Ach, ich dachte, es sei die Eleonore, meine Nachbarin!«

»Guten Tag, Frau Breuer, mein Name ist Kröber. Ich habe gestern im Zug Ihren Bruder kennengelernt. Er hat mir eine Geschichte aus dem Krieg erzählt, aber er wusste keine Einzelheiten, weil er damals in Gefangenschaft gewesen war. Er sagte mir, Sie wüssten noch alles über das abgestürzte Flugzeug am Viadukt.«

»Waren Sie denn auch in dem Zug, der in die Geröllawine gefahren ist?«, fragte die alte Frau.

»Ja, da haben wir uns kennengelernt.«

»Gut, dass keinem was passiert ist«, sagte sie, »stellen Sie sich vor, der Zug wäre das Viadukt hinabgestürzt!«

»Das will ich mir gar nicht vorstellen«, sagte Bodo. »Ist Ihr Bruder denn noch rechtzeitig zum Konzert nach Trier gekommen?«

»Ja, aber knapp. Er hat mich heute morgen angerufen und mir alles erzählt. Der alte Dabbes! Fährt wegen einer Volksmusiksängerin so weit. Jetzt ist er fast neunzig Jahre alt und immer noch Autogrammjäger, das müssen Sie sich mal vorstellen!«

»Wenn es ihm doch Spaß macht!«

»Dabei hört er doch so gut wie gar nix mehr! Aber was solls, es ist seine Sache. Aber sagen Sie mal, er hat erzählt, auf den Schienen habe eine Leiche gelegen. Stimmt das?«

»Es war ein Skelett«, berichtigte Bodo, »es kam durch den Erdrutsch an die Oberfläche, und genau darum geht es mir. Ihr Bruder hat erzählt ...«

»Ach, was stehen wir hier herum«, unterbrach ihn Frau Breuer, »kommen Sie doch herein, Herr Kröber!«

»Ja, aber der Hund ...« Bodo zeigte auf Bisquit.

»Nur herein mit ihm, er kann sich im Flur auf den Teppich legen, da hat unser Hund früher auch immer gelegen.«

Bodo hob den Zeigefinger, sagte: »Platz!«, und Bisquit legte sich brav auf den Teppich.

Frau Breuer führte Bodo eine kleine dreistufige Treppe hoch in die Küche. »Nehmen Sie auch Platz!«, sagte sie.

Bodo war beeindruckt. Die Wände waren voller kleiner Teppiche, wahrscheinlich selbst gewebt.

Auf der Fensterbank standen Vasen mit Plastikblumen. Der Schrank war vollgestellt mit Fotos von kleinen und größeren Kindern und auf dem alten Sofa saßen Stofftiere aller Art. Zwei verstaubte Mobiles hingen von der Decke herunter. Neben der Tür befand sich ein Kruzifix, darunter hing ein Weihwasserbecken, in dem ein Buchsbaumzweig steckte.

»Gemütlich haben Sie es hier«, sagte Bodo höflich.

»Oh, danke! Möchten Sie vielleicht etwas trinken?«

»Ja gerne! Ein Glas Wasser wäre gut.«

Frau Breuer schob einen Vorhang zur Seite, dahinter befand sich ihre »Küche«: Ein Zweiplattenkocher stand auf dem Kühlschrank, daneben war die Spüle. Sie bückte sich geschickt und nahm eine Flasche Wasser aus dem Kühlschrank. Die alte Dame war bestimmt schon über achtzig, aber noch fit, fand Bodo. Sie stellte zwei Gläser auf den Tisch und schenkte ein. Dann setzte sie sich: »So, was wollen Sie hören?«

»Ich interessiere mich für die Geschichte vom Flugzeugabsturz am Viadukt. Ihr Bruder hat gesagt, Sie hätten alles aufgeschrieben.«

Frau Breuer lächelte bescheiden: »Ja! Was damals passiert ist, weiß ich noch wie heute. Es war ein Sommertag und wir waren mit meinem Vater und ein paar Nachbarn beim Heumachen an der Mosel. Da sahen wir den Flieger, vom Hunsrück kommend, ganz tief über den Wald fliegen. Oben am blauen Himmel sahen wir weiße Fallschirme schweben, die immer tiefer sanken und irgendwann hinter dem Wald verschwunden waren. Der Flieger brummte so merkwürdig. Manchmal heulten die Motoren auf, dann stieg er höher. Aber dann sank er wieder, und bei jedem Sinken wurde er tiefer. Plötzlich kam er auf uns zu, schoss über unsere Köpfe hinweg und sauste über die Mosel. Dann krachte er auf der anderen Seite in die Böschung über dem Tunnel und fing an zu brennen.«

»In die Böschung überm Tunnel? Nicht in die Weinberge?«

»Nein nein, genau über dem Tunnel! Da wo die Bahn, die nach Trier fährt, herauskommt.«

»Ihr Bruder sagte aber, der Flieger wäre in die Weinberge über dem Viadukt ...«

»Ach der! Was weiß der denn, der war doch gar nicht dabei! Nein, über dem Tunnel! Dann sind ein paar Leute – mein Vater war auch dabei – mit dem Nachen auf die andere Moselseite gerudert, zum Flugzeug gelaufen und haben den verletzten Piloten herausgezogen.«

»Was war mit dem Copiloten?«

»Der ist, als er die Männer im Kahn gesehen hat, in die Weinberge geflüchtet. Ohne sich um seinen Kameraden zu kümmern! Man hat nach ihm gesucht, aber er blieb verschwunden.«

»War er denn verletzt?«

»Das weiß ich nicht. Aber wir haben ihn ja laufen sehen, also kann er nicht schwer verletzt gewesen sein!«

»Ihr Bruder erzählte mir, dass er aus einer Kopfwunde blutete.«

»Dann verwechselt er ihn mit dem Piloten, der hatte beim Absturz eine Platzwunde am Kopf, das war aber nicht weiter schlimm. Aber da sehen Sie mal, Herr Kröber, was mit der Zeit alles verwechselt und vertauscht wird. Da wird Geschichte umgeschrieben! Und auf einmal ist die Wirklichkeit verdreht. Viele Leute im Dorf haben die Geschichte auch verdrängt.« Sie seufzte.

»Verdrängt? Wieso verdrängt?«, hakte Bodo nach.

»Jetzt kommt der zweite Teil der Geschichte«, sagte sie. »Der Pilot wurde aus dem Flugzeug gezogen, es war allerhöchste Zeit, denn als die Männer mit ihm am Ufer waren, ist das Flugzeug explodiert. Eine riesige Rauchsäule stieg in den Himmel, die konnte man bis nach Traben-Trarbach sehen! Ja, man hat ihn dann ins Dorf in den Franzosenkeller gebracht, dort sollte er verhört werden.«

»Franzosenkeller?«

»So hieß der Keller unter der Schule. Da waren immer mal wieder französische Gefangene untergebracht, die bei Winzern arbeiten mussten. Es war aber nichts mit dem Verhör, weil der Amerikaner kein Deutsch und unsere Leute kein Englisch sprachen. Dann wurde die Anne geholt, die war auf dem Gymnasium und konnte Englisch. Sie sollte dolmetschen, aber der Pilot hat auf ihre Fragen nicht geantwortet. Dann ist einer von denen, er war damals im Gemeinderat, ich nenne keine Namen, ausgerastet und hat ihn geschlagen. Doch der Pilot hat nur gelacht und die Füße auf den Tisch gelegt. Das hat mir mein Vater erzählt. Das hat den Schläger so böse gemacht, dass er wie ein Besessener auf den Amerikaner eingedroschen hat. Nur mit Mühe hätten drei Mann ihn davon abhalten können, den Mann weiter zu misshandeln. Mein Vater hat darum gebeten, den Piloten doch so behandeln, wie man unsere Soldaten in Gefangenschaft auch behandeln würde. Als der Amerikaner immer noch nichts sagte, führten sie ihn hinaus und brachten ihn ans Moselufer. Dort standen die großen Kuhwagen mit eisenbeschlagenen Rädern. An einen davon haben sie ihn festgebunden. Wir Kinder waren natürlich neugierig, wir sind alle hin und haben ihn uns angeguckt. Einen Amerikaner mit so einer tollen Fliegerkombination! Der hatte sogar Pelzbesatz am Kragen, so etwas kannten wir nicht. Und am Gürtel hatte er seine Sauerstoffmaske hängen, so etwas hatten wir auch noch nie aus der Nähe gesehen!«

Bodo stellte sich eine Sauerstoffmaske aus dem letzten Krieg vor, dann sah er auf seine Hand und dachte an das Eisenteil im Weinberg.

»Was ist denn mit Ihrer Hand?«, fragte Frau Breuer interessiert.

»Och nix«, lenkte Bodo ab, »nur ein bisschen entzündet.«

»Legen Sie über Nacht ein eingeweichtes Kohlblatt auf die entzündete Stelle, das wirkt Wunder«, versprach die alte Frau. »Wo war ich stehen geblieben? Ach ja, am Wagen. Der Amerikaner hat in der prallen Sonne in seiner Uniform ganz schön geschwitzt. Ich bin dann hin und habe ihm die Geste des Trinkens vorgemacht. So wollte ich ihn fragen, ob er Durst hat und ein Glas Wasser möchte. Er hat mich verstanden, aber er schüttelte den Kopf. Dabei lächelte er.«

»Wie alt waren Sie denn damals?«, fragte Bodo.

»Ich bin 1930 geboren, dann können Sie sich das ja ausrechnen.«

»Also vierzehn waren Sie damals – dann sind Sie ja heute zweiundachtzig Jahre alt! Das hätte ich Ihnen nicht gegeben, so fit möchte ich mit zweiundachtzig auch noch sein!«

»Bäume reiße ich keine mehr aus. Aber ich bin froh um jeden Tag, an dem mir etwas weh tut.«

»Wie bitte? Das verstehe ich nicht!«

»Ganz einfach«, lachte die alte Frau, »Sie kennen doch den Spruch: Dem tut kein Zeh mehr weh. Und dieser Zustand hat noch ein bisschen Zeit bei mir, Herr Kröber!«

»Ist denn noch jemand im Dorf, der das mit Ihnen erlebt hat?«

Frau Breuer dachte kurz nach, dann sagte sie: »Nein, die sind alle schon tot. Nur die Hermine lebt noch, aber die lag damals im Krankenhaus und hat das nicht mitbekommen.«

»Was wurde aus dem Piloten?«

»Er wurde von deutschen Soldaten abgeholt und nach Koblenz gebracht. Weiter weiß ich leider nichts mehr – was aus dem geworden ist und so.«

»Und von dem Copiloten fehlte wirklich jede Spur?«, fragte Bodo noch einmal.

»Sie haben die Weinberge, die Felsen und natürlich auch die Falklayhöhle abgesucht. Aber er war weg, wie vom Erdboden verschluckt!«

»Falklayhöhle? Wo ist die?«

»Über dem Viadukt. Das ist eine künstliche Höhle im Schieferfelsen. Da wurde der Sprengstoff gelagert, den man früher beim Bahnbau gebraucht hat. Im Steinbruch wurde ja gesprengt, um Steine für den Bahnbau zu bekommen. Aber wie gesagt, man hat den Piloten nie mehr gesehen.«

»Tja, das war wohl eine schlimme Zeit damals«, meinte Bodo nachdenklich.

»Ach, als Kinder haben wir das nicht so gemerkt! Nur die Nächte im Keller, bei den Bombenabwürfen, die stecken mir heute noch in den Knochen.«

»Das kann ich mir vorstellen, Frau Breuer. Ich bedanke mich für Ihre Geduld und Ihre Geschichte aus einer dunklen Zeit.«

»Gern geschehen!«

»Tschüss, Frau Breuer!«

»Auf Wiedersehen, Herr Kröber!«

Bodo nahm den Hund an die Leine und ging zum Parkplatz am Moselufer. Von hier aus konnte er den Tunnel und einen Teil des großen Viaduktes mit seinen neunundneunzig Bögen sehen. Der gelbe Bauzug hatte Verstärkung bekommen. Zwei Bagger räumten die Gleise frei. Von hier aus sah der Erdrutsch wirklich wie ein umgekehrtes V aus. Bodo betrachtete seine Hand und dachte: ›Sauerstoffmaske, dieses verdammte Eisenteil, ich will es wissen!‹ Er öffnete den Kofferraum seines Autos und nahm seine Wanderschuhe heraus. Dann setzte er sich auf den Kofferraumrand und wechselte die Schuhe. So einen blöden Sturz wie gestern wollte er nicht nochmal erleben.

Die Fähre lag mit laufendem Motor auf der anderen Moselseite, der Fährmann war gerade dabei, sich mit einem Motorradfahrer zu unterhalten. Bodo wartete geduldig. Ein Winzer tuckerte mit seinem Traktor auf den Fährkopf und stellte den Motor ab. Nach ein paar Minuten drückte er auf die Hupe und schrie wütend: »He! Ich habe meine Zeit nicht gestohlen, komm sofort rüber!«

Er hupte noch einmal ausgiebig. Der Motorradfahrer setzte seinen Helm auf, stieg auf seine Maschine, fuhr runter von der Fähre und brauste auf der Uferstraße davon. Der Fährmann ließ die rot-weiße Schranke nach unten in die Halterung gleiten, dann drehte er am Steuerrad, um sein Gefährt in die richtige Richtung zu bringen. Die zwei Motoren heulten auf. Langsam kam die Fähre näher, bis sie sich schließlich quietschend auf den mit Basaltsteinen gepflasterten Fährkopf schob und stand. Die Schranke ging hoch und der Traktor fuhr auf die Fähre. Sobald er stand, schrie der Winzer den Fährmann, der gerade die Treppe vom Führerstand herunter kam, an: »Du wirst fürs Fahren bezahlt, nicht fürs Quatschen! Außerdem mach nächstens wenigstens die Motoren aus. Was du hier für einen Sprit verschwendest, das geht auf kein Kuhhaut! Die Liter Diesel, die während deiner Quasselei in die Luft geblasen werden, müsste man dir vom Gehalt abziehen!«

Bodo fand, die Einwohner dieses schönen Ortes hatten ihren Spitznamen als »Gesetzkrämer« zu Recht bekommen. Er bezahlte einen Euro für die Überfahrt, Bisquit fuhr umsonst mit.

Auf der anderen Seite angekommen marschierte er in Richtung Viadukt, bis er zu dem Pfad kam, der unter dem ersten Viaduktbogen in die Weinberge führte. Als er oben am Viadukt war, ging er quer durch die Weinberge bis zur Stelle, an der er gestern mit Nico Veith den Schädel gefunden hatte. Noch weiter oben hatte er sich auf den Hintern gesetzt und war in dieses blöde Eisenteil gefallen. Diesmal stieg er ohne Probleme in der Weinbergszeile nach oben. Er suchte den Boden ab und fand zuerst einen Drahtbügel mit einer kleinen Öse, dann sah er seine Rutschspuren von gestern, und da lag das verrostete

Eisenteil. Bodo hob es auf und betrachtete es genauer. Es war rund, mit einem scharf gezackten Rand, der auf einer Seite nach oben gebogen war. In der Mitte des etwa fünfzehn Zentimeter hohen Randes war ein geriffeltes Rädchen angebracht, das durch die Blechwand nach innen ragte. Bodo schob seine Nase hin und her und dachte nach.

Dann kratzte er an dem verkrustete Blech und versuchte, den Rost zu entfernen. Erfolglos, die Rostverklumpungen waren wie mit dem Blech verwachsen. ›Nichts zu machen‹, dachte er, ›vielleicht schaffe ich es ja zu Hause mit einer Drahtbürste.‹ Er hielt den Bügel, den er gefunden hatte, neben das Eisenteil und versuchte, einen Zusammenhang zwischen den beiden Gegenständen herzustellen. Aber egal, ob sie zusammengehörten oder nicht, Teile einer Sauerstoffmaske waren es bestimmt nicht. Enttäuscht stieg Bodo bis an den Fuß des Viaduktes. Dort wandte er sich nach rechts und ging unter dem Viaduktbogen auf die Bahnarbeiter zu. Der Gleiskörper war nun fast frei, zwischen den Schienen lag nur noch wenig Geröll, das die Arbeiter mit Schaufeln in den Bauwagen schippten.

»Hallo! Wann wird denn die Strecke wieder freigegeben?«, fragte Bodo einen der Männer.

»Wenn wir hier fertig sind, kommt noch der Chef von der Bahnmeisterei und der Testzug. Wenn alles gut geht, fahren ab heute Nacht wieder Züge.«

Bodo schaute interessiert auf den Schutt, der auf dem Wagen lag.

»Suchen Sie was?«, fragte der Arbeiter.

»Nicht direkt«, antwortete Bodo, »aber haben Sie vielleicht Eisenteile gefunden? Hier soll im Krieg ein Flugzeug abgestürzt sein. So etwas suche ich.«

Der Arbeiter sah die verrosteten Teile in Bodos Hand: »Ach so, Sie sind ein Souvenirjäger, sagen Sie das doch gleich! Leider nein, hier haben wir nur Wingertsboden, Felsen, rausgerissene Pfähle und Reben aufgeladen. Oder hast du was aus Eisen entdeckt, Schorsch?«

»Hab nix gesehen«, rief Schorsch zurück und schippte weiter den letzten Dreck hoch auf den gelben Wagen. Bodo bedankte sich und sah noch einmal nach oben, in die Weinberge.

Bisquit zog unruhig an der Leine. »Ja ja, wir gehen schon, Bisquit! Langweilig für dich hier, ich weiß.« Er ging mit dem Hund auf dem schmalen Pfad neben der Bahnlinie zurück. Bisquit zog kräftig und fing an zu bellen. Bodo schaute sich um, aber er sah nichts Beunruhigendes.

»Was ist denn? Was ist los, was hast du denn?« Er machte Bisquit los und der Hund lief den Weinberg hoch, hechelte nach links zur Kante des Erdrutsches und fing an, im frischen Erdreich zu scharren. Bodo stieg hinterher, was ihm einige Mühe bereitete, denn der Weinberg war steil. Schnaufend und nach Luft japsend kam er schließlich neben Bisquit an, der gleichzeitig bellte und scharrte. »Was ist denn da, was hast du gefunden?« Plötzlich fiel es Bodo wie Schuppen von den Augen. Frau Breuer hatte doch von der Falklayhöhle gesprochen, genau über dem Viadukt! Nico hatte gestern nach dem Erdrutsch seinen Kasimir vermisst!

Bodo rutschte so schnell er konnte den Weinberg hinunter und lief zu den Bahnarbeitern.

»Ich brauche dringend eine Schaufel«, bat er, »da oben in der Höhle ist ein Hund verschüttet!«

Der Bahnarbeiter fackelte nicht lange: »Schorsch, du kommst mit, die anderen machen weiter!«

Sie stiegen den Berg hinauf. Bisquit hatte inzwischen aufgehört zu bellen, er scharrte nur noch.

»Wem gehört denn der Hund in der Höhle? Wenn denn einer da ist?«

»Dem Veith, er hat den Wingert daneben. Der Hund muss wohl gestern, während er Karnickel jagte, in der Höhle gewesen sein, als der Erdrutsch den Eingang verschüttete.«

»Seid mal still«, sagte Schorsch und legte den Kopf auf den Boden um zu horchen. »Tatsächlich, da winselt ein Hund. Dann aber mal los!«

Die beiden Männer vom Bauzug legten sich mächtig ins Zeug, sie schaufelten schnell und effektiv, sodass nach wenigen Minuten eine kleine Öffnung entstand. Bodo räumte Wurzelwerk und Stücke eines zersplitterten Pfahls zur Seite. Dann wollte Schorsch mit der Hand in die Öffnung greifen, aber Bodo warnte: »Ich weiß nicht, ob das so eine gute Idee ist! Wenn ich Hund wäre, hätte ich Angst. Und wenn ein Hund Angst hat … komm, gib mir mal die Schaufel, das Loch muss so groß sein, dass er alleine raus kann.« Vorsichtig grub Bodo das Eingangsloch immer größer.

Das Winseln im Inneren der Höhle wurde lauter und Bisquit fing wieder an zu bellen. Wie ein Blitz schoss Kasimir plötzlich aus dem Loch und flitzte durch die Weinberge davon, Bisquit hinterher.

»Mensch, Klasse«, sagte Schorsch und freute sich, »wenigstens mal einen guten Grund gehabt, Grund zu schaufeln!«

»Was ist denn das hier für eine Höhle?«, fragte der Vorarbeiter.

Bodo antwortete: »Das waren eure Kollegen vom Bahnbau zu Kaisers Zeiten. Sie haben die Höhle gegraben, um Sprengstoff zu lagern.«

»Sprengstoff, wofür?«

»Um Steine aus dem Steinbruch zu gewinnen. Das Viadukt und der Tunnel bestehen zum großen Teil aus Schiefersteinen aus dem Steinbruch da hinten«, Bodo zeigte auf den großen Steinbruch gegenüber von Pünderich.

»Das muss aber schon lange her sein«, meinte Schorsch, »bestimmt vor dem Krieg.«

»Da stehts doch«, sagte der Vorarbeiter, »da, über dem Tunnel: 1878!«

»Da war ich noch nicht auf der Welt«, alberte Schorsch. »Los, ab, wieder nach unten, weiter schaufeln! Und wenn wieder so was passiert, ruf uns, wir werden den Hund schon schaufeln!«

»Also, nochmal danke«, sagte Bodo, dann rief er nach seinem Hund: »Bisquit, hierhin, aber schnell! Bei Fuß!« Er sah die beiden Hunde im Weinberg herumtollen, anscheinend vertrugen sie sich. Bisquit befolgte das Kommando und kam angelaufen, Kasimir lief hinterher.

»Kasimir, komm her! Mach Platz, sitz!« Bodo nahm die Hundeleine und band Kasimir fest.

»Abmarsch! Und du bleibst bei Fuß, Bisquit!« Bodo ging mit den beiden Hunden den Pfad hinunter auf den Wirtschaftsweg und dann zur Fähre.

Der Fährmann staunte nicht schlecht: »Bist du Hundefänger, oder was? Mit einem rüber, mit zweien zurück?«

»Nein, das ist Nico Veiths Hund, den haben wir gerade aus der Höhle befreit. Wo wohnt der Nico überhaupt?« Der Fährmann fing an umständlich zu beschreiben, wie Bodo zu Veiths Weingut kommen könnte, dann brach er seine Ausführungen abrupt ab und sagte: »Quatsch! Der Veith ist doch heute in seinem Wingert unterhalb der Marienburg!« Er drehte sich um und zeigte auf die Treppe, die hoch in die Weinberge führte. »Geh hier hoch, dann dreihundert Meter nach rechts. Da steht sein weißer Citroenbus, den findest du garantiert.«

Bodo machte sich auf den Weg. Er stieg die Treppen hoch, und als er merkte, wie kurzatmig er war, fasste er sich an seinen Bauch und überlegte: ›Was kann ich denn nur weglassen? Es muss aber etwas sein, was nicht so gut schmeckt!‹

Schnaufend kam er oben auf dem Wirtschaftsweg an. Er blieb einen Moment stehen, um wieder zu Atem zu kommen. Die Hunde spielten miteinander und tollten auf dem Weg herum. Bisquit trug eine alte Rebwurzel in der Schnauze und Kasimir versuchte, sie ihm abzujagen. Bodo hatte Veiths Auto entdeckt und setzte sich in Bewegung. Am Weinberg angekommen, sah er ihn unten in einer Rebzeile.

»Nico«, rief er, »schau mal, wen ich dir mitbringe!« Er nahm Bisquit die Wurzel aus der Schnauze und warf sie nach unten. Die beiden Hunde liefen hinterher und balgten sich um das Holz. Veith kam nach oben und hieb seine Sichel in einen Pfahl.

»Wie kommst du an den Hund, Bodo? Wir haben ihn heute Nacht vermisst!«

Bodo erzählte von der Befreiung aus der Höhle und Veith sagte: »Mensch, was war das gestern doch für ein Tag! Erdbeben, Geröllawine, Zug entgleist, Kasimir weg!«

»Ja, stimmt! Aber weißt du, was mich am meisten wundert? Dein Hund ist fit wie ein Turnschuh! Man merkt ihm gar nicht an, dass er so lange verschüttet war. Er muss doch mal was fressen und trinken.«

»Getrunken hat der«, sagte Veith, »in der Höhle ist es feucht, da stehen immer Wasserlachen. Aber fressen sollte er was. Ich hab was dabei.«

Veith ging ans Auto, nahm einen Blechnapf und tat Futter hinein. Dann sagte er: »Pass mal auf!«, und klopfte mit seinem Schlüssel auf den Blechnapf. Kasimir ließ die Wurzel fallen und beide Hunde kamen den Weinberg hochgerannt. Veith stellte den Freßnapf auf den Boden und die Hunde fraßen einträchtig nebeneinander.

Bodo zeigte Veith die beiden Eisenteile: »Kannst du was damit anfangen?«

»Was soll das sein?«, fragte Veith und drehte den Draht und das Eisenteil in der Hand.

»In das verrostete Teil da bin ich ja gestern reingefallen. Und heute wollte ich wissen, was das ist. Könnte es von einer Sauerstoffmaske stammen, von einer Flugzeugbesatzung aus dem Krieg?«

Veith schüttelte den Kopf und sagte: »Keine Ahnung, Bodo! Für so etwas habe ich mich nie interessiert. Du denkst, das könnte aus dem abgestürzten Flugzeug stammen?«

»Zuerst habe ich das gedacht, aber mittlerweile kommen mir Zweifel! Ich war bei Frau Breuer.

Sie hat den Flugzeugabsturz damals miterlebt und mir einiges davon erzählt, aber anders als ihr Bruder. Das Flugzeug ist nicht hier, sondern da hinten am Tunnel abgestürzt und der Pilot wurde gefangen genommen. Der Copilot war aber anscheinend nur leicht verletzt und ist geflohen, von dem hat man nie mehr was gesehen. Aber das hier sind bestimmt keine Teile einer Sauerstoffmaske. Ich hätte zu gerne rausgefunden, was das für ein Skelett ist!« Bodo war enttäuscht.

»Aber dass du meinen Hund gefunden hast, ist toll!« versuchte Nico ihn zu trösten.

»Eigentlich war es Bisquit, der ihn gefunden hat, er hat am Felsen gescharrt und gewinselt. Die Bahnarbeiter und ich haben nur noch gegraben.«

»Denen bring ich ein paar Flaschen Wein vorbei. Und du kommst demnächst zur Weinprobe, aber zur ganz großen. Und Bisquit kriegt einen extra saftigen Knochen, aber keinen rötlichen!«

»Danke Nico! Ich melde mich, wenn ich Zeit habe. Bis bald! Komm, Bisquit!«

Bodo stieg die fünfundfünfzig Stufen hinunter. Als er unten war, zitterten seine Knie. ›Ich muss unbedingt etwas für meine Fitness tun‹, dachte er, ›so geht das nicht mehr weiter. Rauf schnauf ich, runter fang ich an zu zittern.‹

Auf der Fähre war eine Wandergruppe, dem Dialekt nach waren es Hunsrücker, die auf die andere Moselseite ins Gasthaus wollten. »Wie? Ein Euro ist doch nicht teuer«, sagte der Fährmann gerade, »du kannst mir natürlich nur sechzig Cent geben, dann schmeiß ich dich aber zwanzig Meter vom Ufer entfernt ins Wasser. Und weil du Hunsrücker bist, also nicht schwimmen kannst, gibst du mir am besten einen Euro und hältst den Mund!« Alle lachten.

›Auf den Mund gefallen ist der Fährmann nicht‹, dachte Bodo.

Auf der anderen Seite angekommen, wechselte Bodo die Schuhe und legte die Eisenteile auf den Beifahrersitz. Er fuhr nach Zell, über die Brücke und bog im Kreisel ab, um runter an die Mosel zu fahren, er wollte zum Hafen. Vielleicht war Berthold ja auf seinem Schiff, ihn könnte er nach den Eisenteilen fragen.

Am Kai lag ein großes Frachtschiff. Ein Lastwagen, den Anhänger voller Getreide, stand davor und wurde gerade entladen. Ein Kran lud das goldgelbe Korn mit einer großen Schaufel auf ein Laufband, auf dem es in den Schiffsrumpf befördert wurde. Bodo ging an dem Frachter vorbei zu einem kleinen Anleger. Hier waren zwei Schiffe vertäut, eins aus Holz und eins aus Plastik. Die »Leonie« war eine Schaluppe aus Holz, die Berthold in einem französischen Moselhafen gefunden, für wenig Geld gekauft und bis hier hin geschippert hatte. Die »Anne« war ein Boot mit einem Plastikrumpf, sie hatte früher einem Düsseldorfer Zahnarzt gehört. Für den hatte Berthold diverse Arbeiten erledigt, aber nie Geld bekommen. Schließlich hatte der Zahnarzt gesagt: »Dann nimm doch das Boot, das ist mir sowieso langweilig geworden.« Berthold wurden Boote nie langweilig.

Bodo balancierte über die Holzbohle, die übers Wasser zu den Booten führte. »Berthold, wo bist du? In der Leonie oder in der Anne?«

»Hier Bodo, am Heck von Leonie!«

Bodo kletterte zuerst über die Bordwand des Plastikschiffes, dann überquerte er es und stieg auf Leonie um. Berthold kniete auf dem Boden. Wie immer trug er seinen roten Overall, der schon in die Jahre gekommen war und vermutlich noch nie die Bekanntschaft mit einer Waschmaschine gemacht hatte. Berthold hatte einige Planken gelöst und war mit der Zuleitung des Dieseltanks beschäftigt: »Ich muss da mit Pressluft ran, da sitzt irgendwo ein kleiner Dreckklumpen drin und verstopft die Leitung. Gib mir mal den Fünfzehnerschlüssel.«

Bodo kramte in der Werkzeugkiste und reichte ihm den gewünschten Schraubenschlüssel.

Berthold stöhnte: »Komm nicht dran, brauch einen längeren Arm!«

»Oder eine längere Leitung,« meinte Bodo, »dann kommst du dran.«

»Sehr witzig! Weißt du, was so was kostet? Nee nee, die hier muss nur mal gut durchgeblasen werden, dann tut sie's wieder. Jetzt, ja … autsch, ich hab sie!«

Zufrieden setzte sich Berthold auf den Schiffsboden und hielt eine circa einen Meter lange Spritleitung in der Hand. »Die bringe ich nachher in die Werkstatt zum Durchpusten. Danach wollen wir mal sehen, ob ich wieder mit abgewürgtem Motor mitten in der Fahrrinne treibe.«

»Wie, ohne Motor?«, fragte Bodo.

»Ja, stell dir vor: Ich tuckere gemütlich auf der Mosel, und als ich in Höhe Briedel bin, setzt der Motor aus! Ich versuch ihn wieder zu starten, aber nix zu machen, der hat keinen Sprit angezogen! Von vorne kommt ein Frachter und von hinten so ein ellenlanges Flusskreuzfahrtschiff auf mich zu. Und ich mit meiner Nussschale – genau zwischen den beiden – treibe hilflos in der Fahrrinne!«

»Und, was dann?«

»Der Frachter tutet lautstark und kommt immer näher, das Schweizer Kreuzfahrtschiff stellt seine Sirene an und nervt kolossal, die Leute an Bord stehen an der Reling und hoffen, dass endlich mal was Spannendes passiert, sie johlen und lachen. Mit dem Paddel habe ich es dann gerade noch geschafft, mich weg aus der Fahrrinne in Sicherheit zu bringen. Trotzdem hat mich die Bugwelle des Schweizer Schiffs volle Breitseite erwischt, alles ist hin und her geflogen: Regale umgekippt, Teller kaputt, ich hatte nicht mehr alle Tassen im Schrank, und alles war nass. Der Frachterkapitän hat noch durchs Megaphon jede Menge Gemeinheiten gebrüllt, dann waren die Schiffe und der Spuk endlich vorbei.«

»Glück gehabt, wie?«

»Kannst du laut sagen!«

»Wie gings dir eigentlich heute morgen?«, fragte Bodo vorsichtig.

»Au weia!«, entfuhr es Berthold. »Erinnere mich nicht daran, nach dem Aufwachen haben drei bis vier Stunden lang kleine Zwerge bei mir im Kopf herumgehämmert! Der Spätburgunder hatte, glaube ich, dreizehn Prozent Umdrehungen. Heute Abend trinken wir wieder Riesling bei Madeleine, was meinst du?«

»Wie, du willst heute schon wieder in die Straußwirtschaft zu Madeleine?«

»Also, um ehrlich zu sein: eher zu ihr als in die Straußwirtschaft!«

»Aha«, lachte Bodo, »hat da was gefunkt?«

»Ich find die einfach Klasse, die Frau! Ich möchte sie heute Abend einladen, mit mir am Sonntag eine Bootstour auf der Mosel zu machen, deshalb muss bis dahin auch die Leitung hier in Ordnung sein.«

»Ach, ich verstehe«, sagte Bodo, » und du willst natürlich nicht, dass Madeleine nass wird auf eurer Tour.«

»Du hast es erfasst, deine Kombinationsgabe ist einfach ungeheuerlich, lieber Bodo!«

»Dann will ich dich nicht länger aufhalten, Berthold! Aber wirf doch bitte einen kurzen Blick auf diese beiden Eisenteile.« Er zeigte die verrosteten Gegenstände und Berthold fragte: »Woher sind die?«

»Vom Erdrutsch am Bahnviadukt. An diesem Teil da habe ich mir gestern die Hand aufgerissen.«

»Schwer zu sagen, was das ist«, brummte Berthold, er drehte die verrosteten Teile in der Hand und kratzte mit dem Daumennagel darüber. »Gib mir mal die Drahtbürste aus der Kiste!«

Er fuhr ein paar Mal mit der Bürste über das Blech und das kleine geriffelte Rad. Rötlich glänzendes Metall kam darunter zum Vorschein.

»Das Rädchen hier bringt mich auf eine Idee. Es könnte eine Lampe sein, weißt du, so eine, in der der Docht mit dem Rädchen nach oben gedreht wird. Warte mal.«

Er ging zum Schiffsbug und kam mit einer alten, kupfernen Petroleumlampe zurück. Der Drahtgriff ähnelte dem Bügel, den Bodo gefunden hatte, und die Öse war fast an der selben Stelle angebracht. Berthold hielt die beiden Teile neben die Lampe. »Das passt«, sagte er, »in dem runden Teil mit dem gezackten Rand war der Ölbehälter. Und hier ist der Bügel, also der Griff dazu. Es könnte eine alte Grubenlampe sein, aus einem Bergwerk vielleicht.«

»Dann verabschiede ich mich von der Idee mit der Sauerstoffmaske aus dem Zweiten Weltkrieg«, sagte Bodo enttäuscht, »da bin ich einer falschen Fährte gefolgt. Es wäre ja auch zu schön gewesen, wenn ich rausgekriegt hätte, wer das Skelett mal war!«

»Wissen die von der Polizei denn noch nichts?«, fragte Berthold und packte seine Leitung in eine Plastiktüte.

»Na, das wird dauern. Ich ruf morgen mal den Heinz von der Kripo an, vielleicht weiß er schon was. Aber ich weiß jetzt was anderes, Berthold.«

»Was denn?«

»Ich halte dich auf. Du möchtest jetzt ganz schnell in die Werkstatt und dann zu Madeleine!«

»Genau«, pflichtete Berthold ihm bei, »du hast es erraten! Alles klar zum Entern! Volle Kraft voraus, Kurs Straußwirtschaft!«

Lachend verließen die beiden den Schiffsanleger über die Holzbohle.

MITTWOCH

Bodo und Claire hatten in ihrem Gartenhaus auf der Schafswiese übernachtet. Hier oben war es angenehm still, kein Autolärm, keine Müllabfuhr, keine betrunkenen Touristen, die singend und grölend durch die Gassen liefen und ihr Hotel nicht mehr finden konnten. Hier oben war die Luft frischer, man konnte freier atmen als im engen Flusstal. Es war schön, hier morgens auf der Veranda zu frühstücken, umgeben vom Wald und mit einem herrlichen Blick ins Bachtal.

Auf dem Tisch stand selbst gemachte Erdbeermarmelade. Claire hatte Kaffee gekocht und war gerade dabei, ein paar Scheiben Brot zu schneiden. Bodo war bei den Himbeerbüschen, um Früchte für sein Müsli zu pflücken. Claire summte zufrieden vor sich hin und strich Marmelade auf ein Brot. Bodo kam mit einer Handvoll Himbeeren an den Tisch und gab sie in seine Müslischüssel.

»Es ist immer wieder schön hier oben«, sagte er.

»So friedlich, und so beruhigend«, bestätigte Claire. Sie legte den Kopf in den Nacken und schaute in den blauen Himmel: »Das tut richtig gut nach all dem, was gestern und vorgestern los war!«

»Hoffentlich bleibt es auch heute Mittag ruhig und friedlich hier oben«, sagte Bodo skeptisch.

»Um drei Uhr habe ich die beiden Streithähne Wendelin und Karl zu einem Versöhnungsgespräch eingeladen. Ich bin gespannt, ob ich ein bisschen Frieden stiften kann.«

»Geht es da um überhängende Äste vom Apfelbaum?« fragte Claire.

»Da geht es um viel mehr. Ich denke, die Äste sind nur vorgeschoben. Momentan können sich die beiden leiden wie Bauchweh! Ich vermute, Wendelins Frau spielt eine Rolle in dem Streit.«

»Wieso das denn?« Claire schüttelte den Kopf.

»Karl hat darauf bestanden, dass Wendelins Frau bei dem Gespräch dabei sein soll. Ich bin gespannt, was das zu bedeuten hat! Na ja, man wird sehen … jetzt frühstücken wir erst mal in aller Ruhe. Dann streiche ich vielleicht den Anbau oder die Gartentür, mal sehen. Was hast du vor?«

Claire zuckte die Achseln: »Eigentlich wollte ich heute faulenzen, was lesen. Vielleicht schreibe ich ja an meinem Gedicht weiter. Und nachher könnten wir einen Spaziergang durch den Wald machen?«

»Gute Idee«, sagte Bodo, »wir gehen runter zum Bach, zu Friedhelms Fischteichen. Da könnte ich nachschauen, ob meine Fischdiebabwehranlage noch funktioniert. Muss ich nur nachher an den Schlüssel für die Tür denken.«

Nach dem Frühstück nahm Bodo eine Farbdose und rührte kräftig in der zähen, grünen Masse, bis die Farbe streichfähig war. Während er das Gartentor strich, kamen Wendelin und seine Frau mit dem Auto vorbeigefahren. Grußlos und den Blick nach vorne gerichtet fuhren sie nach oben in den Querweg, wo sich ihr Wochenendhaus befand.

›Das kann ja heiter werden‹, dachte Bodo und strich nachdenklich weiter am Tor.

Claire saß auf der Veranda und las. Um die Mittagszeit machten sie sich auf den Weg nach unten ins Bachtal.

»Was ist denn das für eine Anlage, die du dem Friedhelm gebaut hast?«, fragte Claire.

»Eine Fischdiebabwehranlage! Er hat Probleme mit seinem Fischbestand. Er vermutet, dass seine Forellen geklaut werden. Mal findet er Fußspuren am oberen Teich, mal findet er Fischinnereien. Er glaubt, es seien jetzt viel weniger Forellen in den Teichen als am Anfang des Sommers.«

»Und wie funktioniert deine Fischdiebabwehranlage?« Neugierig sah Claire Bodo an.

»Ach, das ist nichts Besonderes«, meinte Bodo lachend, »es ist ganz einfach: Ich habe auf dem Dach der Fischerhütte ein kleines Solarmodul befestigt, das liefert Strom für eine Batterie. Die versorgt einen Bewegungsmelder und einen Lautsprecher. Wenn jemand das Ding auslöst, geht das Licht an, und dann fängt es furchtbar an zu knurren.«

»Knurren?«, fragte Claire nach.

»Ja! Es knurrt zuerst so, als ob ein großer Schäferhund in der Nähe sei. Dann bellt es grässlich laut, und dann plärrt eine Stimme: ›Achtung, der Hasso beißt! Ich lass ihn jetzt los!‹«

»Das ist ja furchtbar! Ich würde laufen wie ein Hase!«

Bodo lachte: «Genau das ist beabsichtigt.«

»Und wenn es nur ein Fischreiher war?«

»Reiher haben andere Fußspuren. Und sie fressen auch die Innereien der Fische.«

»Tolle Idee, Bodo! Und was hast du dafür bekommen? Für das Installieren und so?«

»Na ja«, druckste Bodo, »der Friedhelm wollte mir eigentlich ein paar Forellen vorbei bringen …«

»Er wollte! Aber er hat es vergessen, oder?«

»Wenn ich ihn das nächste Mal sehe, spreche ich ihn darauf an.«

»Mach das«, sagte Claire, »frische, gegrillte Forellen mit einem Salat aus dem Garten und dazu ein schönes Glas Riesling auf der Gartenhausveranda! Das wäre doch super, oder?«

»Ja ja«, sagte Bodo, »bestimmt! Beim nächsten Mal erinnere ich ihn daran.«

Sie kamen an den Bach und gingen noch ein Stück durch das schattige Tal, vorbei an moosbewachsenen Felsen und großen Farnen. Die Schlucht war eng. Da der Bach nach Regenfällen oft stark anstieg und Erdreich mit sich riss, hatten Arbeiter des städtischen Bauamtes versucht, das Ufer mit Waschbetonkübeln zu stabilisieren.

»Wunderbar! Renaturierung aus dem Baumarkt!«, spottete Claire.

Sie kamen an Friedhelms Forellenteiche. Einsam, im engen Bachtal gelegen, waren sie ein Paradies für Fischfreunde. Friedhelm hatte zum Schutz vor gefräßigen Reihern blaue Netze über die Teiche gespannt. Trotzdem gab es immer weniger Fische. In den letzten Jahren hatten sich auch noch Kormorane angesiedelt.

Als Bodo und Claire am Zaun angekommen waren, sahen sie sofort die Bescherung. Bodo hatte den Schlüssel zur Tür der Teichanlage schon in der Hand gehabt. »Na, den brauch ich jetzt nicht mehr«, sagte er und ließ ihn wieder in die Tasche gleiten.

»Was ist denn hier passiert?«, fragte Claire erschrocken und gab sich selber die Antwort: »Alles verwüstet! Aber wer macht denn so was?«

Der Zaun war durchgeschnitten und die blauen Netze lagen auf der Wiese. In ihnen befanden sich massenhaft tote Fische. Es stank erbärmlich nach Verwesung. Schwärme von Mücken saßen auf den Kadavern.

Claire hielt sich die Nase zu und ging mutig die paar Schritte zur Hütte.

»Aufgebrochen«, stellte sie fest und schaute kurz in den dunklen Raum. »Was kann man denn hier Wertvolles stehlen?«, fragte sie.

»Eigentlich nichts. Den Dieben ging es wohl nur um die Fische. Und um meine schöne Abschreckungsanlage, die ist komplett weg!«

»So eine Schweinerei!«, erboste sich Claire.

»Sie haben die blauen Netze heruntergezogen, sie zerschnitten und mit zwei langen Stöcken daraus einen Käscher gebaut. Damit haben sie die Forellen herausgeholt.« Bodo war fassungslos.

»Das ist unglaublich dreist«, schimpfte Claire, »die hatten dann wohl auch keine große Angst vor dem bösen Hasso, was, Bodo?«

»Ja, lästere du nur, Claire! Ich kenne Leute, die wären abgehauen. Noch vor ein paar Monaten hätte ich die Flucht angetreten, wenn ich das Gebell gehört hätte! Aber seitdem wir Bisquit haben ... Das ist schon ein starkes Stück! Der arme Friedhelm, dem muss ich heute Abend Bescheid sagen.«

»Sei mir nicht böse«, sagte Claire, »aber ich glaube, an so einem verlassenen Ort wie hier, mitten im Wald, da kriegst du keine optimale Sicherheit hin.«

»Den Versuch war es wert«, antwortete Bodo, »vielleicht muss ich mir ja was Besseres ausdenken: Selbstschussanlagen, kleine Tretminen, die beim Explodieren einen Farbstoff ausstoßen, der nicht mehr aus der Kleidung geht … oder noch besser – Buttersäure. Dann traut sich der Einbrecher nicht mehr unter Leute, der stinkt sein Leben lang!«

»Jetzt bist du aber wirklich böse«, sagte Claire.

»Ja! Ich bin sauer, total sauer auf diese Feiglinge! Das sind doch keine mutigen Diebe, die dir nachts, während du schläfst, deinen Schmuck unterm Kissen weg klauen, das wären ja wenigstens noch Künstler … aber das hier? Lumpenpack!«

Er suchte rund um die beiden Teiche nach Spuren, fand aber nur ein paar nicht mehr verwertbare Fußabdrücke.

Sie gingen die gleiche Strecke zurück und stiegen die Serpentinen des schmalen Wanderweges wieder hoch zu ihrem Grundstück. Bodo rief Friedhelm an, der – wie zu erwarten – stinksauer reagierte, aber auch einsah, dass es irgendwann soweit kommen musste, der Fischweiher sei zu abgelegen, kein Zaun der Welt könne irgendwelche Diebe abhalten. Aber trotzdem Danke, er würde Bodo noch ein paar Forellen vorbei bringen.

Nach dem Telefonat setzte Bodo seine Streichkünste fort und Claire sagte: »Weißt du was? Ich habe keine Lust, dabei zu sein, wenn die Streithähne hier gleich ihren Kampf austragen. Ich fahre in den Supermarkt und besorge ein paar Sachen. In unserem Kühlschrank ist gähnende Leere. Was willst du heute Abend essen, Bodo?«

»Was Leichtes, ich will doch ein bisschen abnehmen. Also: Salat haben wir selbst, wie wäre es mit gegrillter Putenbrust? Oder einem Würstchen mit Brot?«

»Dann bring ich Pute, die ist magerer als Grillwürstchen.«

»In Ordnung!«

»Bis nachher, Bodo! Und viel Erfolg beim Schlichten!«

»Danke, den kann ich brauchen!«

Claire fuhr auf dem Schotterweg, an dem viele Wochenendhäuser standen, bergab zur Bundesstraße. Als sie abbog, kam ihr Karl Zelter entgegen. Er saß mit grimmigem Gesicht hinter dem Steuer seines Geländewagens und grüßte sie mit leichtem Kopfnicken, dann fuhr er hoch auf die Schafswiese.

›Na dann … viel Spaß, Bodo!‹, dachte Claire und fuhr in den Supermarkt.

Karl ließ den Wagen in der Parkbucht vor Bodos Grundstück stehen und kam ans Tor.

Bodo strich den Rest Farbe auf die Bretter und sagte: »Vorsicht, das ist noch nicht trocken! Pack am Riegel an und komm rein.«

Karl fasste den Riegel und öffnete das Tor. Er betrachtete den Anstrich und trat ein: »Ich müsste auch mal bei mir streichen! Alle paar Jahre hat das Holz Durst.«

»Genau«, sagte Bodo, »was kann ich dir zu trinken anbieten?«

»Ein Bier wäre nicht schlecht«, meinte Karl.

»Setz dich schon mal, ich wasch mir nur noch schnell die Hände.«

Nach ein paar Minuten kam Bodo mit einer Flasche Bier und zwei Gläsern auf die Veranda und schenkte ein.

»Das ist ja alkoholfreies Bier«, meckerte Karl.

»Ich denke, diese Sorte ist für unser Gespräch geeigneter.«

»Wenn du meinst«, brummte Karl und nahm einen Schluck. »Eins sag ich dir gleich, Bodo, wenn der seine Frau nicht mitbringt, geh ich wieder!«

»Du kannst beruhigt sein«, Bodo wies mit dem Kopf nach oben auf den Weg, »da kommen sie schon. Beide!«

Er ging zum Tor, öffnete es und sagte: »Vorsicht, frisch gestrichen! Kommt rein und setzt euch. Was wollt ihr trinken?«

»Wasser«, sagte Wendelin, seine Frau Gerda nickte zustimmend.

Während er einschenkte, sagte Bodo: »Ich komm gleich zum Punkt. Ihr wart mal gute Nachbarn. Ihr habt zusammen gefeiert, euch gegenseitig was ausgeliehen und angepackt, wenn dem anderen was zu schwer war. Im letzten Winter hast du, Karl, Wendelin noch das Starterkabel für die Autobatterie angeschlossen. Dafür hast du, Wendelin, Karl den Schnee vor seinem Grundstück weggeschippt. Hab ich selbst gesehen. Und dann: Peng, auf einmal Krieg! Seit dem Frühjahr ist nur noch Schreierei bei euch! Eure Nachbarn und die Hausbesitzer um euch herum haben mich gebeten, euren Streit zu schlichten. Denn bei dem Krach, den ihr macht, ist der Friede auf der Schafswiese empfindlich gestört. Also, ich mach das hier als Vereinsvorsitzender, weil es so auch in unseren Statuten steht. Ich will den Grund wissen. Was war der Auslöser? Irgendwann im Frühjahr muss es passiert sein. Und kommt mir nicht mit überhängenden Ästen oder anderem Kinderkram!«

»Der Gartenzwerg war schuld«, sagte Karl, »seitdem ist Krach. Plötzlich stand er da, auf Wendelins Wiese, und grinste mich mit seiner blöden Visage an!«

»Ein Zwerg ist schuld?«, fragte Bodo ungläubig. »Ein stinknormaler Gartenzwerg soll schuld sein an eurem Streit?«

»Das ist kein stinknormaler Gartenzwerg, das ist ein provokanter Gartenzwerg!« Karl wurde lauter. »Sie haben ihn so hingestellt, dass er mich immer anguckt und mit seiner blöden Mistgabel auf mich zeigt! Außerdem streckt er noch die Zunge raus! Du kannst nicht den ganzen Tag auf einen Gartenzwerg schauen, der dir die Zunge raus streckt und mit einer Mistgabel auf dich zielt!«

»Mistgabel?«, fragte Bodo.

»Ja, Mistgabel! Sie haben dem Zwerg eine kleine dreizackige Mistgabel in die Hand gelegt, die ist immer auf mein Grundstück gerichtet. Für mich ist das ein provokativer Zwerg!«

»Du musst sagen: war! Es war ein Gartenzwerg«, ereiferte sich Wendelin, »du hast ihn ja kaputt geschossen! Mit deinem Kleinkalibergewehr, das nicht angemeldet ist!«

»Ja, aber erst, als du den Stuhl nach mir geworfen hast!«

Bodo unterbrach: »Das mit dem Stuhl, stimmt das?«

»Ja, das stimmt«, sagte Wendelin, »das gebe ich zu. Den Plastikstuhl habe ich aber nur geworfen, weil er meine Gerda beleidigt hat! Das hätte er nicht tun dürfen!«

»Und warum hat er Gerda …?« Bodo konnte den Satz nicht zu Ende führen, denn Gerda unterbrach ihn mit schriller Stimme: »Du hättest mal hören sollen, was er für eklige Schimpfwörter gerufen hat! Die will ich gar nicht in den Mund nehmen, so beleidigend, obszön und frauenfeindlich sind sie! Mit so einem will ich nichts mehr zu tun haben!«

Bodo versuchte erneut in ruhigem Tonfall den Grund der Auseinandersetzung zu finden: »Also, jetzt will ich es wissen! Was war der Auslöser?«

»Die Jogginghose«, sagte Karl.

»Was denn um Himmels willen für eine Jogginghose?«

»Bodo, stell dir einfach mal vor: Du kommst in dein Wochenendhaus, du willst es gemütlich und bequem haben. Dazu ziehst du dir passende Klamotten an. In meinem Fall ist das eine Jogginghose, ich habe mehrere Exemplare davon. Dann schaust du nach einer Weile nichts ahnend nach draußen und siehst den Gartenzwerg der Nachbarn, immer noch mit der Mistgabel drohend, mit genau der gleichen Jogginghose da stehen. Zuerst hältst du das für einen Zufall. Aber am Wochenende drauf habe ich eine beige Hose mit schwarzen Streifen an, und nach einer Weile trägt Nachbars Zwerg die gleiche Hose! Das ist dann kein Zufall mehr! Und in der dritten Woche war die schwarze Hose mit den weißen Streifen dran. Ich weiß, dass Wendelin nicht nähen kann. Also muss sie es gewesen sein mit den bescheuerten Zwergenklamotten! Da hat es mir gereicht, da habe ich ihr ein paar Nettigkeiten über den Zaun zukommen lassen!«

Bodo wollte innerlich fast explodieren vor Lachen, aber er blieb ruhig: »Wenn es nicht so ernst wäre, könnte man von Mobbinghosen reden«, sagte er, aber Wendelin war immer noch in Fahrt.

»Ja, und wie er dann die Gerda beleidigt hat, habe ich einen Stuhl nach ihm geworfen! Da ist er rein, hat das Gewehr genommen, ist rausgestürmt und hat so lange auf den Zwerg geschossen, bis er nur noch ein Scherbenhaufen war!«

Bodo blickte die Anwesenden der Reihe nach an. Dann legte er die Fingerkuppen aneinander und sagte: »So, ich fasse mal zusammen: Zuerst steht da ein Gartenzwerg, der dem

Nachbarn die Zunge raus streckt. Er hat eine Mistgabel in der Hand, die auf Nachbars Grundstück zeigt. Dann hat der Zwerg plötzlich die gleichen Hosen an wie der Nachbar. Der sich dadurch provoziert fühlt und beleidigende Äußerungen von sich gibt. Das macht den Mann der Beleidigten so wütend, dass ein Plastikstuhl das Fliegen lernt, worauf es zum Tod des Gartenzwergs durch Schusswaffengebrauch der Gegenseite kommt. Also Leute, hört mal, ihr könnt mir viel erzählen!«

Er wandte sich an Wendelin: »Sag mal, Wendelin, so einen Ärgerzwerg stellt man doch nicht ohne Grund auf! Ich habe mal einen gesehen, der stand im Fenster eines Hauses und hatte die Hosen runter gelassen. Sein nackter Arsch zeigte auf den Nachbarn. Solche Zwerge stellt man nur auf, wenn man einen triftigen Grund hat. Also, warum habt ihr ihn aufgestellt?«

»Gerda wollte ihn haben, da hab ich ihn halt gekauft.«

»Wenn Gerda sagt, spring in die Mosel, dann springst du, du Pantoffelheld!«, mischte Karl sich ein.

»Blödhammel!«, entgegnete Wendelin laut. »Das mit dem Gewehr wird dir noch Leid tun! Ich werde dich anzeigen, wegen unerlaubtem Waffenbesitz und gefährlichem Schusswaffengebrauch. Du kannst doch nicht einfach in der Gegend herumballern, du Idiot!«

»Langsam, langsam …«, beschwichtigte Bodo die beiden. »Gut. Der Zwerg ist also gekauft und bei euch auf dem Grundstück angekommen. Wer hat ihn denn da hingestellt? Also, ich meine, so hingestellt, dass er auf Karls Grundstück guckt?«

»Das war ich«, keifte Gerda, »und den Dreizack habe ich ihm auch in die Hände gegeben! Und die Jogginghosen habe ich auch genäht und dem Zwerg angezogen. Und wenn mir noch etwas eingefallen wäre, um ihn zu ärgern, hätte ich das auch noch gemacht!«

Karl lehnte sich zurück und grinste.

»Also hat der Streit gar nichts mit Wendelin zu tun«, sagte Bodo. »So wie ich das sehe, ist es eine Sache zwischen euch beiden! Es gibt ein Sprichwort, das geht so: Er wirft die Steine, die sie ihm reicht. Das scheint hier der Fall zu sein. Jetzt frage ich mich natürlich: Hattet ihr beide, Karl und Gerda, was miteinander, bevor die Zwergengeschichte passiert ist?«

»Wir hätten was miteinander gehabt, spinnst du, Bodo?« Gerda rang um Fassung. »Er wollte zwar was von mir und hat mich auch öfter angefasst. Als Wendelin im Frühjahr die Nachtschichtwoche hatte, hat Karl eines Abends gesagt, er hätte Lust auf mich, es würde doch keiner etwas bemerken. Und dann hat er versucht, mich in sein Gartenhaus zu zerren, er wollte mit mir schlafen!«

»Davon hast du mir nie etwas gesagt«, sagte Wendelin überrascht, »das ist das Erste, was ich höre! Warum hast du mir nie davon erzählt?«

»Warum wohl nicht?«, polterte Karl. »Weil sie auf mich zu kam und immer zudringlicher wurde! Genau umgekehrt war das! Ich hätte sie gezerrt … dass ich nicht lache! Sie hat mich in das Gartenhaus geschoben, sanft und bestimmt, sie wusste genau was sie wollte. Und dann sind wir halt auf dem Sofa gelandet. So herum stimmt die Geschichte!«

»Ja, und dann? Gerda, sag doch was!« Ganz verdattert saß Wendelin da und sah Gerda flehend an: »Was ist dann passiert? Habt ihr, auf dem Sofa, ihr beiden? Nein! Gerda, sag was!«

Karl sprach ruhig weiter: »Ich war in dem Augenblick wie benebelt. Gerda, gut aussehend, kommt zu mir, drückt sich an mich, will etwas von mir, streichelt mich … ich war kurz davor mitzumachen! Aber dann ist es mir durch den Kopf geschossen, wenn du jetzt mit ihr schläfst, machst du alles kaputt: Nachbarschaft, Freundschaft … und dann habe ich ihr gesagt, sie soll aufhören. Sie hörte aber nicht auf. Ich solle mich nicht so anstellen, es sei doch nichts dabei, nur ein bisschen Spaß. Ich bin vom Sofa aufgestanden und habe ihr gesagt, dass ich es nicht will, dann habe ich sie weggeschickt.«

Wendelin saß mit versteinerter Miene und hängenden Schultern da. Karl fuhr fort: »Im Weggehen fing sie an zu schimpfen: Waschlappen, Schlappschwanz …«

»Das stimmt doch alles gar nicht! Du hast mich … ach, lasst mich doch in Ruhe«, schrie Gerda hysterisch, »ich lass mich doch von euch nicht verhören! Ich kann machen, was ich will!«

Sie sprang auf, stieß den Stuhl um und lief davon. Natürlich hatte sie die frische grüne Farbe an der Gartentür vergessen.

»So eine Scheiße«, stöhnte Wendelin und Karl sagte: »Ich hätte mit dir reden sollen, Wendelin. Ich habs aber immer verpasst. Vielleicht wollte ich auch nicht, keine Ahnung, es war mir peinlich.

Jetzt weißt du wenigstens Bescheid.«

»Das hätte man einfacher haben können«, meinte Bodo. Wendelin sagte leise: »Tschuldigung, Karl! Wenn ich das gewusst hätte …!«

Bodo holte eine Flasche Wein und drei Gläser und stellte sie auf den Tisch: »So, Leute, jetzt trinken wir mal was Anständiges.«

*

Mit voll bepacktem Kofferraum kam Claire vom Einkaufen zurück und wollte ihr Auto in die Parkbucht vor den Zaun stellen. Doch da stand immer noch Karls Jeep.

»Das kann doch nicht wahr sein«, murmelte sie und sah auf die Uhr. »Drei Stunden war ich weg und Karl ist immer noch da. Oh weh, das ist bestimmt eine schwierige Sitzung.«

Sie öffnete das Gartentor und ging auf die Veranda zu. Ein umgestürzter Stuhl, ein kaputtes Weinglas, vier leere Weinflaschen auf dem Tisch, was war denn hier los gewesen? Sie blieb stehen. »Hallo«, rief sie, »Bodo, wo bist du?«

Sie wartete auf Antwort, doch sie bekam keine. Alles war mucksmäuschenstill.

Nicht ganz. Aus dem Haus drang ein bekanntes Geräusch – Bodo sägte. ›Ziemlich laut‹, dachte Claire und schaute auf die Flaschen, kein Wunder. Die Tür war angelehnt, sie öffnete sie, und das Sägen wurde lauter. Bodo lag auf dem Bett. Angezogen, in voller Montur lag er auf dem Rücken und schnarchte was das Zeug hielt. Claire grinste und wusste sofort Bescheid:

Bodo schnarchte nie. Nur wenn er zu viel Wein getrunken hatte, hörte er sich an wie ein mittelgroßes Sägewerk.

»Dann wars schön gewesen«, lachte Claire und ging mit einem Korb zum Auto. Nach und nach verstaute sie den Einkauf auf den Regalen und im Kühlschrank. Obwohl sie dabei Lärm machte, schnarchte Bodo weiter. Sie räumte die leeren Flaschen weg und stutzte: vier Flaschen, aber nur drei Gläser? Wer war nicht gekommen? Na ja, irgendwann würde Bodo wach sein und ihr alles erzählen, sie war gespannt.

Sie stellte ihren Laptop auf den Tisch und versuchte, für eines ihrer Gedichte einen Schluss zu finden, aber irgendwie gelang ihr kein Einstieg. Sie hatte vor, ein Sommergewitter zu beschreiben, aber ein blauer Himmel mit ein paar kleinen, harmlosen Cumuluswolken, zwitschernde Vögel und fünfundzwanzig Grad im Schatten brachten sie nicht in Stimmung, eine schwüle, regnerische und donnergrollende Atmosphäre darzustellen. Außerdem gingen ihr die Streithähne nicht aus dem Kopf. Anscheinend hatten sie sich aber versöhnt und Frieden getrunken. Sie klappte den Laptop zu, dafür ein Buch auf und las.

Nach einer guten Stunde ging die Tür zum Haus auf und Bodo stand da. Er hielt sich die Hand vor Augen und blinzelte gegen die Sonne.

»Guten Morgen, lieber Bodo! Bist du schlaftrunken oder einfach nur trunken?«

»Oh, hallo Claire! Danke der Nachfrage, es geht schon wieder. Ich meine, ich geh schon wieder, also, ich geh gleich wieder ins Bett. Mann, war das heftig! Die beiden haben sich so gefreut, den Knatsch los zu sein, da habe ich mich mit ihnen gefreut.«

»Ich habe es an den leeren Flaschen gesehen, wie ihr euch gefreut habt!«

»Wie viele waren es denn?«, fragte Bodo vorsichtig.

»Vier leere Flaschen, aber es waren nur drei Gläser da. Wer hat gefehlt?«

»Zuerst waren alle da. Wir haben geredet, dabei hat sich herausgestellt, dass Gerda an allem schuld war. Kurz gesagt, sie wollte mit Karl ins Bett steigen und der wollte nicht. Er hat sie weggeschickt, und sie, in ihrer gekränkten Eitelkeit, fängt den Krach an und zieht Wendelin mit rein. Wendelin und Karl vertragen sich wieder, aber Gerda ist weg. Sie hat ihre Sachen gepackt, und ist davongerauscht. Apropos Rausch, den schlafe ich mir jetzt weg. Nicht böse sein, Claire! Der Rausch hat sich gelohnt, auf der Schafswiese ist wieder Friede, Freude, Eierkuchen.«

»Schlaf gut, Bodo!«

Am nächsten Morgen war Bodo früh wach. Er stand leise auf, um Claire nicht zu wecken und sah zuerst nach seiner Hand. Er zog das durchweichte Pflaster ab und säuberte die Wunde, die schon viel besser aussah und nicht mehr pochte. Auch in seinem Kopf pochte nichts, der Wein war wohl gut gewesen. Er klebte ein neues Pflaster auf die fast verheilte Wunde.

›Das wars dann wohl. Glück gehabt‹, dachte er, ›dem Tetanustod von der Schippe gesprungen.‹

Er ging in den Garten, und sah sich um. Die gelbe Gloria Dei hatte Läuse, die Tomaten mussten ausgegeizt werden, und ein paar Zucchini waren schon reif und konnten geerntet werden. Im frischen Tau fühlten sich kleine rote Schnecken wohl und krabbelten am Salat hoch, und auf der Wiese hatte der blöde Maulwurf schon wieder einen Riesenhügel aufgeworfen. Das Gartentor benötigte einen zweiten Anstrich und am Geräteschuppen musste die Dachpappe erneuert werden.

Er blieb stehen, schob seine Nase hin und her und dachte nach. Womit beginnen?

Am besten mit dem Frühstück, alles andere konnte warten. Über dem Hunsrück kamen dicke Wolken gezogen, der Wetterbericht hatte von einzelnen Schauern gesprochen. Auch gut, dann würde die Regentonne wieder voll. Er setzte Wasser für den Kaffee auf, deckte den Frühstückstisch, schnitt Brot und schüttete Haferflocken in seine Müslischale.

»Bodo, was ist los mit dir? So früh schon auf?« Claire kam aus dem Schlafzimmer und setzte sich an den Tisch.

»Ja, Claire. Ich hatte ja ein paar Stunden Schlafvorsprung, und das ist auch gut so. Heute bin ich fit, aber gestern, das Gespräch mit den Streithähnen … Das eine Jahr als Vorsitzender mach ich noch, dann gebe ich ab. Ich komme ja im Garten zu nichts mehr. Dauernd will jemand was von mir: ›Bodo, hast du für die nächste Sitzung an folgendes gedacht, Bodo, kannst du denen mal sagen, Bodo, schlichte mal in unserem Interesse den Streit.‹ Bodo hier und Bodo da, und schon kommen die

Schnecken und fressen unseren Salat, die Läuse mögen unsere Rosen und der Maulwurf pflügt unsere Wiese um!«

»Und die Menschen kommen zu uns und trinken uns leer! Weil es ja bei Bodo und Claire immer leckeren Wein gibt.«

»Ja, der Wein. Tut mir Leid wegen gestern, Claire, aber diese blöde Zicke ...«

»Schon gut, Bodo«, unterbrach Claire, »ich habe ja vollstes Verständnis für deine Situation, aber wenn du den Posten abgibst, bekommen wir bestimmt weniger Besuch!«

»Wäre das denn so schlimm? Ein bisschen mehr für uns zu sein?«

Er nahm die Kaffeekanne und schenkte Claire ein, dabei beugte er sich zu ihr und küsste sie auf den Hals. »So ein bisschen allein zu zweit wäre doch nicht so schlimm, oder?«

Claire lachte und meinte: »Komm, das Jahr hier schaffst du noch! Und wenn wir uns das fest vornehmen, finden wir auch Zeit für uns und die Schnecken und den Maulwurf!«

Bodos Handy klingelte.

»Och nee«, knatschte Claire, »lass klingeln, Bodo!«

Doch Bodo erkannte die Nummer, er sagte: »Das ist Heinz!«, und nahm das Gespräch an.

»Hallo Heinz! Was gibt es denn so früh am Morgen? Ah, gut ...«, eine längere Pause entstand.

Heinz redete eine Zeit lang, bis Bodo sagte: »Das wars dann wohl, danke für die Auskunft! Eh ich es vergesse: Kommt doch mal zum Grillen vorbei! Ja gut, am Samstag, nächste Woche, wenn Wetter ist. Okay, Heinz. Gruß an die Frau, bis dann. Tschüss!«

»Was Wichtiges?«, fragte Claire.

»Wie man es nimmt. Die Koblenzer haben das Skelett vom Viadukt untersucht. Was wir schon geahnt hatten: Der – es war ein Mann – wurde erschlagen, und zwar mit einem spitzen Eisenteil, einer Hacke vielleicht. Aber das kann man nicht mehr herausfinden. Professor Stürmer sagt, der Mann muss ungefähr einen Meter fünfundsechzig groß und circa fünfundzwanzig Jahre alt gewesen sein. Meine Vermutung, es könnte der

Copilot aus der abgestürzten Maschine gewesen sein, stimmt leider nicht. Die in Koblenz haben durch eine DNA-Analyse herausgefunden, dass das Skelett mindestens hundertfünfzig Jahre, wenn nicht noch älter ist. Manchmal verrennt man sich eben und denkt in die falsche Richtung.«

»Macht doch nichts«, tröstete ihn Claire, »dafür hast du eine tolle Geschichte aus dem Krieg erzählt bekommen.«

»Stimmt! Und nette Leute kennengelernt, die alte Frau Breuer zum Beispiel und ihren über achtzig Jahre alten, schwerhörigen Bruder, der zum Konzert nach Trier fährt.«

»Apropos Trier«, sagte Claire, »wann besorgen wir die neuen Rosen?«

»Lass mich überlegen: Heute oder morgen sollte ich mit dem Ausflugsschiff fahren und Gelegenheiten erkunden, wie man dort beklaut werden kann. Übermorgen wäre gut. Passt das?«

»Gut sogar! Dann sage ich Helga Bescheid, die springt in der Buchhandlung für mich ein. Aber lass uns dann auch im Trierer Dom den Heiligen Rock ansehen.«

Bodo stutzte, dann antwortete er: »Weißt du, wie lange die Warteschlangen da sind? In der Zeit bist du zweimal mit dem Zug von Bullay nach Trier gefahren! Da stehst du dir die Füße platt, der Rücken schmerzt, die Sonne verbrennt dir die Nase, der Kreislauf macht schlapp. Und das alles für so ein altes T-Shirt! Lohnt sich das?«

»Aber ich habe den Heiligen Rock noch nie gesehen! Und ich möchte nicht wieder Jahre warten, bis er das nächste Mal gezeigt wird!«

»Außerdem ist er gar nicht echt! Genau wie die vielen Eisennägel, die vom Kreuz Christi stammen sollen. Wenn du alle Reliquiennägel der Welt zusammenzählst, kannst du einen Güterwaggon voll laden und eine Schrotthandlung aufmachen.«

»Ich weiß«, sagte Claire, »aber um die Echtheit gehts doch gar nicht. Es geht um das Gemeinschaftserlebnis, die spirituelle Auseinandersetzung. Das verstehst du nicht! Und vielleicht scheint die Sonne ja gar nicht und stattdessen regnet es in Trier, weiß man das?«

»Na gut«, lenkte Bodo ein, »du schaust dir das Gewand an, und ich gehe so lange ins Karl-Marx-Haus. Da ist nämlich die Gegenausstellung zum Heiligen Rock: Ich schau mir die Heilige Unterhose von Karl Marx an.«

»Was?«, Claire schüttelte ungläubig den Kopf.

»Die gibt es tatsächlich und die will ich sehen«, sagte Bodo, »wir treffen uns dann im Café Bley.«

»Alles klar! Wann musst du heute los?«

»Wie gesagt, ich fahre mit dem Schiff nach Traben-Trarbach und schau mich mal um. Das Schiff fährt um halb elf.«

»Gut, dann machen wir nach dem Frühstück hier noch klar Schiff, und segeln dann runter nach Zell!«

»Sehr komisch! Aber kannst du Bisquit heute mitnehmen? Sonst kann ich mich nicht so bewegen wie ich will«, sagte Bodo.

»Kein Problem!«

Bisquit, der seinen Namen gehört hatte, hob den Kopf und fing an mit dem Schwanz zu wedeln.

Bodo beugte sich zu ihm: »Ja, braver Hund, gleich gehts los«, und streichelte ihm über den Kopf.

Sie trugen die Frühstückssachen ins Haus. Während Bodo die Tassen und das Besteck spülte, machte Claire die Betten. Dann schlossen sie ab und fuhren in ihre Wohnung in der Stadt.

Claire duschte ausgiebig, das vermisste sie in ihrem Wochenendhaus. Vielleicht konnten sie ja etwas auf die Seite legen und nächstes Jahr mit dem Einbau einer Dusche beginnen, das würde das Gartenhaus komfortabler machen.

»Komm, Bisquit! Komm her, wir gehen in den Laden!« Sie leinte den Hund an und verabschiedete sich: »Na dann viel Erfolg! Bis heute Abend, Bodo.«

Bodo checkte seine Mails und duschte dann ebenfalls.

Er nahm die Freikarten, die er in der Diele deponiert hatte und ging zum Moselufer in Richtung Schiffsanlegestelle. Anscheinend hatten außer ihm noch viele Leute die gleiche Idee, denn am Anleger standen bestimmt dreißig Leute, die auf das Schiff wollten. Auch auf den Bänken und auf der Hochwasserschutzmauer an der Moselpromenade saßen wartende Menschen.

Bodo schaute flussabwärts, er sah das Schiff schon kommen. Sofort bildete sich eine Schlange vor dem verschlossenen Tor des eisernen Stegs.

Er stellte sich in einigem Abstand hinter die Menschentraube und beobachtete. Das hier war eine glänzende Situation für einen Taschendieb um zuzuschlagen. Aber wie könnte er oder sie – Bodo ließ keine Möglichkeit außer acht – aussehen?

Am Steg warteten einige Familien mit Kindern. Viele ältere Herrschaften waren unter den Fahrgästen, auch ein schnatternder Damenkegelclub, schon früh am Morgen schütteten die Frauen kleine Feiglinge in sich hinein. Das konnte ja lustig werden, dachte Bodo, von denen klaute bestimmt keine was, sie wären eher Opfer in ihrem Zustand. Blieben noch die jungen Paare, die verliebt und Händchen haltend in der Menge warteten. Bodo ertappte sich dabei, nach osteuropäischen Gesichtern Ausschau zu halten. Schlagzeilen wie: ›Rumänische Diebesbanden machen deutsche Fußgängerzonen unsicher‹ spukten in seinem Kopf. Es blieb doch immer etwas hängen, dachte er, er wollte aber unvoreingenommen an die Sache herangehen. Er sah Deutsche und hörte, dass auch einige Holländer in der Menge warteten und sich auf den Ausflug freuten.

Das gut besetzte Schiff kam näher und wurde langsamer, in der geöffneten Eingangstür stand ein Matrose und hatte ein Tau in der Hand. Der Kapitän bremste das Schiff ab, indem er kurz den Rückwärtsgang einlegte, schwarzer Qualm kam aus dem Schornstein und der Schiffsrumpf legte sich mit einem leichten Rums an den Anleger. Der Matrose warf gekonnt das Tau um den Poller und zog so lange daran, bis keine Lücke mehr zwischen Schiff und Anleger war. Er knotete das Tau fest und kam über die Anlegerbrücke auf die Wartenden zu. Er machte das Tor auf und ließ sich die Fahrscheine zeigen. Der Kapitän öffnete das Schiebefenster an seinem Führerstand und betrachtete die Einsteigenden. Es war Stefan Boemer, Bodo erkannte ihn wieder. Er zeigte seinen Fahrschein und wurde als letzter durch gewunken.

Auf dem Schiff ging er die Stufen hinab in den vorderen, geschlossenen Raum. Hier waren nur wenige Fahrgäste, bei dem schönen Wetter waren die Plätze im Freien begehrt. Er stieg in die erste Etage, hier befanden sich Restauration, Buffet und Ausschank. Ein paar Stufen höher kam er auf das obere Deck, hier waren fast alle Plätze belegt.

Er suchte sich einen Platz am Heck, von dort aus hatte er den besten Überblick. Aber auf was? Auf Taschendiebe? Von den mitfahrenden Gästen sah keiner wie ein Dieb aus, aber er hatte schon Pferde kotzen gesehen.

Der Matrose machte das Tau los und schloss die Eingangstür, der Kapitän gab Gas und legte ab. Am Heck erzeugte die Schiffsschraube schäumende Strudel, in denen funkelnde Sonnenpunkte tanzten.

Der Schiffsrumpf zitterte leicht, langsam setzte sich das Schiff in Bewegung. Bodo sah den Anleger kleiner werden, dann zog die Stadtsilhouette von Zell vorbei. Das Schiff lag ruhig im Wasser, Bodo genoss die Fahrt. ›Eine schöne Arbeit habe ich mir da ausgesucht‹, dachte er und schmunzelte. Dennoch nahm er seine Arbeit ernst.

Also, das Einsteigen wäre schon mal eine Möglichkeit für einen Taschendieb gewesen, aber hier auf dem Schiff? Die Menschen saßen an ihren Tischen, die Bedienungen kamen und nahmen Bestellungen auf, die grüne Landschaft zog vorüber, es war ein friedlicher Morgen. Nur die Damen vom Kegelclub störten die Idylle durch Absingen unanständiger Lieder.

Bodo bestellte eine trockene Weinschorle und dachte nach: Wenn er ein Dieb wäre, welchen Trick würde er anwenden? Er sah, dass viele Jacketts einfach so über den Stühlen hingen, er sah sogar bei dem einen oder anderen die innere Jackentasche. Es wäre ein Leichtes, vorbei zu schlendern – am besten selbst mit einer Jacke in der Hand – etwas fallen zu lassen und beim Bücken blitzschnell die Brieftasche aus der Jacke zu entwenden.

Bodo zupfte an seiner Nase und überlegte weiter: Der Zugtrick! Auch der könnte hier zum Einsatz kommen. Jemand hängt sein Jackett an den Kleiderhaken, der Taschendieb setzt sich mit dem Rücken zum Opfer und hängt seine Jacke ebenfalls an den Kleiderhaken, dabei stiehlt er, von seiner Jacke verdeckt, die Brieftasche des Opfers aus der Innentasche. Nach einigen Minuten verlässt er das Zugabteil und sucht sich ein neues Opfer. Obwohl, das mit dem Verlassen war auf dem Schiff gar nicht so einfach, der Dieb musste schon bis Traben-Trarbach auf dem Schiff bleiben, es würde auffallen, wenn er in Briedel oder Reil an Land ginge. Traben-Trarbach war gebucht, dort hatte man zwei Stunden Aufenthalt, um die Stadt zu besichtigen, danach fuhr man wieder mit dem Schiff zurück nach Zell. Der Dieb musste also die Möglichkeit haben, seine Beute zu verstecken. Aber wo?

Das Schiff fuhr jetzt am Sportplatz vorbei und Bodo blickte auf das riesige Areal daneben, auf dem Baukräne und Maschinen standen. Weinberge waren gerodet worden, um Platz für eine neue Ferienanlage zu schaffen. Schon seit zwei Jahren sollten hier eigentlich zweihundert Häuser stehen, auch eine Marina, ein Hafen für Sportboote, war geplant. Auf der Baustelle waren allerdings keine Arbeiter zu sehen. Wieder einmal war wegen fehlerhafter Genehmigungen der weitere Baubetrieb eingestellt worden, das ging schon seit Jahren so. Eine Bürgerinitiative, die gegen das gigantische Projekt war, hatte ganze Arbeit geleistet und Fehler bei der Planung aufgedeckt. Bei der Auftragsvergabe war von Bestechung die Rede, beim ersten Spatenstich hatte es eine Explosion gegeben und der Investor dachte seit kurzem an Rückzug.

Bodo konzentrierte sich wieder auf seine Aufgabe, er beobachtete weiter und machte sich Gedanken, wie er als Taschendieb auf dem Schiff vorgehen würde. Die Marienburg kam in Sicht, im Ort Pünderich legte das Schiff noch einmal an und es stiegen einige Gäste zu. Das Schiff legte ab und fuhr nach kurzer Zeit am Prinzenkopftunnel und am Viadukt vorbei. Der Zugverkehr lief normal, die Strecke war wieder freigegeben worden. Bodo ging das, was er vorgestern erlebt hatte, noch einmal in Gedanken durch: der Erdrutsch, der entgleiste Zug, das rote Skelett. Kasimir war gefunden worden, seine Hand war wieder gut verheilt. Das blöde Eisenteil war kein Kriegssouvenir, es war eine Lampe, eine Grubenlampe, hatte Berthold gesagt, wie man sie früher in einem Bergwerk benutzt hatte. Bodo schaute zum Tunnel hoch.

Natürlich! Er klopfte sich an die Stirn. Kein Bergwerk, ein Tunnel! In dem wurde genau so gearbeitet wie in einem Bergwerk! »1878« stand über dem Tunneleingang, da gab es noch kein elektrisches Licht am Helm, die Tunnelarbeiter hatten Lampen benutzt! Vielleicht war das Skelett ja ein Arbeiter gewesen, der am Tunnel mit gebaut hatte. Bodo war begeistert von seiner neuen Theorie. Aber wie konnte man etwas herausfinden? Es müsste doch noch alte Unterlagen über die Bauarbeiten an der Bahnstrecke geben!

Er rief Claire an: »Hallo Claire, ich bin auf dem Schiff und fahre gerade am Viadukt vorbei. Mir ist da was eingefallen: wenn du Zeit hast und gerade mal keine Kunden da sind, könntest du dann im Internet etwas für mich herausfinden? Über die Tunnelbauarbeiten von 1877. Schau nach unter Kanonenbahn Berlin-Metz, Kaiser Wilhelm ... Was? Ob ich den Dieb im Zug vermute? Quatsch! Ich bin auf dem Schiff und fahre am Viadukt vorbei, das rote Skelett könnte ein Tunnelarbeiter gewesen sein! Ja, stimmt, das hat mich beeindruckt! Und es lässt mir keine Ruhe! Danke, Claire, dass du dich kümmerst. Bis heute Abend.«

Bodo war abgelenkt, er zwang sich, an den Taschendieb zu denken, was ihm in der Enkircher Schleuse auch wieder gelang. Das Schiff wurde langsamer und fuhr zwischen hohen Betonmauern auf das offene Schleusentor zu. Bodo hatte diese Fahrt schon oft mitgemacht, für ihn war es nicht mehr aufregend, in der dunklen, modrig riechenden Schleusenkammer zu sein. Aber die Touristen, die das zum ersten Mal erlebten, waren fasziniert. Keinen hielt es auf den Plätzen, alle drängten zur rechten oder linken Seite des Schiffes, um über die Reling zu schauen. Das hintere Schleusentor schloss sich langsam, und als es mit einem dumpfen Geräusch dicht war, schoss vorne das Wasser in die Kammer. Es rauschte, spritzte, blubberte und bildete Schaum und Blasen. Kein Mensch achtete mehr auf seine Jacke, die über dem Stuhl hing. Handtaschen lagen offen auf den Tischen oder standen darunter, ihre Besitzerinnen genossen begeistert das Spektakel. Schon bald hoben die eingeflossenen Wassermassen das Schiff um einige Zentimeter an. Die nassen, bemoosten Betonmauern der Schleusenkammer waren mit Händen zu greifen.

Bodo hatte sich dazu gestellt, aber so, dass er Tische und Stühle immer noch im Blick hatte. Ein schwarzhaariger Kellner mit Sonnenbrille, dem das Schauspiel des Schleusens bekannt war, kam durch den Mittelgang und schaute vorsichtig nach links und rechts auf die Tische. Dann blickte er kurz auf beide Seiten des Schiffes, so als ob er sich vergewissern wollte, dass keiner ihn beobachtete. Er ging auf einen Tisch zu und drehte sich noch einmal um. Dann streckte er die Hand aus, nahm gekonnt zwei leere Gläser auf einmal vom Tisch und stellte sie auf sein Tablett.

»Bringen Sie mir bitte noch eine trockene Weinschorle?«, bat Bodo.

»Aber natürlich, gerne! Möchten die Herrschaften auch noch was trinken?« fragte der Kellner in die Runde. »Dann brauche ich nicht so oft zu laufen.«

Er nahm die Getränkebestellungen auf und ging mit voll beladenem Tablett die Treppe hinunter. Bodo erinnerte sich: Was hatte Schottel gesagt? Für meine Mitarbeiter lege ich die Hand ins Feuer?

Aber man wird doch wohl mal denken dürfen.

Das Schiff stieg jetzt immer höher. Nach zwanzig Minuten öffnete sich geräuschlos das obere Tor und das Schiff fuhr zunächst langsam, dann, außerhalb der Schleuse Fahrt aufnehmend, in Richtung Traben-Trarbach. Kurz vor dem Ziel gab der Kapitän über Bordlautsprecher einige Informationen zur Weinstadt: Die Jugendstilbauten seien weltberühmt, die Stadt habe die meisten und größten Weinkeller – gleich nach Bordeaux in Frankreich –, es gebe vier Museen und eine Gemäldeausstellung im alten Bahnhof. Gastronomisch solle man sich die Stadt selber erschließen und beim Aussteigen bitte nicht drängeln.

›Ich wusste gar nicht, dass ich so nahe an einer Stadt mit so vielen Superlativen wohne‹, dachte Bodo, ›dann gehe ich heute mal als Tourist durch die Stadt.‹

Das Schiff legte an. Vor dem Ausgang war wieder eine Schlange entstanden, die Menschen wollten wohl jede Minute in Traben-Trarbach ausnutzen. Dicht an dicht standen sie und warteten darauf, dass die Tür geöffnet wurde. Bodo sah hoch: Wenn hier oben an der Decke eine Kamera angebracht wäre, hätte man die komplette Schlange im Blick und könnte genau sehen, welche Hand in welcher Hosen- oder Jackentasche steckte. Falls er keinen Erfolg hätte – und das befürchtete Bodo – wollte er Schottel den Vorschlag mit der Kamera machen, um wenigstens mit ihrer Installation etwas Geld zu verdienen. Der Matrose gab, nachdem er das Schiff vertäut hatte, den Steg frei, alle strömten ans Ufer und verteilten sich in der Stadt.

Bodo war oft in Traben-Trarbach gewesen, er hatte hier einige Male zu tun gehabt.

Gern erinnerte er sich an den spektakulären Fall eines Hotelbetrügers, den er geschnappt hatte. Gut gegessen hatte der Gauner, in einem Vier-Sterne-Hotel, dreimal hatte er dort übernachtet. Dann wurde ihm gesagt, er solle die ausstehende Rechnung bezahlen, was er aber mit fadenscheinigen Ausreden hinauszögerte. Schließlich hatte man Bodo gebeten, sich um den Mann zu kümmern. Er hatte herausgefunden, dass der Mann mit Haftbefehl gesucht wurde. Als er ihm das auf den Kopf zusagte, sprang der aus seinem Hotelzimmerfenster im ersten Stock und entkam zunächst mit seinem Wagen. Bodo verfolgte ihn, und in der letzten Serpentine am Köveniger Berg kam der Betrüger ins Schleudern und krachte in ein Ferienhaus des Landal Green Parks. Die Polizei fand in dem Wagen, der übrigens gestohlen war, mehrere Hotelzimmerschlüssel und einige Briefchen mit Rauschgift.

›Dieser Fall war gelöst‹, dachte Bodo. Ob er aber jetzt den Dieb ermitteln konnte?

Er beschloss, durch die Stadt zu bummeln, Zeit hatte er ja genug. Als erstes ging er über die Brücke und kaufte sich am Brückenkopf ein italienisches Eis. Er ging die Treppe zur Mosel hinunter, setzte sich auf eine Bank und genoss den herrlichen Tag. Es waren viele Touristen unterwegs, eine japanische Reisegruppe lief mit weißen Schirmen als Schutz gegen die Sonne herum. Warum einige Japaner auch noch weiße Handschuhe und zwei von ihnen sogar einen Mundschutz trugen, konnte sich Bodo nicht erklären. Drei müde Wanderer lagen dösend auf dem Rasen der Moselanlage, ihre Rucksäcke dienten ihnen als Kopfkissen. Eine Familie mit Kindern fütterte am Ufer die Schwäne mit altem Brot, und ein paar Jugendliche schwammen im Fluss oder sprangen vom Anlegesteg ins Wasser. Viele Fahrradfahrer waren unterwegs. Bodo stutzte und sah genauer hin: Den kannte er doch! War das nicht der, der im Buchladen bei Claire den Mosel-Reiseführer gekauft hatte? Der Bayer, grüner Hut mit Gamsbart, Lederhosen, Riesenschnauzbart. In seiner Satteltasche steckte der Reiseführer, ja klar, das war er!

Als der Bayer sein Rad an der Bank vorbei schob, fragte Bodo: »Hallo? Entschuldigung, dass ich Sie anspreche«, er zeigte auf das kleine Buch, »haben Sie den Reiseführer brauchen können?«

Der Bayer blieb stehen, sah Bodo fragend an und sagte: »Ja, schon! Aber wieso fragen's denn?«

»Sie haben das Buch vor ein paar Tagen in Zell bei meiner Freundin in der Buchhandlung gekauft, ich war zufällig in der Nähe.«

»Aha, so is des! Ja g'wiss, i habs scho brauchen können.«

»Und wie gefällt es Ihnen hier an der Mosel?«

»Die Landschaft is super, ganz kräftig! Der Radweg is guat ausgebaut. Nur der Wind wechselt mir unterwegs zu oft, manchmal kimmt er von da, und a paar Kilometer weiter hab i wieder Gegenwind!«

Bodo lachte: »Klar! Das sind die Mäander der Mosel. Manchmal fließt der Fluss nach Süden und macht einen Bogen, um dann nach wieder ein Stück nach Norden zu fließen. Aber der Wind weht meistens aus einer Richtung.«

»Hab i mir fast g'dacht«, meinte der Bayer, »so als ob's a bisserl was trunken hätt, die Mosel, und Schlangenlinien macht.«

»Ja genau«, lachte Bodo.

»Aber mit dem Trinken, da hätt i a Frage: Trinkts ihr hier nur Wein oder gibts auch a Bier? A richtiges Bier, moan i?«

»Richtiges Bier … ja klar! Aber was ist richtiges Bier?«

»So a bayrisches, wie i's halt g'wöhnt bin. Net so a bitteres, wie ma's hier überall kriegt.«

Bodo zeigte auf das Hotel Bellevue und sagte: »Dort bekommen Sie garantiert auch was Bayrisches, die haben zwanzig Sorten Bier im Angebot.«

»Da trau i mi net nei«, sagte der Bayer, »was des nacher kosten tut. Da wart i halt bis i nach Cochem komm, da is bald Oktoberfest mit echt bayrischem Bier!«

»Und echtem bayrischen Schweinebraten«, sagte Bodo süffisant, »das habe ich auf einem Plakat gelesen. Aber warum machen Sie denn dann Urlaub an der Mosel? Suchen bayrisches Bier und freuen sich auf Schweinsbraten, womöglich noch auf einer blau-weißen Tischdecke, von einer drallen Bedienung im Dirndl serviert? Da hätten Sie doch schön in Bayern bleiben und dort Urlaub machen können!«

Der Bayer stellte sein Fahrrad auf den Ständer, dabei sagte er: »I will dir mal wos erzählen, darf i mi setzen?«

»Klar«, sagte Bodo und rückte ein Stück.

»So, als erstes: I bin der Korbinian. Wie hoaßt du?«

»Äh, ich, ach ja, Bodo. Bodo Kröber heiß ich.«

»Na Bodo, also deiner Meinung nach hätt i was Moseltypisch's essen können, wo i doch schon amal hier bin?«

»Ja, das wäre doch bestimmt interessant gewesen!«

»Wollt i ja«, sagte Korbinian und legte seinen Hut auf die Bank.

»I bin extra von Trier aus nach Rebdorf g'radelt, weil die da a Straßenfest ham. Auf'm Prospekt hat drauf g'standen: moseltypische Spezialitäten in gemütlichen Winzerhöfen und Weinkellern. So was hob i g'sucht. Weißt, was i g'funden hab? Bunt beleuchtete Bretterbuden, mit am Dixie-Klo dahinter. Mit Plastikplanen überdachte Höf, kei Keller woar offen! Greislige holländische Blasmusik und 's Essen: bei eim Stand hots moseltypische zuppa di pomodori gebn, aus am fahrbaren Backofen is original italienische Pizza g'reicht worn, sogar vietnamesische Nudelsuppen homs ang'boten! Was hat des mit Mosel z'tun, frag i mi? Des schmeckt bestimmt alles guat, aber wenn i in aner typischen Gegend Urlaub mach, will i auch was Typisch's essen. So jetz bin i fertig, jetz bist du dran.«

Bodo sagte nachdenklich: »Was du sagst stimmt, da ist was dran. Aber es war nicht immer so! Früher gab es Gerichte wie Debbekooche, Gemetschtes, Marmittjessopp und vieles andere aus unserer Gegend. Aber das macht Arbeit, allein der Debbekooche ...«

»Wos is des?«

»Debbekooche, übersetzt vielleicht Topfkuchen, besteht aus geriebenen Kartoffeln, Eiern, Speck, Zwiebeln und wird in einem großen Bräter zwei Stunden gebacken. Sackweise werden da Kartoffeln gerieben, kiloweise Zwiebeln geschält. Das ist viel Arbeit und dauert lange. Manchem ist das vielleicht zu viel Arbeit geworden, man macht etwas, was schneller geht und nicht so einen Aufwand darstellt.«

»Deb-be-koo-che«, buchstabierte Korbinian, »des klingt guat. Wie geht des Rezept g'nau?«

»Da muss ich meine Freundin fragen, die hat ein Rezeptbuch von ihrer Oma.«

Korbinian freute sich: »Au ja, des krieg i, des muss i mir aufschreiben. Weißt, i sammel Rezepte, des sind die Mitbringsel von meine Touren.«

»Ein Rezepte sammelnder, Fahrrad fahrender Bayer. So etwas habe ich noch nicht erlebt«, meinte Bodo und Korbinian ergänzte: »A Rezepte sammelnder, Fahrrad fahrender bayrischer Koch. Jetz stimmts!«

»Was? Du bist von Beruf Koch?«

»Ja, und des mit die Rezepte is a Hobby. Andre sammeln Briefmarken oder alte Automobile, und i sammel eben Rezepte aus allen Ecken Deutschlands. Letzt's Joar im Urlaub war i am Main radeln und auf Rezeptsuche, jetz bin i halt hier. Kennst no welche?«

»Kennst du beschwipstes Schnitzel?«

»Na! Was soll des sein?«

»Also, ein Schnitzel wird mit Wein gefüllt, ach was, mit Wein zubereitet, irgendwie ...« Bodo dachte kurz nach, dann sah er Korbinian an – ein sympatischer Kerl mit einer direkten Art – und sagte: »Komm doch einfach mit mir nach Hause, da kannst du dich mit meiner Freundin Claire über die Rezepte unterhalten!«

»Wo wohnts ihr?«

»In Zell an der Mosel. Da fahre ich auch gleich wieder mit dem Schiff hin.«

»Nehm'n die Fahrräder mit?«, fragte Korbinian.

»Na klar!«

»Gut, i bin dabei, a Schifffahrt fehlt mir no im Urlaubsprogramm! Hast auch Urlaub heut?«

Bodo druckste herum: »Ja weißt du, das ist so ... ja und nein ... ich bin quasi beruflich auf dem Schiff.«

»Als was?«

Bodo erkärte kurz, worum es ging und Korbinian meinte: »Des hätt i jetzt net denkt, so harmlos wie du ausschaust. A Detektiv! Aber des is vielleicht ganz guat so, dann wissens die Lumpazis net glei, was du für aner bist. Und heut willst die Taschendiebe fangen?«

»Heute wollte ich eigentlich nur Gelegenheiten auf dem Schiff und im Umfeld erkunden, wo ein Dieb Erfolg haben könnte.«

»Und? Sind G'legenheiten da?«

»Jede Menge«, sagte Bodo, »aber ich glaube nicht, dass ich heute jemanden in flagranti erwische. Die sind schlau, geschickt und blitzschnell!«

Korbinian fasste sich an den Gürtel seiner Lederhose und grinste Bodo an: »Da drunter kommt keiner dran!«

»Es gibt Experten, die sich genau da drauf spezialisiert haben«, lachte Bodo, »also, pass bloß auf, Korbinian!«

Der schaute auf seine Uhr und fragte: »Wann fährt des Schiff?«

»In einer halben Stunde. Warum fragst du?«

»I würd no gern die Hotelfront am Moselufer abgehn und in d' Speisekarten schaun. Vielleicht find i a Gericht, was mi neugierig macht. Was, was i no net kenn, was i in mein Rezeptblock 'neischreiben und z'Haus nachkochen kann. Und ohne Fahrrad geht sich's besser.«

»Das verstehe ich«, sagte Bodo, »ich bleib derweil hier und pass auf's Radl auf. Viel Spaß!«

Korbinian trabte davon und blieb vor der Speisekarte des nächsten Restaurants stehen. Bodo sah noch, wie er den Kopf schüttelte und weiter ging zum nächsten Gasthaus.

»Ein Bayer, aber nicht unsympathisch«, dachte Bodo und wischte sich den Schweiß von der Stirn. Die Sonne brannte und er schaute neidisch auf die Jugendlichen, die unbeschwert und kreischend im Wasser tobten. Nach einer Weile kam Korbinian zurück.

Bodo fragte ihn: »Na? Was entdeckt?«

»I glaub scho«, sagte er, »Moselzander in Rieslingschaumsoße. Des klingt gut, des klingt typisch, des hab i mir aufg'schrieben.«

Bodo sagte: »Ich habe gesehen, wie du an der Speisekarte da vorne den Kopf geschüttelt hast. Was war schlecht?«

Korbinian lachte: »Des Forenfile.«

»Was für ein Ding?«

»Des Forenfile mit Meerrettichsoße hat's mir angetan!«

»Forenfile ...«, Bodo schüttelte den Kopf, »meinten die Forellenfilet?«

»Ganz genau«, erwiderte Korbinian, »manchmal is es scho die Speisekarten, die mi dran hindert, in so a Lokal zu gehn. Wenn der Forelle auf der Karten schon zwei ›l‹ und ein ›e‹ fehln, wos wird dann dem richtigen Fisch fehln? Na danke!«

»Hast du sonst noch was gefunden?«

»Na, aber i hab a Rezeptidee kriegt. Da hinten am letzten Restaurant, bei der Eiskarte is mir wos eing'falln. Die bieten an Schwarzwaldbecher an, warum kein Moselbecher?«

»Und wie soll der aussehen?«

»Ja, halt was Typisches! Ma könnt bei der Herstellung vom Milcheis an guatn Schuss Riesling dazugebn. Un des gibt Rieslingseis mit …?«

»Ich weiß was!«, platzte es aus Bodo heraus. »Weinbergspfirsichlikör darübergießen und Rosinen dazugeben. Fertig wäre der Moselbecher!«

Und Korbinian fügte hinzu: »Und dann noch a paar gehackte Walnüss, die Bäum wachsen doch überall am Moselufer. Dann wärs perfekt!«

Bodo freute sich: »Somit haben wir also das erste gemeinsame Rezept von Bodo Kröber und Korbinian … wie heißt du eigentlich mit Nachnamen?«

»Semmelbichler heiß ich.«

»Macht ja nichts«, grinste Bodo gut gelaunt, »und dann geben wir zusammen ein Moselkochbuch heraus!«

»Jetz hab i an Hunger kriegt«, sagte Korbinian, »von so viel Reden übers Essen! Gibts auf'm Schiff wos?«

»Ja, aber nur Kleinigkeiten, Würstchen, Kartoffelsalat und so … Wir müssen sowieso los, auf gehts!«

Sie gingen über die Brücke zur Schiffsanlegestelle. Korbinian kaufte am Kiosk noch eine Fahrkarte, dann schob er sein Fahrrad aufs Schiff und stellte es im vorderen Raum ab.

»Komm, wir suchen uns oben an Deck einen Platz, da ist es am Schönsten!«, schlug Bodo vor.

Fast alle Leute waren wieder auf dem Schiff, nur der Damenkegelclub fehlte. Die älteren Herrschaften schauten zufrieden in die Gegend, die Holländer versuchten, ihre Kinder davon abzuhalten, über die Reling zu klettern, und die jungen Paare, immer noch Händchen haltend und schmusend genossen sich selber. Oben war jetzt jeder Platz besetzt, im Deck darunter waren noch einige Plätze frei. Bodo schätzte hundertfünfzig Personen auf dem Schiff. Bis jetzt war die Saison gut gelaufen, das Wetter hatte mitgespielt und der Schiffseigner bestimmt gut verdient.

Der Matrose auf dem Steg sah auf seine Uhr und dann hoch zum Kapitän: »Was machen wir? Die Damen hatten ja auch Rückfahrt gebucht?« Er meinte den Kegelclub.

»Die sind bestimmt in irgendeiner Kneipe versackt«, antwortete der Kapitän, »komm, mach das Tor zu, Abfahrt!«

Der Matrose machte das Tau los und schloss die Tür. Der Kapitän gab Gas und das Schiff setzte sich langsam in Bewegung. Genau in dem Moment kamen die Damen auf den Parkplatz vor der Schiffsanlegestelle gestürmt: »Haaalt, stehen bleiben! Zurückkommen, bitte mitnehmen! Mit dem Bööötchen fahren wir so gern, Herr Kapitän, nimm mich mit auf die Reise! So eine Scheiße, der fährt weg!« Sie brüllten, lachten und schimpften durcheinander.

Der Kapitän grinste, das hatte er heute morgen schon kommen sehen. Solche Situationen kannte er zur Genüge. Besonders im Herbst hatte er öfter das zweifelhafte Vergnügen, Saufclubs zu befördern. Er drehte das Steuerrad, fuhr eine Kurve, setzte das Schiff noch einmal an den Ponton und ließ die grölenden Damen einsteigen.

Bodo und Korbinian sahen vom oberen Deck aus zu, wie sich die lauten Damen auf dem Schiff verteilten.

»Die haben heute morgen schon mit kleinen Feiglingen angefangen«, erklärte Bodo und Korbinian sagte nur: »So feige sehn die aber gar net aus.«

Dann genossen sie die Rückfahrt.

Kurz vor der Enkircher Schleuse sagte Korbinian: »So, hilft alles nix, i muss jetz wos essen! Kommst mit?«

»Auf ein Stück Kuchen hätte ich Appetit«, sagte Bodo und beide stiegen, während das Schiff moselabwärts geschleust wurde, hinunter zum Bordrestaurant.

Eine Bedienung stand hinter der Theke und gab das Essen aus, eine zweite war an der Kasse. Viele Fahrgäste hatten zur gleichen Zeit Hunger bekommen, vor der Theke bildete sich eine Schlange. Kinder quengelten: »Das Eis will ich haben, Mama, das da!«

Ein älteres Ehepaar nahm zwei Teller mit Käsekuchen in Empfang, die Würstchen mit Kartoffelsalat gingen an ein junges Pärchen.

Korbinian bestellte sich eine Wurstsemmel und Bodo ein Stück Marmorkuchen. Während Bodo in seiner Hosentasche nach Geld suchte, gab es an der Kasse einen Tumult: »Können Sie nicht aufpassen? Mein Gott noch mal, Sie haben mir ja die Jacke versaut!«

»O je, Entschuldigung, das tut mir Leid«, sagte der junge Mann mit den Würstchen und seine Begleiterin sagte eifrig: »Warten Sie, ich versuche das wegzuwischen.« Sie nahm ein Papiertaschentuch und wischte den Senf, der ja eigentlich auf die Wurst gehörte, dem schimpfenden Mann von der Jacke.

»Das kann doch mal vorkommen! So, sieht schon wieder ganz passabel aus! Jetzt muss ich mir mal die Finger waschen. Nochmals Entschuldigung.« Sie ging in Richtung Toilette, während der Mann verärgert seinen Platz aufsuchte.

Bodo und Korbinian bezahlten und gingen zurück an ihre Plätze. An der Wand des Schiffes war ein Schild, Korbinian wies Bodo drauf hin: »Lies amal!«

Bodo las laut vor: »Mitgebrachte Speisen und Getränke dürfen hier nicht verzehrt werden. Ja und?«

»Ja und«, feixte Korbinian, »bei uns in Bayern suchst solche Schilder vergeblich. Da darfst überall dei Brotzeit oder dei Vesper aufessen. Nur a Bier musst dazu bestellen!«

»Auch auf den Ausflugsschiffen auf dem Chiemsee?«

»Ja klar! Des is bei uns halt so!«

»Ja ja, die Bayern, das auserwählte Volk«, grinste Bodo und brach ein Stück von seinem Kuchen ab. »Schmeckt die Wurstsemmel wenigstens?«, fragte er.

»Scho«, maulte Korbinian, »aber der Senf, der is schrecklich fad. So an faden Senf …«

»Dir kann man aber auch gar nichts recht machen, was?«

Korbinian lächelte schuldbewusst: »Des is so a Art Berufskrankheit bei mir, glaub i.«

Plötzlich schob Bodo seine kribbelnde Nase ganz schnell hin und her. »Der Senf! Ich Blödmann! Ja klar, das war der Beschmutzertrick: die hübsche, junge Frau, die dem älteren Herrn die Jacke sauber gewischt hat! Korbinian, ich bin ein Trottel! Wo sitzt der Herr, der sich den Käsekuchen bestellt hat?« Bodo schaute sich auf dem Oberdeck um: »Nein, hier ist er nicht. Warte, ich bin gleich wieder da!«

Er stand auf und ging auf dem Schiff nach vorne, bis zum Bug. Kein Käsekuchen mit älterem Ehepaar. Unauffällig ging er nach unten, wo das Restaurant war. Dort sah er das Ehepaar im hinteren Bereich des Schiffes bei Kaffee und Kuchen sitzen. Er ging zu ihnen hin.

»Darf ich kurz stören?«, fragte er leise und setzte sich. »Ich möchte Ihnen eine Frage stellen. Ich bin Privatdetektiv und vermute hier auf dem Schiff Taschendiebe.« Er legte seine Visitenkarte auf den Tisch, die sich die Frau sofort interessiert ansah. Zu ihrem Ehemann gewandt sagte er: »Wenn Sie gleich merken, dass Ihre Geldbörse nicht mehr da ist, regen Sie sich bitte nicht auf. Bleiben Sie ruhig und lassen Sie mich machen. Ich glaube ich weiß, wer es getan hat.«

»So ein Quatsch«, sagte der Mann, »ich habe doch eben noch an der Theke dort hinten den Kaffee und den Kuchen bezahlt.«

Seine Frau mischte sich ein: »Vierzehn Euro fünfzig für zwei Stücke Kuchen und zwei Tassen Kaffee, ganz schön teuer ist das hier!«

»Bitte«, sagte Bodo, »schauen Sie einfach mal unauffällig nach.«

Der Mann griff in seine Jackentasche, zuerst in die linke und dann – nervöser werdend – in die rechte Innentasche. Schnell klopfte er mit beiden Händen auf die Außentaschen, dann sah er Bodo erschrocken an.

»Bleiben Sie bitte ruhig!«, bat Bodo. »Und in der Hosentasche?«

»Ich tue das Geld immer in die Jacke«, sagte der Mann verstört. Seine Frau hielt sich die Hand vor den Mund und stammelte: »Das ist jetzt nicht wahr, oder?«

»Weg!« sagte der Mann. »Es ist tatsächlich weg! Wie kommen Sie darauf? Woher wissen Sie? Was hat das zu bedeuten?«

Bodo machte eine besänftigende Geste und sagte: »Wissen ist zuviel. Ich vermute, dass man Ihnen eben bei dem kleinen Missgeschick mit dem Senf auf der Jacke den Geldbeutel weggenommen hat.«

»Das war so eine hübsche, junge Frau mit ihrem Freund«, sagte der Mann und sah sich suchend um.

»Genau«, sagte Bodo, »und zu der gehe ich jetzt und frage mal nach. Sie bleiben bitte hier, denn wenn sie Sie sieht, wird sie vielleicht nervös, mich kennt sie noch nicht.«

Bodo stand auf und ging durch das Schiff, das gerade langsamer wurde, um die Haltestelle Enkirch anzufahren. Bodo erkannte die junge Frau, sie saß alleine in der Nähe des Damenkegelclubs.

Wo war ihr Begleiter? Er sah sich um, konnte ihn aber nirgends entdecken. Langsam ging er auf sie zu und musterte sie. Sie war sehr hübsch, und bei dem warmen Wetter brauchte man wirklich nicht viel Stoff am Leib zu haben. Sie trug kurze, eng anliegende Jeans und eine leichte, helle Bluse, unter der ein schwarzer BH zu erkennen war, ihre Sonnenbrille hatte sie ins Haar gesteckt. Sie hatte weder eine Handtasche noch einen Rucksack dabei.

Er setzte sich zu ihr an den Tisch und sagte leise: »Es kann ein Irrtum sein, aber ich glaube, Sie haben etwas, was Ihnen nicht gehört. Sie sollten dem älteren Herrn, den Sie mit Senf beschmutzt haben, seinen Geldbeutel wiedergeben.«

Dabei sah er sie scharf an. Er pokerte: »Ich bin Detektiv, ich habe Sie bei Ihrem Vorgehen vorhin an der Theke beobachtet.«

Nun ja, beobachtet war zwar falsch, aber der Versuch, sie einzuschüchtern war es wert.

Von wegen eingeschüchtert! Die junge Frau fing unvermittelt an, laut zu schreien: »Tu die Finger weg, du alter Grabscher! Unverschämter Sack!« Während sie weiter zeterte, sah sie sich Hilfe suchend nach den Kegelschwestern um: »Helft mir doch mal, tut doch was gegen den geilen Lustmolch hier!«

Einige Kegeldamen waren schon aufgestanden. »Ekelhafter Kerl!«, schrie eine und kam auf Bodo zu. Dank der kleinen Feiglinge waren die Damen recht mutig geworden. Handtaschen schwingend und mit aggressivem, leicht benebeltem Blick kamen sie näher.

»Bitte beruhigen Sie sich doch, ich kann alles erklären!«, rief Bodo den Damen beschwichtigend entgegen, aber sie waren nicht zu bremsen.

»Dir werden wir helfen, Frauen anzugrabschen, du abscheulicher Lüstling!«

Eine andere schrie: »Bei so was wie dir kriege ich Brechreiz!« Dann schlugen sie auf Bodo ein. Er hielt schützend seine Hände über den Kopf und versuchte aufzustehen, doch herumsausende Handtaschen und Fäuste hielten ihn auf seinem Stuhl. Jemand schüttete ihm eine Tasse lauwarmen Kaffee über den Kopf. Im Tumult bemerkte er nur noch, wie der Begleiter der jungen Frau plötzlich auftauchte, sie an der Hand nahm, und wie beide schnell zur Tür liefen und im letzten Moment, während das Schiff schon ablegte, auf den Steg sprangen. Behende sprangen sie über das niedrige Gitter und liefen ins Dorf hinein.

Dann hörte er einen gewaltigen Schrei: »Himmiherrgottsakramentzefixluja! I glaub, dass ihr spinnt! Hörts sofort auf zu schlagen!«

Die gewaltige Bassstimme Korbinians verfehlte ihre Wirkung nicht, und als er dann noch einer wild gewordenen Kegeldame die Handtasche entriss und in eine Ecke warf, wurde es zunehmend stiller.

»Und jetz setzts euch wieder brav hin. Wos machts ihr da für an Scheiß? Jetz is a Ruh!«

Noch einmal hatte Korbinian gebrüllt und dabei, um seiner Autorität Gewicht zu verleihen, mit der Faust auf den Tisch gehauen. Und es half. Verschwitzte Frauen mit roten Gesichtern gingen verschämt zurück auf ihre Plätze.

»Danke Korbinian«, sagte Bodo, »so etwas wie diese wild gewordenen Furien habe ich noch nie erlebt!«

»Aber i!«, sagte Korbinian. »I hab a Lehrjahr im Sauerlandstern verbracht, da erlebst so was öfter. Doch was i da grad g'sehen hab von deinem Beruf ... do bleib i lieber Koch, des scheint mir net so g'fährlich z'sein! I geh wieder zu meiner Semmel.«

Auf einmal stand der ältere Herr da: »Sie haben sie also laufen lassen, Herr Detektiv! ›Lassen Sie mich mal machen, bleiben Sie ruhig‹, sagten Sie eben noch zu mir. Und was ist jetzt? Weg sind die Gauner, mit meiner Brieftasche und meinen Papieren!«

»Das kam so überraschend!«, wollte Bodo sich verteidigen.

Aber der ältere Herr blieb auf Pöbelkurs: »Ihnen würde ich keinen Auftrag für irgendwas erteilen! Lässt sich durch ein paar angeschickerte Weiber aus der Fassung bringen! Ich geh zum Kapitän, das wird eine saftige Beschwerde geben!« Er drehte sich um und ging die Stufen zum Führerstand hoch.

›Mist‹, dachte Bodo, ›auch das noch!‹ Dabei hatte er doch gerade erst angefangen zu ermitteln, und ob die beiden mit dem Diebstahl zu tun hatten, stand auch noch nicht fest. Blöde Situation! Er versuchte sich zu erinnern, wie das vorhin vor der Theke war: ›Der junge Mann beschmiert dem älteren Herrn die Jacke, seine Freundin zieht ihm während des Reinigungsversuchs die Brieftasche aus der Innentasche. Und muss sie dann ja irgendwo verstecken! Sie hat Senf an den Fingern, den sie auf der Toilette abwaschen möchte‹, dachte Bodo weiter. Dort würde sie die Brieftasche irgendwo verstecken. Und wenn sie dann entdeckt würde, könnte ihr sogar eine Leibesvisitation egal sein.

Er ging den Gang entlang, bis er zu den Toilettentüren kam. Vorsichtig öffnete er die Tür mit der Aufschrift »Damen« und lauschte in den Raum. Als er nichts hörte, ging er hinein und öffnete zuerst die eine, dann die andere Toilettentür. Dahinter befanden sich jeweils ein Klosett und ein Papierrollenhalter, sonst nichts. Keine Nische, die als Versteck herhalten könnte. An den Wänden – wie üblich – Telefonnummern und hingeschmierte Schweinigeleien, wahrscheinlich vom Damenkegelclub. Im Vorraum das Übliche: Waschbecken und Seifenspender, daneben lagen Papierhandtücher, darüber war ein ziemlich blinder Spiegel. Ein Warmluftgebläse, an dem der Lack schon blätterte, hing an der Wand. Daran klebte ein handgeschriebener Zettel: »Defeckt«. ›Das c ist zu viel‹, dachte Bodo noch und sah sich weiter um. In der Mitte war ein überquellender Papierkorb und an der Decke hing eine runde Glaslampe, die von einem verrosteten Drahtgestänge gehalten wurde. Die ganze Toilettenanlage hatte ihre besten Zeiten schon hinter sich, hier müsste dringend mal renoviert werden. Das Fenster nach draußen war mit weißer Farbe gestrichen, um neugierige Blicke abzuhalten. Bodo war enttäuscht. Er hatte gehofft, ein Versteck zu finden, vielleicht hinter einer Fußleiste, vielleicht oben in den Deckenpaneelen oder in einem Loch im Fußboden, aber hier war alles aus Stahl, er war schließlich auf einem Schiff.

Traurig zog er die Tür hinter sich zu. Er blieb kurz stehen, drückte nachdenklich seine kribbelnde Nase nach rechts, öffnete wieder die Tür zur Damentoilette und ging auf das Gebläse zu. Er bückte sich und schaute von unten in das Gehäuse: So sahen alle Gebläse aus. Dann drückte er den Einschaltknopf, nichts passierte. Aber wieso wackelte das Ding so? Das Gerät bestand aus zwei Teilen, der obere war mit dem unteren durch je zwei Schrauben verbunden, aber Bodo sah nur Löcher, keine Schrauben. Vorsichtig rüttelte er am oberen Deckel, er ließ sich leicht vom unteren Teil lösen.

Die Überraschung war groß! Er hatte einen Geldbeutel erwartet, hier waren aber mindestens zwanzig Brieftaschen und Portemonnaies versteckt. Der Motor des Gebläses, der normalerweise den Innenraum ausfüllte, fehlte; er war ausgebaut worden.

›Prima Versteck‹, dachte Bodo und griff nach der Brieftasche, die zuoberst lag. Er klappte sie auf und blätterte in den Fächern: Der freundliche, ältere Herr grinste ihm auf einem Führerschein entgegen. »Herr Kentjens aus Bergheim, Josef-Tüner-Straße 14«, murmelte Bodo. Dann schaute er noch schnell in ein paar andere Brieftaschen. Das Geld fehlte in allen, aber Ausweise und Scheckkarten waren noch da. Er nahm die obere Brieftasche an sich, setzte die Haube wieder auf das Gerät und ging nach oben.

Dort sah er den Mann mit einem Kellner an der Theke stehen. Er war gerade dabei, seine Adresse zu hinterlassen: »Mit j bitte! Schreiben Sie nicht mit ch, Kentjens wird mit j geschrieben, soll ich buchstabieren?«

»Und der Herr Kentjens mit j wohnt in der Josef-Tüner-Straße 14 in Bergheim«, sagte Bodo laut. Kentjens drehte sich verdutzt um: »Woher wissen Sie das?«

»Ich bin schließlich Detektiv«, sagte Bodo und überreichte ihm die Brieftasche.

»Das gibts doch nicht! Woher haben die? Wie sind Sie ... das ist aber schön!«

»Sehen Sie mal nach, ob etwas fehlt. Wenn die Scheckkarte weg ist, lassen Sie sie gleich sperren!«, sagte Bodo.

Kentjens öffnete seine Brieftasche und überprüfte den Inhalt. »Alles noch da«, strahlte er, »nur der Geldschein ist weg.«

»Ein Geldschein?«, fragte Bodo.

»Ja! Ich hatte an der Theke mit meinem letzten Zwanzig-Euro-Schein bezahlt. Hier ist das Kleingeld und da war der Fünfer drin. Na ja ...«, meinte er zufrieden, »meine Frau hat eh immer das meiste Geld an sich, wissen Sie!«

»So gehört sich das auch«, meinte Bodo augenzwinkernd.

»Ich sah mich schon von Pontius zu Pilatus rennen, um meine Papiere wieder zu bekommen«, sagte Kentjens erleichtert, »ich bedanke mich! Was kann ich Ihnen ... ich meine, da ist ja jetzt ein Finderlohn fällig, oder etwa nicht?«

»Lassen Sie mal«, sagte Bodo, »ich wünsche Ihnen noch eine schöne Schiffstour! Und kaufen Sie sich am besten einen altmodischen Brustbeutel, dann passiert Ihnen so etwas nicht mehr.«

Bodo ging aufs Oberdeck zurück. Erschöpft setzte er sich und erzählte Korbinian vom Fund der Brieftaschen im Gebläsekörper.

»Du musst mir gleich mal helfen!«, sagte Bodo. »Könntest du vor dem Damenklo Schmiere stehen und aufpassen, während ich die restlichen Brieftaschen und Geldbörsen aus dem Händetrockner nehme? Und eine Plastiktüte brauche ich von dir.«

»Da mach i glatt mit«, sagte Korbinian. »Aber was machst mit den Geldbeuteln?«

»Ich übergebe sie dem Kapitän, er soll sie den bestohlenen Leuten zurückschicken.«

»Die Diebe hom sich wirklich nur fürs Geld interessiert? Net für die Scheckkarten?«, fragte Korbinian.

»So ist es! Aber ich vermute, dass sie mit Ganoven zusammenarbeiten, die sich für die Scheckkarten und Ausweise interessieren!«

»Aber wie solltens denn an die Sachen rankomm'n?«

»Das Schiff liegt nachts am Kai in Zell. Es ist zwar unbewacht, aber dafür gut verschlossen. Es dürfte sehr schwer sein, unbemerkt da raufzukommen und einzubrechen. Die Beleuchtung am Moselufer ist die ganze Nacht an.«

»Schau mer mal«, brummte Korbinian und stand auf. Sie gingen nach unten zu den Toiletten. Korbinian sah sich um und fragte: »In dem Gebläse da?« Bodo nickte.

»I bleib hier stehn. Und wenn aner kimmt, pfeif i«, sagte Korbinian.

Bodo hob den Deckel ab, nahm die Brieftaschen und Geldbeutel heraus, steckte sie in die Tüte und setzte den Deckel wieder drauf. Er sah sich noch einmal um: das weiße Fenster! Es war zwar geschlossen – der Hebel zeigte nach unten – aber am Hebel war ein dünner Draht befestigt, der nach draußen führte.

»Mensch, Korbinian, schau dir das mal an!«, rief Bodo erstaunt.

Korbinian kam in den Raum und sah den Draht: »Sauber! Da brauchst nur von draußen dran ziehn, un scho geht der Hebel nach oben. Des Fenster geht auf und du kannst einsteign.«

»Die kommen übers Wasser, die rudern hierher«, sagte Bodo, »auf der anderen Schiffsseite ist es stockdunkel! So kommen die rein und holen sich die Scheckkarten und den anderen Kram. Und bei der nächsten Schiffsfahrt schließt einer der Gelddiebe wieder das Fenster!«

Bodo lockerte den Draht und löste ihn vom Griff des Fensters. »Beim nächsten Mal gucken die aber dumm! So, auf zum Käptn!«

Bodo brachte die Tüte mit den Brieftaschen und Geldbeuteln zum Kapitän, der überrascht und erfreut auf den Fund reagierte. Bodo wies ihn darauf hin, dass das vielleicht noch nicht das Ende der Geschichte sei. Er beschrieb Herrn Boemer das Diebespaar ganz genau und bat ihn, auch seine Mitarbeiter auf dem Schiff zu informieren.

»Alles andere mach ich mit Schottel klar«, sagte Bodo und setzte sich wieder zu Korbinian an Deck. »Ganz schö aufregend«, meinte der.

»Geht so«, antwortete Bodo, »ich hatte schon interessantere Fälle und die konnte ich auch lösen. Aber das hier ...«, er schüttelte den Kopf, »ich stehe mit leeren Händen da!«

»An Teilerfolg hast scho«, meinte Korbinian, »die Leit kriegn wenigstens ihr Papiere zurück.«

»Ja, aber es wäre besser gewesen, die Taschendiebe zu erwischen! Die probieren es doch immer wieder, wenn nicht hier, dann an anderen Orten.«

Korbinian schaute nachdenklich auf den Tisch, dann zwirbelte er seinen Schnurrbart und sagte: »Mir fällt da was ein. Schau amal, die Taschendieb san uns zwar durch die Lappen gangen, aber die anderen, die mit die Papiere un Pässe, die wissen ja no net, dass mir die hom! Also werden's kommen und sich die Brieftaschen aus'm Gebläse nehmen wollen. Wenn du jetz auf'm Schiff a Kamera installierst, dann kriegst sie!«

»Ja schon, aber das kann dauern«, meinte Bodo, »da muss ich zuerst mit Schottel reden, Genehmigung, Kostenfrage und so weiter ... aber die Idee ist gut! Ich sehe auch sonst keine Möglichkeit. Wie wärs, wenn ich dich als Hilfsdetektiv einstelle? Wär das was?«

»I glaub net«, lachte Korbinian, »i bleib lieber Koch!«

Das Schiff näherte sich Zell. Als es unterhalb der Brücke war, wies Bodo Korbinian auf die beiden kleinen Schiffe am Ufer hin: »Die gehören einem Freund von mir, der ist ganz verrückt auf alles, was schwimmt! Da steht er übrigens!«

Bodo pfiff und winkte, Berthold drehte sich um und winkte zurück.

»A Hobby braucht der Mensch«, schmunzelte Korbinian, »bei mir sind's halt die Rezepte. Un bei dir?«

»Mein Garten, und da besonders die Rosen.«

Das Schiff legte an und Bodo und Korbinian warteten, bis die Leute vom Schiff gegangen waren. Dann nahm Korbinian sein Fahrrad und schob es vom Schiff über den Anleger ans Ufer.

»Ich muss noch ein paar Sachen erledigen, telefonieren und so«, sagte Bodo. »Ich schlage vor, wir treffen uns heute Abend in der Straußwirtschaft bei Madeleine auf der anderen Moselseite. Sie kocht französisch und Claire hat garantiert fantastische Rezepte für dich. Wo wirst du schlafen?«

»Is euer Campingplatz in Ordnung?«, fragte Korbinian.

»Ich habe zwar noch nie da übernachtet«, sagte Bodo, »aber Klagen habe ich noch keine gehört. Die sanitären Anlagen sind neu und der Platz liegt ganz ruhig.«

»Des Wetter is mir zu schön für a Hotel«, sagte Korbinian, »i schau mir die Stadt an, dann fahr i zum Campingplatz, bau mei Zelt auf und gegen neun Uhr bin i in der Straußwirtschaft. Bin g'spannt, wie das so is bei euch.«

»Also gut, bis heute Abend, Korbinian! Viel Spaß in Zell!«

Bodo ging nach Hause und hörte den Anrufbeantworter ab. Eine Frau vom Pfarrgemeinderat im Ort Neef bat um Rückruf. Während einiger Beerdigungen war es im Dorf zu Wohnungseinbrüchen gekommen. ›Na klar‹, dachte Bodo, ›alles geht zum Friedhof‹, der in Neef weit oberhalb des Dorfes lag. Aber es ging noch weiter: Nachts würden auf diesem abgelegenen Friedhof sogar die Grablichter gestohlen. Auch klar, die Preise für Messing und Eisen waren hoch. Bodo hatte keine Lust, nächtelang im Auto auf der Lauer zu liegen oder während der Beerdigungen Wachtmeister im Dorf zu spielen. ›Ich ruf irgendwann zurück‹, dachte er.

Er rief Schottel an und berichtete ihm von seinen Ermittlungen auf dem Schiff. Außerdem riet er zum Einbau einer Überwachungskamera an Bord. Schottel war nicht abgeneigt und bat um eine weitere Unterredung in der nächsten Woche, um alles Nähere zu besprechen.

Dann rief Bodo noch Berthold an und fragte ihn, ob man sich heute Abend bei Madeleine treffen könne. Die Frage hätte er sich sparen können, Berthold sagte sofort zu. Es könne jedoch etwas später werden, da er im Schiff noch etwas einzubauen habe.

Bodo ging zu Claire in die Buchhandlung und erzählte ihr die Geschichte von den Taschendieben und von seinem Misserfolg.

Claire meinte nur: »Sieh es doch so, du hast eine schöne Schiffsfahrt mit abenteuerlichem Charakter gehabt, wild gewordene Kegelschwestern inklusive!«

»Lieber hätte ich die Diebe geschnappt! Aber noch ist nicht aller Tage Abend. A propos Abend: ich habe den Bayern wieder getroffen, der bei dir den Reiseführer gekauft hat und ihn zu Madeleine in die Straußwirtschaft eingeladen. Ein netter, sympathischer Kerl, dieser Korbinian!«

»Der mit dem Riesenschnurrbart?«

»Genau der! Er ist Koch und sammelt während seiner Urlaube Rezepte. Ich habe ihm erzählt, dass du noch das Rezeptbuch von deiner Oma hast, und dass er darin vielleicht für die Mosel typische Rezepte finden kann.«

»Bestimmt«, sagte Claire, »ich bring es mit. Aber ich habe auch was gefunden! Nach deinem Anruf von heute morgen – wegen der Bahnbauarbeiten von 1877 – habe ich interessante Sachen im Internet entdeckt, teilweise habe ich sie ausgedruckt, hier bitteschön. Teilweise habe ich auch Seiten markiert, in denen du noch suchen kannst.«

»Danke dir!« Bodo nahm die Seiten und blätterte darin: »Hör dir das an: ›Bahnbau 1870, Strecke Koblenz–Trier, Tunnelbau. Harter Lebensalltag der Tunnelarbeiter und Mineure meistens italienischer oder schweizer Herkunft. Miserable Unterkünfte, schlechte Verpflegung, unhaltbare hygienische Zustände, dadurch Krankheiten wie Durchfall und Typhus. Silikose durch allgegenwärtigen Quarzstaub im Tunnel.‹ Da hätte ich aber nicht gerne gearbeitet!«

»Es kommt noch schlimmer «, sagte Claire, »hier auf diesem Blatt habe ich eine Stelle … na, wo ist sie denn …, ach hier! ›Es wurde in drei Schichten ununterbrochen gearbeitet. Die pneumatisch betriebenen Tunnelbohrmaschinen leiteten nur wenig Luft nach draußen. Temperaturen bis zweiunddreißig Grad, Wassereinbrüche, Steinschlag und Staub erschwerten die Arbeiten im Tunnel. Außerdem führten giftige Sprenggase und Fäkalien zu schweren Krankheiten.‹«

»Dixie-Klos gab es damals noch nicht«, meinte Bodo, »Unglaublich, die Arbeiter haben einfach in den Tunnel geschissen. Sie haben ihren Arbeitsplatz voll geschissen!«

»Außerdem wurden sie von ihren Vorgesetzten total schikaniert und ausgebeutet«, sagte Claire und zeigte ihm eine andere Stelle. Bodo las: »›Ein Mineur verdiente in einer Achtstundenschicht etwa vier Reichsmark. Zwei Drittel des Lohnes wurde den Arbeitern für Essen und Unterkunft wieder abgezogen, die Lampen und das Öl dafür mussten sie selbst bezahlen.‹«

Er stutzte: »Claire, die Lampen! Ich habe mich an einer alten Tunnellampe verletzt, hier steht es schwarz auf weiß! Wir kommen der Sache mit dem Skelett näher, ich spüre es!«

»Hier ist noch eine Stelle«, sagte Claire, »da steht, wie sie gewohnt haben. Gewohnt, ach was, vegetiert! Hier beschreibt ein Arzt die Unterkünfte: ›Die Luft in den Baracken kann nur mit der Luft schlechter Hühnerställe oder aufgerührter Jauchekästen verglichen werden. Die Gänge sind schmutzig wie nasse Feldwege und an manchen Fensterbrüstungen kleben

Exkremente. Zwölf Arbeiter schlafen in einem Raum auf hölzernen Pritschen, auf denen feuchte, faule Strohsäcke liegen.‹«

Bodo fragte: »Hast du irgendwas entdeckt, was auf Todesfälle hinweist? Wie viele sind beim Tunnelbau ums Leben gekommen?«

»So weit bin ich noch nicht, leider! Ab und zu kommt ja doch noch einer in den Laden und kauft was. Aber ich habe eine Notiz von einem Streik gefunden, hier: ›Kein Wunder, manifestierten sich Unmut und Verzweiflung der Arbeiter immer wieder in handfesten Auseinandersetzungen, Höhepunkt war ein Streik. Nach einer Sprengung weigerten sich die Arbeiter, den Schutt wegzuräumen. Sie waren zur Arbeit gezwungen worden, bevor sich die Dynamitgase verzogen hatten. Sie legten ihre Werkzeuge nieder und verließen den Tunnel, unterstützt und begleitet von einer rasant wachsenden Truppe sich solidarisierender Kollegen. Eine Delegation begab sich zum Oberingenieur und forderte mehr Lohn sowie bessere Arbeitsbedingungen. Als dieser nicht darauf einging, versperrten die Streikenden den Tunneleingang. In dem darauf folgenden Handgemenge löste sich ein Schuss und ein Arbeiter wurde tödlich getroffen.‹«

Ein Kunde betrat den Laden. Claire sagte noch: »Das ist das Interessanteste, was ich gefunden habe. Hier sind noch ein paar Seiten über Grundstücksverkäufe der Bahn, aber das ist eher uninteressant«, dann kümmerte sie sich um den Kunden.

Bodo blätterte die Seiten durch. Eine Bekanntmachung von 1876 erregte sein Interesse:

›Betreffend die Enteignung der zum Bau der Bahn in der Gemeinde Pünderich erforderlichen Grundstücke. Nachdem die königliche Regierung hierselbst auf Antrag der Königlichen Eisenbahndirection nach erfolgter Feststellung der bezüglichen Pläne behufs Festsetzung der Entschädigung für die zum Bau innerhalb des Gemeindebannes erforderlichen, im Wege gütlicher Vereinbarung nicht erworbenen Grundstücke die in § 25 und folgenden des Gesetzes über die Enteignung von Grundeigenthum vom Juli 1874 vorgeschriebene commisarische Verhandlung angeordnet … den Unterzeichnenden wird zur Vornahme der Abschätzung Termin auf Mittwoch den 20.9. d. J. vormittags an Ort und Stelle …‹

»Mein Gott, was für ein Deutsch«, entfuhr es Bodo, »das soll einer verstehen! Aber so viel habe ich verstanden, dass für den Bahnbau Winzer enteignet wurden, zum Beispiel, um in den Weinbergen das Viadukt zu bauen.«

›Wie bei der Marina‹, dachte Bodo, ›so viel hat sich gar nicht geändert.‹

Die Informationen, die Claire aus dem Internet hatte, waren meistens aus den Archiven von Bahnfreunden oder Heimatforschern aus der Gegend. Er blätterte noch einmal die ausgedruckten Seiten durch. Ein Name tauchte immer wieder auf: Samartini. Es gab doch einen Samartini in Bullay, hatte der nicht ein Bauunternehmen? An vielen Neubauten war sein Werbebanner angebracht: Samartini. Wie hieß er denn gleich noch mit Vornamen? Irgend etwas mit A: Alex, Alfons … nein, Anton. Jetzt war er sich sicher, genau: Anton Samartini! Vielleicht hatte der noch mehr Informationsmaterial aus der Bauzeit der Bahn. Bodo blätterte im örtlichen Telefonbuch, dann rief er im Bauunternehmen an und wurde mit Samartini verbunden.

»Natürlich habe ich noch Informationen aus der Zeit«, sagte Samartini, »wie Sie meinem Nachnamen entnehmen können, waren meine Vorfahren Italiener. Sie waren maßgeblich daran beteiligt, dass der Eisenbahntunnel gegraben und das Viadukt gebaut wurde. Kommen Sie doch morgen früh bei mir im Büro vorbei, ich suche Ihnen ein paar Sachen raus.«

»Das ist aber freundlich von Ihnen! Danke, Herr Samartini, bis morgen!«

Claire, die hinzugekommen war, sagte überrascht: »Samartini? Der Bauunternehmer? Wollen wir bauen?«

»Nein«, lachte Bodo »dafür langt die Kohle noch nicht!«

»Seine Frau kauft öfter Bücher bei mir«, sagte Claire. »Was willst du denn von ihm?«

»Samartini hat Informationen über den Bahnbau damals. Vielleicht finde ich ja einen Hinweis auf das Skelett vom Viadukt. Ich treffe mich morgen mit ihm.«

»Du bist aber hartnäckig«, sagte Claire, »zuerst soll es ein Pilot aus dem Zweiten Weltkrieg gewesen sein, jetzt ist es ein Bahnarbeiter von Anno Tobak, oder was?«

Bodo grinste: »Um die Zeit etwas einzugrenzen: 1870–1890 wurden der Tunnel und der Viadukt gebaut. Und da der Bauherr ein Preuße war, gibt es jede Menge ordentlich geführter Unterlagen. Mal sehen, ob Samartini was Interessantes hat. Wann schließt du den Laden?«

Claire sah auf die Uhr: »Um halb sieben. Warum?«

»Ich sollte noch in den Baumarkt fahren und in der Elektroabteilung ein paar Teile besorgen.«

»Dann treffen wir uns doch um neun bei Madeleine«, schlug Claire vor.

»Ja gut, bis heute Abend!«

*

Als Bodo die Terrasse der Straußwirtschaft betrat, traute er seinen Augen nicht. Gerade legte Korbinian seinen Arm um Claire und drückte sie fest an sich. Bodo räusperte sich und trat näher:

»Hallo ihr zwei! Ich sehe, ihr seid euch schon ein bisschen näher gekommen, das ist ja schön.«

»Des war Liebe auf'n ersten Blick«, schwärmte Korbinian und sah Claire dabei ganz seltsam an, »Mensch Bodo, du host a tolle Frau!«

Das Rezeptbuch von der Oma lag aufgeschlagen auf dem Tisch, daneben standen zwei fast leer getrunkene Gläser Weißwein. ›Hoppla, was geht denn hier ab?‹, dachte Bodo und setzte sich dazu.

Claire sagte fröhlich: »Mit dem Korbinian hast du einen tollen Fang gemacht! So einen netten Bayern habe ich noch nie kennengelernt!«

»Ach was!« Bodo war erstaunt. So kannte er Claire überhaupt nicht. Fremden oder neuen Bekanntschaften stand sie zunächst einmal eher reserviert gegenüber.

»Wie lange seid ihr schon hier?«, wollte er wissen.

»Fast a Glas Wein lang«, grinste Korbinian.

»Danke für die präzise Auskunft«, sagte Bodo und drückte seine kribbelnde Nase in alle Richtungen.

»Was ist los, Bodo? Bist du nervös?«, fragte Claire.

»Nein.« Kurz und knapp kam das.

»Schau mal, was der Korbinian für ein Rezept als Souvenir mit nach Hause nehmen will.«

Sie drehte das alte Kochbuch und zeigte auf einen mit Bleistift gezeichneten Fisch. Darunter stand: »Suppe von Moselfischen«.

»Ja, ja, interessant.« Er schaute kurz und ohne großes Interesse auf das Buch und fragte dann: »Habt ihr schon gegessen?«

»Nein«, antwortete Claire, »wir wollten auf dich warten.«

»Das ist ja nett von euch«, brummte Bodo, »wenigstens das.«

Claire blätterte weiter und drehte das Buch wieder in Bodos Richtung: »Und das Rezept vom Zeller Äppelfleisch hat der Kobi sich auch abgeschrieben.«

»Kobi?« Bodo sah Claire unsicher und neugierig an.

»Ja, für mich ist das der Kobi«, sagte Claire, »Korbinian ist mir zu lang. Nicht wahr, Kobi?«, dabei streichelte sie ihm über den Arm.

»Scho recht«, sagte der und sah Claire wieder so merkwürdig an.

Bodo traute seinen Augen nicht. Was war bloß in Claire gefahren? So hatte er sie noch nie erlebt.

»Hallo Bodo, was kann ich dir zu trinken bringen?« Madeleine stand mit Bestellblock und gezücktem Stift in der Hand am Tisch.

»Ach … hallo, Madeleine! Ja, ich trinke zuerst einmal eine trockene Weißweinschorle, und dann … mal sehen. Bringst du uns bitte die Speisekarte? Ach … Berthold kommt auch noch, aber später, er muss noch was am Schiff reparieren.«

»Und uns bitte no zwei Gläser von dem da«, sagte Korbinian, trank sein Glas leer und gab es Madeleine mit.

›Jetzt sagt er schon uns‹, dachte Bodo, ›uns bitte noch zwei Gläser von dem da.‹

Korbinian sagte das so vertraut, als ob er Claire schon dreißig Jahre kennen würde. Bodo hatte ein ihm völlig unbekanntes, mulmiges Gefühl im Bauch. Was war das? Ärger? Ärger über die Vertrautheit der beiden? Angst, Claire zu verlieren? Sie waren schon so lange zusammen, aber dieses Gefühl war neu. Bis jetzt war Bodo sich Claire immer sicher gewesen, aber nun ...?

»Die Speisekarte, bitte schön«, sagte Madeleine und stellte die Gläser auf den Tisch. »Wenn ihr essen wollt, was auf den Tisch kommt, dann empfehle ich heute Quiche Lorraine mit Trüffelsplittern, ansonsten sucht euch was aus. Wann kommt Berthold denn?«, wollte sie noch wissen.

»Keine Ahnung! Du weißt ja, seine Schiffe bedeuten ihm viel«, antwortete Bodo.

»Seine Schiffe! Auf die könnte man glatt eifersüchtig werden«, meinte Madeleine lachend.

Bodo erschrak: Eifersucht! War das mulmige Gefühl vielleicht Eifersucht? Er nahm die Karte in die Hand, war aber beim Aussuchen nicht richtig bei der Sache.

»Was nimmst du, Claire?«

»Ich nehme tatsächlich die getrüffelte Quiche Lorraine. Und du, Kobi?«

Korbinian fragte: »Hast schon amal den Wildtopf mit Dornfeldersoß probiert?«

»Ja, der ist gut hier, der Kaimter Opa wildert noch selber!«

»Also gut, an Wildtopf. Und wos nimmst du, Bodo?«

»Ich habe keinen großen Appetit«, meinte der und rieb sich den Bauch, »ich nehme ... nehme ... einen Flammkuchen mit Speck.«

Madeleine kam, nahm die Bestellungen auf und ging in die Küche.

Es war ein schöner, lauer Sommerabend. Amseln flöteten von den Dächern, Mauersegler flogen kreischend um die Häuser, die Sonne verschwand rot glühend hinter den Weinbergen, ein leichter frischer Wind kam vom Fluss und es duftete nach Liguster. Alles war wunderbar, nur Bodo konnte die Atmosphäre nicht genießen. Er grübelte darüber nach, wieso Claire mit diesem Bayern so gut konnte. Die beiden waren schon wieder ins Gespräch vertieft, das sich jetzt um Korbinians Heimat drehte.

›Ich bin gar nicht mehr da‹, dachte Bodo, ›die beiden reden noch nicht einmal mit mir.‹

Er unterbrach ihr Gespräch: »Und wie geht die Fischsuppe?«

»Wie kommst'n jetz da drauf?«, fragte Korbinian, »i hab euch grad eing'laden, hast des net mitkriegt? Im Herbst, so um den zwanzigsten September rum mach mer in unserer Gaststätten immer a Gourmet-Wochenend. Und ihr seids herzlich eing'laden. Und die Fischsuppen, die koch ich do aa. Also, wos brauchen mer dafür? A poar Weißfisch wie Rotaugen, Döbel oder Barben, aus denen wird dann a Sud gekocht, der wird durch a Sieb passiert und dann kommt natürlich an Riesling un Sahne dazu. Kleine Zanderstückerl als Einlage machen aus der Suppen a Spezialität. Da freu i mich scho drauf!«

»Wir sind eingeladen?«, fragte Bodo. »Wir? Oder nur Claire?«

»Was spinnst denn dir da z'samm, Bodo? Natürlich seid ihr beide mei Gäst, ihr schloft bei mir im Hotel.«

»Ein Hotel hast du auch noch?«

»Ja, des Restaurant is im Hotel Adler und scho seit zweihundertfuffzig Jahr im Familienbesitz.«

»Da musst du ja stinkreich sein, Korbinian«, giftete Bodo, »Hotel- und Restaurantbesitzer! Und ich dachte, du seist Koch in irgendeinem Etablissement im bayerischen Hinterland! Wieso fährst du denn dann noch mit dem Fahrrad durch die Gegend und übernachtest auf Campingplätzen, auf denen du nachts nasse Füße bekommst, wenn du mal aufs Klo musst?«

»Des is a kleins Stück Freiheit, des i einmal im Joar für a poar Tag haben muss. Dann kann i durchatmen und hernach wieder besser arbeiten. Grad dann, wenn i so nette Leut wie euch und a poar neue Rezepte kenneng'lernt hab!«

Claire freute sich: »Auf nach Bayern, Bodo! Da waren wir noch nie!«

»Wir waren auch noch nie im Schwarzwald«, gab Bodo zurück, »vielleicht sollten wir zuerst einmal in den Schwarzwald fahren ... und uns danach langsam nach Bayern vor tasten.«

»Was bist du denn so garstig, Bodo?«, fragte Claire. »Welche Laus ist dir denn über die Leber gelaufen?«

Bodo hatte große Lust, ›eine bayerische Laus‹ zu sagen, ließ es aber stecken. Stattdessen meinte er ablenkend: »Das dauert aber heute lange mit dem Essen.«

Langsam wurde es dunkel und die bunten Lämpchen auf der Terrasse gingen an. Vom Zeller Ufer wehten Musikfetzen herüber. Claire diktierte Korbinian gerade das Rezept vom Zeller Äppelfleisch, als Madeleine mit dem Essen kam. Die Quiche roch köstlich nach Trüffeln, das Wildragout dampfte und Bodos Flammkuchen war knusprig und lecker. Er hatte eben erst ein paar Bissen gegessen, als sein Handy klingelte. Berthold war dran.

»Wo bleibst du denn?«, fragte Bodo, »Madeleine wartet schon auf dich! Was? Was ist unterwegs? Auf dem Wasser. Wo genau? Ich komme, bin gleich da! Mach schon mal die Leinen los und starte den Motor, wir fahren denen hinterher!«

»Was ist los, Bodo?« Claire schaute besorgt. Diesen Gesichtsausdruck kannte sie: gespannt, konzentriert und voller Tatendrang.

»Ich muss sofort zu Berthold! Er sagte mir gerade, man habe ihm sein Schlauchboot geklaut, und die Diebe paddeln im Dunkeln auf das Schiff von Schottel zu.«

Er stand auf, sagte zu Korbinian: »Ich leih mir mal kurz dein Rad«, nahm sich das Rad vom Ständer und sauste davon.

»Bodo, pass auf!«, rief Claire noch hinterher, aber Korbinian meinte beruhigend: »Dem passiert scho nix!«

Bodo fuhr zur Uferstraße. Auf der anderen Moselseite lag das Ausflugsschiff. Es war nicht beleuchtet, nur an Bug und Heck brannten Positionslichter. Keuchend kam er in dem kleinen Hafen an. Er balancierte über den Steg, den Berthold mit einer Taschenlampe beleuchtete und sagte atemlos: »Los, Berthold, gib Gas! Die schnappen wir uns!«

Berthold löste das Tau vom Poller. Bodo stieß das Schiff mit einer Stange von der Kaimauer ab und Berthold gab Gas. Das träge, schwere Holzschiff setzte sich langsam flussabwärts in Bewegung.

»Ich war gerade unten im Motorraum und habe die neue Welle eingebaut. Da höre ich oben Geräusche. Zuerst habe ich gedacht, du seist es. Aber als ich dann das Platschen gehört habe, bin ich nach oben um nach zu schauen. Da sehe ich doch zwei dunkle Gestalten im Schlauchboot von der ›Anne‹ wegrudern. Ich hab noch gebrüllt: ›Was soll das, ihr Idioten?‹, aber die sind einfach weitergepaddelt, auf Schottels Dampfer zu!«

»Lass bitte alle Lichter aus, sie dürfen uns noch nicht sehen«, bat Bodo und erzählte ihm, dass die Diebe wahrscheinlich gar nicht auf das Schlauchboot scharf seien, sondern im Ausflugsschiff etwas an sich nehmen wollten, was ihnen mehr Geld bringen würde.

Sie fuhren in die Flussmitte und kamen dem vertäuten Ausflugsschiff immer näher. Als sie auf der Höhe des Schiffes waren, sahen sie hinter den Fenstern einen flackernden, wandernden Lichtschein. »Ich fahre eine Kurve und komme von unten an das Schiff, dann kann ich besser manövrieren«, sagte Berthold und drehte das hölzerne Steuerrad. Das Schiff beschrieb eine weite Kurve auf dem dunklen Gewässer, dann hielt Berthold den Bug genau auf Schottels Schiff. Er blickte konzentriert nach vorne.

»Wenn du kannst, fahr ganz dicht ran«, flüsterte Bodo, »ich spring dann rüber und schnapp mir die Kerle. Hast du eine Taschenlampe?« Berthold wies mit dem Kopf auf die Schublade am Fenster. Schemenhaft tauchte das Schiff in der Dunkelheit vor ihnen auf. Berthold drosselte die Geschwindigkeit, der

Motor war kaum noch zu hören. Er schirmte mit der Hand seine linke Gesichtshälfte ab, denn die Uferlampen blendeten ihn.

Jetzt war er neben dem Schiff. Er drehte ganz vorsichtig das Steuerrad, dann näherte er sich dem Rumpf und schaltete den Motor aus. Ganz sanft legte er am Ausflugsschiff an. Bodo nahm die Stange, um das Geräusch des Anlegens abzufangen. Dann sprang er auf das schmale, geriffelte Eisenblech des Schiffes, hielt sich an der Reling fest, zog sich hoch und kletterte hinüber.

Er zog die Taschenlampe heraus und ohne sie einzuschalten schlich er leise die Treppe hinab. Die Lampen am Ufer gaben gerade genug Licht, sodass er schemenhaft die Stufen erkennen konnte. Unten hörte er Stimmen, aufgrund der vielen Zischlaute tippte er auf eine osteuropäische Sprache. Da war Vorsicht angesagt, diese Leute gingen nicht zimperlich mit ihren Mitmenschen um.

Plötzlich ging der Scheinwerfer von Bertholds Schiff an und seine Hupe ertönte. Erschrocken blieb Bodo auf der Stelle stehen.

»Bodo, die wollen abhauen«, schrie Berthold und startete den Motor. Bodo schaltete die Taschenlampe ein und sah vorsichtig um die Ecke. Ein Schlag, der ihn knapp verfehlte, zischte an seinem Kopf vorbei. Dann kam ihm eine dunkle Gestalt entgegen. Bodo fackelte nicht lange, er schlug mit der Taschenlampe zu. Sein Gegenüber stöhnte.

›Treffer‹, dachte Bodo und wollte noch einmal zuschlagen, doch der andere war schneller. Bodo bekam einen Tritt in die Seite, der ihn zu Boden gehen ließ, die Taschenlampe rollte polternd weg. Nach Luft ringend stand er wieder auf, doch der Schatten lief schon an ihm vorbei, die Treppe hoch. Bodo rannte hinterher, aber der Mann war schneller. Als Bodo das Deck erreichte, sah er nur noch, wie er am Gitter der verschlossenen Tür hoch kletterte und dann nach unten auf den eisernen Steg sprang. Seine Schritte entfernten sich.

»Scheiße, wieder zu langsam«, keuchte Bodo, doch plötzlich hörte er einen Schrei und einen dumpfen Schlag.

»Saubazi! Verfluchter Lump, bleib liegn, sonst tu i dir weh!«

Bodo schaute auf den Uferweg. Da standen Korbinian und Claire, vor ihnen auf dem Boden lag der Mann, der Bodo entkommen war.

»Wie kommt ihr denn so schnell hier her?«, rief Bodo.

»Wir sind über die Fußgängerbrücke gelaufen«, gab Claire gut gelaunt zurück und Korbinian sagte: »Bei so was G'fährlichem kann man dich doch net allein lassn.«

Auf dem Fluss tutete es, der Lichtkegel von Bertholds Schiff war auf das Schlauchboot gerichtet. Wild rudernd wollte der andere Flüchtige das Kaimter Ufer erreichen, doch Berthold ließ ihm keine Chance. Er verfolgte ihn mit seinem Schiff und leuchtete ihn an. Er fuhr sogar mit Vollgas um ihn herum, sodass hohe Wellen entstanden, die ins Schlauchboot schwappten. Der Mann hörte auf zu rudern und zog eine Pistole aus der Jacke, richtete sie auf Bertholds Schiff und feuerte zweimal schnell nacheinander.

›Das ist aber jetzt gar nicht nett‹, dachte Berthold und brachte sich auf dem Boden in Sicherheit. Dabei stieß er mit dem Kopf gegen das Steuer und seine Nickelbrille fiel ihm herunter. Aber weil das Schlauchboot schaukelte und die »Leonie« ebenfalls schlingerte, gingen beide Schüsse daneben. Am Ufer erschien ein Polizeiauto mit blinkendem Blaulicht. Wieder fiel ein Schuss, und die Polizisten gingen hinter ihrem Auto in Deckung. Der Mann richtete die Pistole auf die Polizisten, Bodo sah das Mündungsfeuer, dann hörte er einen Schuss aus der Polizeipistole und danach ein pfeifendes Geräusch.

»Volltreffer«, lachte er, »so hätte ich das auch gemacht!«

Die Polizisten hatten das Schlauchboot durchschossen, pfeifend entwich die Luft. Das Boot fing an, sich mit Wasser zu füllen. Der Mann warf die Pistole weg und hob beide Hände über den Kopf, während er immer tiefer ins Wasser sank. Dann schrie er etwas in einer fremden Sprache. Er schrie erbärmlich und jeder konnte hören: Das war ein Hilfeschrei.

›Wahrscheinlich kann er nicht schwimmen‹, dachte Berthold und fuhr ihm langsam entgegen. Er legte den Leerlauf ein und warf ihm einen Rettungsring zu. Die Leine verknotete er an einem Klampen und fuhr, den Mann im Rettungsring im Schlepp, auf den Kaimter Anleger zu. Dort nahmen die Polizisten den völlig durchnässten, frierenden Mann mit klickenden Handschellen in Empfang.

»Berthold, kommst du bitte morgen im Lauf des Tages auf die Wache, wir müssen die Angelegenheit zu Protokoll nehmen«, rief einer der Polizisten.

»Aber klar doch, geht in Ordnung!« Berthold salutierte, dann legte er den Rückwärtsgang ein und fuhr wieder zum Ausflugsschiff, um Bodo abzuholen.

Der Einbrecher, den Korbinian gestellt hatte, wurde in einem anderen Polizeiauto abtransportiert. »Wir treffen uns gleich wieder bei Madeleine«, rief Claire noch, dann ging sie mit Korbinian auf die Brücke zu. Bodo sah ihnen nach und bekam sofort wieder dieses seltsame Gefühl im Magen. Berthold legte an und nahm Bodo auf. Dann richtete er den Scheinwerfer auf das zersplitterte Toilettenfenster: »Da sind die rein! Aber was haben die da gesucht? Klopapier?«

»Kein Klopapier, andere Papiere! Pässe und Scheckkarten haben die gesucht.« Bodo erzählte Berthold die ganze Geschichte, und Berthold sagte: »Als ich das zerbrochene Fenster gesehen habe, dachte ich mir schon so was in der Richtung. Deswegen habe ich auch die Polizei gerufen.«

Am Hafen angekommen, vertäuten sie das Boot und fuhren gut gelaunt mit dem Rad zur Straußwirtschaft. Bodo fuhr und Berthold saß auf dem Gepäckträger.

»Ich dachte eben schon, ihr wolltet die Zeche prellen«, sagte Madeleine. »Auf einmal springt ihr alle auf und rennt davon! Was soll man denn davon halten? Aber das ist ja ein Ding mit den Einbrechern! Das Böse kommt immer näher. Und du hast einen von denen gefangen, Berthold? Ich bin ja so stolz auf dich!« Sie umarmte ihn und gab ihm einen Kuss. Berthold stand da wie vom Donner gerührt in seinem verschmutzten, roten Overall. Die verbogene Nickelbrille vor Augen, schaute er auf seine ölverschmierten Hände und fragte: »Darf ich mir hier mal die Hände waschen?«

»Nein«, lachte Madeleine, »du darfst nicht, du musst! So kommst du mir nicht an den Tisch! Kommt Leute, ich gebe einen aus!«

Es wurde noch ein richtig lustiger Abend. Nach den ersten Gläsern Riesling wich die Anspannung, und als Berthold nach der zweiten Flasche Korbinian mit »Mein lieber Kormoran« anredete, war die Stimmung auf dem Höhepunkt.

Spät in der Nacht brach man gut gelaunt nach Hause auf. Madeleine meinte noch, der Weg nach Hause wäre für Berthold viel zu weit und zu gefährlich, Berthold stimmte dem zu und blieb.

Claire lud Korbinian noch zum Frühstücken ein, dann schob der sein Rad in Richtung Campingplatz, während Bodo und Claire über die Fußgängerbrücke nach Hause gingen.

Mitten auf der Brücke blieb Bodo stehen und fragte: »Claire, hast du was mit dem Korbinian?«

»Was fragst du da? Ob ich was … du siehst Gespenster, Bodo!«

»Sehe ich nicht! Aber ich sehe, wie du mit dem rummachst, ihn anfasst und so.«

»Ich find ihn halt sympatisch! Das ist mir schon lange nicht mehr passiert, dass ich jemanden auf Anhieb so nett finde. Da könnte ich dich ja genau so fragen: Hast du was mit dem Korbinian? Du findest ihn doch auch sympatisch, oder?«

»Ja, aber …«

»Was, aber?«

»Als ich euch habe reden sehen, so eng nebeneinander, da habe ich ein komisches Gefühl in den Bauch bekommen. Das tat sogar ein bisschen weh!«

Claire sah ihn verwundert an: »Warst du deshalb so merkwürdig drauf heute Abend? So garstig?«

»Kann schon sein. Ich liebe dich doch so, Claire …«

»Ich werd verrückt, Bodo! Du bist eifersüchtig! Das find ich jetzt aber schön!« Sie umarmte ihn und küsste ihn stürmisch. Mindestens eine Minute lang.

FREITAG

Korbinian klingelte pünktlich zum verabredeten Frühstück an der Wohnungstür. Er begrüßte Bisquit, der schwanzwedelnd an der Tür stand.

»Komm rein, Korbinian, ich hoffe du hast gut geschlafen«, sagte Bodo.

»I hätt gern noch länger g'schlafen, aber um sechs in der Früh bin i von eim damischen Hubschrauber g'weckt worden, dem, der die Weinberge spritzt. Des is scho arg laut! Dann ist der Campingplatzbesitzer kommen und hat mit seim kleinen, lauten Traktor d' Wiesen g'mäht. Also ruhig ist des net hier!«

Claire, die inzwischen hinzugekommen war, begrüßte ihn: »Guten Morgen Kobi, setz dich doch! Willst du Kaffee oder Tee?«

»Grüß Gott, schöne Frau! An Kaffee wär gut, danke!« Er setzte sich an den üppig gedeckten Frühstückstisch und meinte: »Des wor vielleicht a Tag g'wesen, gestern! So was hab i no net erlebt, is des immer so bei euch?«

»Nein, nein«, Bodo hob abwehrend die Hände, »das war die große Ausnahme! Aber du hattest das Glück, dabei zu sein. Normal ist bei mir eher langweilige Arbeit, Routinearbeit mit viel Warterei. So etwas wie gestern habe ich nicht oft! Sollen wir nachher zusammen zur Polizei gehen wegen dem Protokoll?«

»Des könn mer gern machen«, sagte Korbinian und bestrich sich ein Brötchen mit Claires selbst gemachter Erdbeermarmelade. Nach dem ersten Bissen war er überrascht. »Ja mei, des is fei gut! Wos is'n da noch drinnen, außer Erdbeeren?«, fragte er und Claire antwortete: »Auch das ist ein Geheimtipp von meiner Oma. Sie stellte im Mai immer einen Sirup aus Holunderblüten her, den verwahrte sie im Keller, bis die Erdbeeren reif waren. Dann kochte sie ganz normal Erdbeermarmelade und gab einen Schuss Holunderblütensirup dazu. Ich mache es genau so.«

»Des is was ganz duftigs, leichts«, freute sich Korbinian und biss herzhaft in sein Brötchen.

»Des schreib i mir a no auf«, meinte er kauend.

Bodo fragte: »Was hast du denn noch vor, Kobi?«

»Ich schau, dass i weiter komm, moselabwärts. I denk, bis Cochem kann i's heut no schaffen. Da bleib i an Tag und dann radel i nach Koblenz. Da will i mit der Seilbahn übern Rhein auf die Festung fahrn. Bin g'spannt, ob des so aufregend is wie unsre Bergbahnen in Bayern!«

»Anders, Kobi, ganz anders! Ihr habt zwar höhere Berge in Bayern, aber ihr habt keinen so breiten Fluss zum Überqueren! Es lohnt sich auf jeden Fall.«

»Ja un dann«, sagte Korbinian traurig, »nehm i den Zug nach Haus. Und da wart i dann auf euch! Wie g'sagt, am dritten Septemberwochenende seids ihr meine Gäste.«

»Alles klar«, sagte Claire, »wir freuen uns schon!«

Und Bodo meinte grinsend: »Aber nicht, dass du uns dann die moseltypischen Gerichte servierst, die du hier gefunden hast!«

»I lass mir was einfalln! Vielleicht a Verbindung von Mosel und Bayern, schau mer mal.«

»Ich muss leider in den Laden«, sagte Claire, »ich bin schon spät.«

Korbinian stand auf und umarmte Claire, sie gab ihm einen Schmatz auf die Wange und lachte: »Der beste Bayer, den ich kenne!«

»Sie kennt halt nur einen«, meinte Bodo süffisant.

Claire warf ihm einen nicht ganz ernst gemeinten, bösen Blick zu, dann leinte sie Bisquit an und rief im Weggehen: »Also, bis September, Kobi!«

Nach dem Frühstück gingen Bodo und Korbinian zur Polizeistation und machten ihre Aussage zu den Ereignissen der vergangenen Nacht.

»Dass du aber auch überall deine Nase rein stecken musst, Bodo,« sagte einer der Polizisten zum Schluss, »das ist eigentlich unser Job, das mit dem Verbrecher fangen, meine ich!«

»Aber des macht er scho recht guat, gell?«, meinte Korbinian scherzhaft.

Bodo lenkte ab und fragte: »Mal was anderes. Wie ist das eigentlich? Kann man bei der gerichtsmedizinischen Untersuchung eines Skelettes herausfinden, wie alt der Tote war?«

Der Polizist druckte gerade die Aussagen von Korbinian und Bodo aus, dann legte er sie ihnen zur Unterschrift vor: »Ja, da gibt es eine ganz einfache Sache. Wenn die Weisheitszähne noch nicht durchgebrochen sind, geht man davon aus, dass ein Alter bis zu vierundzwanzig Jahren vorliegt. Wenn der Zahnstatus Weisheitszähne erkennen lässt, dann ist jemand älter. Genaueres kannst du bei der Kripo erfahren. Du fragst wegen dem Skelett am Viadukt?«

»Ja! Es interessiert mich immer noch, wer das mal gewesen sein könnte. Habt ihr die Nummer von Professor Stürmer vom gerichtsmedizinischen Institut in Koblenz?«

»Was willst du denn von dem Leichenschnippler?«

»Vielleicht kann er mir ja weiterhelfen.«

Der Polizist schrieb die Nummer auf einen Zettel. Bodo und Korbinian unterschrieben ihre Aussagen und gingen nach draußen.

Korbinian zurrte sein Gepäck noch einmal fest. »So, des war jetz richtig schön mit euch«, sagte er und umarmte Bodo.

»Stimmt«, sagte Bodo, »schön, dass wir uns kennengelernt haben! Machs gut und viel Spaß noch an der Mosel!«

Korbinian stieg auf sein Rad und trat in die Pedale. Im Wegfahren klingelte er und rief: »Pfiat euch, bis September!«

›Wirklich ein netter Bayer‹, dachte Bodo und ging nach Hause.

Dort rief er zunächst Professor Stürmer an, dann packte er seine Unterlagen über den Bahnbau zusammen und fuhr nach Bullay zu Samartini. Er klingelte und wurde hereingebeten. Die Sekretärin bat noch um einen Moment Geduld.

Bodo setzte sich und entdeckte an der Wand mehrere Urkunden. Teils waren es Meisterbriefe, teils Firmenurkunden. Auf einer ziemlich alten Urkunde stand in verschnörkelten Buchstaben: »Antonio Samartini Baugeschäft 1905«. So lange gab es die Samartinis also schon in Bullay! Die Bürotür öffnete sich, Samartini trat heraus und gab der Sekretärin ein paar Anweisungen. Bodo schätzte den schlanken Mann auf Mitte vierzig. Er hatte braune Haare und einen blassen Teint. Er trug eine Brille und eine klobige, silberfarbene Armbanduhr. Eine dünne, goldene Kette mit einem Kreuz hing um seinen Hals.

»Sie sind?«, fragte er.

»Kröber, Bodo Kröber. Wir hatten gestern telefoniert wegen der Bahnbauunterlagen.«

»Ja dann kommen Sie doch herein, Herr Kröber! Darf ich Ihnen einen Kaffee anbieten?«

»Danke, sehr gerne.«

»Machen Sie uns bitte zwei Kaffee, Frau Nelius«, sagte Samartini zu seiner Sekretärin und bat Bodo in das nüchtern eingerichtete Büro. Dort stand ein gläserner Konferenztisch mit vier Stühlen. Auf dem Schreibtisch befand sich ein Monitor mit Tastatur, daneben einige Plastikablagen. Ein Foto von einer hübschen Frau, wohl seine. Ein Aktenordner lag aufgeschlagen auf dem Tisch. An den Wänden hingen Fotos von Häusern und Brücken und ein Ölgemälde, das eine italienische Landschaft mit Zypressen zeigte.

»Nehmen Sie Platz, Herr Kröber«, sagte Samartini, »Sie interessieren sich also für die frühen Bahnarbeiten an der Strecke Koblenz-Trier. Darf ich fragen, weshalb?«

»Ich bin Detektiv, also von Beruf aus neugierig. Und ich versuche gerade herauszufinden, wer das Skelett war, das am Viadukt durch den Erdrutsch freigelegt worden ist.«

Samartini sagte interessiert: »Ich habe in der Zeitung darüber gelesen, es soll ein amerikanischer Pilot aus dem Zweiten Weltkrieg sein. Oder?«

»Ja. Anfangs dachte ich das auch, aber mittlerweile weiß ich, dass die Knochen wesentlich älter sind. Es könnte sich um einen Menschen aus der Zeit des Bahnbaus handeln.«

»So alt?«

»Ja, und die gerichtsmedizinischen Untersuchungen haben es bestätigt. Außerdem hat man herausgefunden, dass es ein Mann war, und dass das Loch im Schädel durch Gewalteinwirkung von außen entstanden ist. Vermutlich wurde er ermordet. Und deswegen interessiere ich mich für die Umstände, unter denen die Menschen damals am Viadukt und im Tunnel gearbeitet haben.«

»Das muss nicht ganz einfach gewesen sein,« entgegnete Samartini. »Ich besitze ein Tagebuch von meinem Urgroßvater Antonio, dem Begründer unserer Firma. Er hat damals dort gearbeitet. Da steht so einiges über die miserablen Arbeitsbedingungen drin. Mein Vater hat es in den Fünfzigerjahren übersetzen lassen, es war ja alles auf italienisch geschrieben.«

»Aus welcher Gegend stammte Ihr Urgroßvater?«

»Meine Familie kommt ursprünglich aus der Lombardei. Von dort und aus den armen ländlichen Gegenden des Piemont kamen damals die Wanderarbeiter. Von der Landwirtschaft konnte keiner mehr leben. Junge Kerle waren das, die schnell Geld verdienen wollten. Viele von ihnen hatten schon beim Bau des Gotthardtunnels in der Schweiz mitgearbeitet und waren erfahrene Mineure.«

»Sprechen Sie noch italienisch?«, fragte Bodo.

»Nein, das einzig italienische an mir ist mein Name. Und das Bild hinter mir«, Samartini zeigte mit dem Daumen rückwärts auf das Ölgemälde an der Wand, »das hat mein Urgroßvater von seiner Italienreise mitgebracht. Damals hatte er seiner Frau, die übrigens aus Cochem stammte, seine Heimat gezeigt und sie seiner Familie vorgestellt. So viel ich weiß, war er danach nie mehr in Italien. Er hat schnell deutsch gelernt, er hatte ja ein Mädchen von der Mosel geheiratet. Und nachdem Tunnel und Viadukt fertig waren, hat er das Baugeschäft aufgebaut. Das ich nun in vierter Generation führe.«

Frau Nelius kam herein und stellte den Kaffee auf den Tisch. Bodo bedankte sich.

»Und wie ist die Auftragslage im Geschäft?«, fragte Bodo.

»Kein Grund zur Klage«, lächelte Samartini. »Durch den Bahnanschluss und die günstigen Grundstückspreise hier siedeln sich immer mehr junge Familien an. Wir haben gut zu tun! Ich sage immer: Hätte mein Urgroßvater die Bahnlinie nicht gebaut, wäre Bullay noch ein Kuhdorf.«

Er lachte und nahm den Aktenordner zur Hand: »Hier sind die Aufzeichnungen meines Urgroßvaters, den Bahnbau betreffend. Ich habe vielleicht zweimal reingeschaut: Es gibt viele Tabellen, Zeichnungen von Steinbögen, Mengenangaben für Mörtelmischungen, Größenangaben von Ziegelsteinen ... aber eben auch immer wieder private Aufzeichnungen. Hier zum Beispiel: Das könnte für Sie interessant sein! Er beschreibt eine Zimmervermieterin aus Bullay. Die geschäftstüchtige Dame verdiente gutes Geld an den Tunnelbauarbeitern. Sie vermietete sieben Zimmer, in denen sie fünfunddreißig Arbeiter einquartierte. Da in Schichten gearbeitet wurde, konnte sie die Strohsäcke, die als Betten dienten, an mehrere Arbeiter gleichzeitig vermieten. Clever, nicht wahr?«

»Ja! So etwas Ähnliches habe ich auch im Internet gelesen. Aber mich würde interessieren, ob Ihr Urgroßvater etwas über Unglücke mit Todesfolge im Tunnel oder beim Viaduktbau schreibt?«

»Ja, da gibt es etwas: Bei einem Streik der Tunnelarbeiter wurde ein Mann erschossen. Hier ist noch ein Zeitungsausschnitt von damals.«

Bodo überflog den kleinen Artikel im Schnelldurchgang: ›Mittwoch, vor dem Tunneleingang im Handgemenge beim Streik durch Pistolenkugel den Tod gefunden, Joseph Breitbach, überführt und beigesetzt im Heimatort Treis-Karden.‹ Dann sah er auf und fragte: »Wie ging der Streik damals eigentlich aus?«

»Sie hatten zwar für kurze Zeit die Arbeit niedergelegt, aber als sich der Pulverdampf und der Zorn gelegt hatten, haben sie weiter geschuftet. Ein paar sind allerdings an andere, weniger gefährliche Baustellen weitergezogen. Der Bruder meines Urgroßvaters vermutlich auch.«

»Die waren zu zweit?« Bodo war überrascht.

»Ja! Sein Bruder war ein paar Jahre jünger. Aber beim Tunnelbau selbst kam wie durch ein Wunder kein Mensch zu Tode. Mein Urgroßvater schrieb in einem Brief an seinen Vater, der Gotthard-Tunnel, an dem sie vorübergehend gearbeitet hatten, sei ein Grab: Auf jeden der sechzehn Kilometer des Alpentunnels kämen zehn tote Arbeiter.«

»Wohnten die Brüder denn während der Bauphase damals in Bullay?«

»Nein. Die Bahngesellschaft hatte zwar Quartiere im Ort besorgt, aber auch Baracken direkt an der Baustelle errichten lassen. Darin wohnten die beiden, um Geld zu sparen.«

»Ich habe gelesen, dass die hygienischen Zustände schrecklich gewesen sein müssen.«

»Mein Urgroßvater hat auch das beschrieben. Es gab so gut wie keine Sicherheitsvorkehrungen, und die sozialen und gesundheitlichen Angelegenheiten wurden völlig vernachlässigt. Nun ja, da haben es meine Arbeiter dank meines Urgroßvaters heute auf den Baustellen besser.«

»Wieso?«, fragte Bodo erstaunt.

»Gerade weil er die unmöglichen Zustände kennengelernt hatte, legte er besonderen Wert auf Sauberkeit, und er versicherte seine Arbeiter. Außerdem hat er bei der Gründung des Baugeschäftes gleichzeitig einen Laden mit italienischen Lebensmitteln eröffnet. So konnten die Italiener, die er eingestellt hatte, heimische Produkte kaufen und mit Münzen bezahlen, die nur in diesem, betriebseigenen Geschäft galten.«

»Dann hat er sie ja praktisch gezwungen, bei ihm zu kaufen«, sagte Bodo.

»Das schon! Aber es gab damals in keinem anderen Laden Spaghetti oder Tomatenmark. Das war schon in Ordnung für die Leute! Hier, sehen Sie, Herr Kröber, es gibt noch solche Münzen von damals.« Er nahm ein kleines, durchsichtiges Plastikbeutelchen aus dem Ordner und gab es Bodo. Der drehte es hin und her und meinte: »Cleverer Geschäftsmann, Ihr Herr Urgroßvater.«

Dann lachte er unvermittelt und sagte: »So waren hier an der Mosel die Bullayer die ersten, die Spaghetti gesehen oder sogar gegessen haben!«

»Kann gut sein! Haben Sie schon diese Urkunde hier gesehen? Die hat man 1952 bei Ausbesserungsarbeiten in einem der Viaduktbögen gefunden.«

»Nein! Was für eine Urkunde?«

»Moment mal, wo habe ich sie denn … ach, hier!« Er reichte Bodo den Ordner. Bodo las die verschnörkelten Lettern: ›Urkunde. Diese Urkunde wurde am Tag des Schlußstein-Festes vom Pündericher Viadukt am 7.Oktober 1880 eingemauert. Der Viadukt wurde von September 1876 bis heute unter der ruhmreichen Regierung seiner Majestät, des Kaisers von Deutschland und Königs von Preußen, Wilhelm dem Ersten, erbaut. Seine Erbauer sind …‹, dann folgten Namen der Bauführer, Planer und Baumeister. Eine weitere Auflistung informierte darüber, wer welche Steine für den Bau geliefert hatte und wo sie herkamen. Auch warum die Bahnlinie gebaut wurde, stand unverblümt in der Urkunde: aus strategischem Interesse. Um im Kriegsfall schnell Material und Soldaten an die Front zu bringen, wurde die Bahnstrecke von Berlin nach Metz gebaut, weswegen sie den Namen »Kanonenbahn« erhielt. In der Urkunde stand auch genau, wie viel Reichsmark der Viadukt gekostet hatte, und am Schluss auch noch, wie viel ein Liter Wein, ein Kilo Brot, ein Kilo Fleisch und fünfzig Kilogramm Kartoffeln gekostet hatten.

»Interessant«, sagte Bodo, »aber darf ich noch einmal auf den Bruder Ihres Urgroßvaters zurückkommen? Was ist aus ihm geworden?«

»Tja … in den Unterlagen steht, dass er nach dem Streik nicht mehr zum Arbeiten auf der Baustelle erschienen ist. Er muss sich wohl schon längere Zeit mit dem Gedanken getragen haben, auf eine andere Baustelle zu wechseln. Er konnte sich aber nicht entscheiden, weil er sich anscheinend in ein deutsches Mädchen verliebt hatte.«

»Und? Weiß man, wohin er gegangen ist?«

»Soviel ich weiß, nein. Man hat ihn aus den Augen verloren. Das war auch der Grund, warum mein Urgroßvater nur noch einmal in Italien gewesen ist. Sein Vater hatte ihm damals vorgeworfen, nicht genügend auf den jüngeren Bruder aufgepasst zu haben. Sie trennten sich im Streit.«

»Nie mehr aufgetaucht, kein Lebenszeichen von diesem Bruder ... wie hieß er denn eigentlich?«, fragte Bodo neugierig.

»Luigi. Luigi Samartini war das. Die lebenslange Ungewissheit, wo Luigi abgeblieben ist, hat natürlich weh getan. An einer anderen Stelle schreibt Antonio auch, dass er ihn vermisst und dass er es traurig findet, dass sich Luigi noch nicht einmal von ihm verabschiedet hat, als er auf die neue Baustelle ging.«

Bodo dachte nach. Nach einer Weile sagte er: »Und wenn er gar nicht weggegangen ist? Wenn ihm nun etwas passiert ist?«

»Dann würde das ja hier drin stehen, als Unfall oder Mord«, sagte Samartini.

Bodo blieb eine Weile still.

»Woran denken Sie, Herr Kröber?«

»Hm ...« Bodo drückte seine kribbelnde Nase nach allen Seiten. Dann dachte er kurz nach, schließlich sagte er entschlossen: »Das klingt jetzt unwahrscheinlich, ich spinne mir da vielleicht nur was zusammen ... aber ich sag es jetzt einfach mal.«

»Nur raus damit«, sagte Samartini aufmunternd.

»Also mal angenommen, das Skelett am Viadukt wäre Luigi, dann könnte man das schnell beweisen!«

»Und wie?«

»Ganz einfach! Sie sind ein Verwandter, ein Familienmitglied. Wenn Sie einer DNA-Analyse zustimmen würden, dann könnte man zweifelsfrei herausfinden, ob das Skelett etwas mit Ihrer Familie zu tun hat oder nicht.«

»Sie machen mich neugierig, Herr Kröber! Nach so langer Zeit wäre das noch möglich?«

»Ja klar«, sagte Bodo, »man hat letztes Jahr in einer Höhle auf der Schwäbischen Alb zweitausend Jahre alte Menschenknochen gefunden. Dann kam ein Wissenschaftler auf die Idee, im nächstgelegenen Dorf die DNA der Einheimischen mit der in den Knochen gefundenen DNA zu vergleichen.«

»Und?«

»Bingo! Das halbe Dorf war mit den Knochen verwandt!«

»Das gibts doch nicht«, sagte Samartini überrascht und dachte nach: »Wenn das nach zweitausend Jahren funktioniert hat, dann müsste es nach hundertfünfzig Jahren doch auch klappen! Was muss ich dafür tun?«

»Ganz einfach: Sie geben bei Ihrem Hausarzt etwas Spucke ab, da ist Ihre DNA drin. Ihre Speichelprobe wird im Koblenzer Labor untersucht und mit der DNA der Skelettknochen verglichen. Und dann wissen wir, ob das Ihr Verwandter ist oder nicht.«

»Mir stehen die Haare zu Berge«, sagte Samartini. Er besah sich seine Unterarme und schluckte: »Das wäre ein Ding.«

»Sie hätten endlich Gewissheit! Und ich hätte meine Neugier befriedigt«, sagte Bodo.

»Also gut, ich mache es«, sagte Samartini, »sobald das Ergebnis da ist, sage ich Ihnen Bescheid, Herr Kröber. Geben Sie mir bitte noch ihre Telefonnummer?«

Bodo gab ihm seine Visitenkarte und Samartini las: »›Bodo Kröber, Privatdetektei für Ermittlungen, Überprüfungen und Beweissicherung.‹ – Sagen Sie mal, Herr Kröber«, er sprach ein bisschen leiser, »das bleibt jetzt aber unter uns. Ich habe den Verdacht, dass meine Frau etwas mit einem anderen Mann hat. Machen Sie auch solche Überprüfungen?«

»Klar«, sagte Bodo, »das ist mein Beruf. Haben Sie denn nähere Hinweise?«

»So oft wie sie nach Trier zum Shoppen fährt, müssten die Boutiquen dort schon längst leer sein. Und wenn sie nach Hause kommt, riecht sie auch anders als sonst.«

»Vielleicht geht sie ja nicht nur in Boutiquen, sondern sie probiert auch Parfüm aus«, meinte Bodo.

»Nein, kein Parfümduft«, sagte Samartini, »sie riecht eher nach Tabakrauch. Genauer gesagt: Pfeifentabakqualm.«

»Wann fährt sie denn so? An welchen Tagen und um wieviel Uhr? Fährt sie mit dem Zug oder mit dem Auto?«

»Das ist ganz unterschiedlich, aber meistens fährt sie mit dem Zug.«

Bodo dachte nach, dann betrachtete er das Foto, das auf Samartinis Schreibtisch stand: »Ist sie das? Ihre Frau?« Samartini nickte.

»Sehr attraktiv«, meinte Bodo, »ich würde den Auftrag ja gerne annehmen, aber zur Zeit bin ich überlastet. Ich gebe Ihnen die Adresse von einem Kollegen in Trier. Wenn Sie wollen, rufen Sie ihn an.«

Samartini gab ihm einen Zettel und Bodo schrieb den Namen und die Telefonnummer seines Kollegen auf. Den Zettel steckte Samartini schnell in seine Brieftasche.

Bodo verabschiedete sich und fuhr nach Zell zurück. Im Gartenbaumarkt besorgte er noch schnell Plastikplanen für die Tomaten, Schneckenkorn und ein Mittel gegen Läuse, dann aß er in der Cafeteria eine Kleinigkeit und fuhr zum Hafen.

Er traute seinen Augen nicht: Berthold trug heute eine blaue Latzhose, die ihm viel zu eng war und über seinem Bauch spannte.

»Was ist passiert, Berthold? Wo ist dein roter Overall?«

»In der Wäsche«, gab Berthold kurz angebunden zurück.

»Da gehörte er schließlich auch mal hin«, stellte Bodo fest und Berthold sagte: »Madeleine meinte das auch. Deswegen hat sie mir heute morgen ihre Latzhose ausgeliehen.«

Bodo grinste: »Das heißt, du warst heute Nacht bei Madeleine?«

»Ja.« Ganz kurz kam das, während Berthold weiter an irgendeinem Teil schraubte.

»Und? Wie war die Nacht?«, fragte Bodo neugierig.

»Ich sag nur eins, und dann Themenwechsel, Bodo. Kurz war sie, sehr kurz.« Berthold drehte sich zu Bodo um und grinste.

»Alles klar, kurz und gut also«, sagte Bodo, »wechseln wir das Thema. Wechseln wir von den Menschen zu den Tieren, und da speziell zu den unterirdisch arbeitenden, Claire und mich ärgernden, unschöne Erdhügel produzierenden Maulwürfen. Du hast mir doch mal erzählt, wie du die Kerle in deinem Garten vertrieben hast, irgendwas mit Strom. Ginge das auch bei uns?«

»Das habe ich einmal gemacht, und dann nie wieder!«

»Warum?«, fragte Bodo.

»Weil das lebensgefährlich war! Zuerst habe ich mit einem Gartenschlauch Wasser in den am höchsten liegenden Maulwurfshügel gelassen. Dann habe ich mit zwei Eisenstäben – also Plus und Minus – Strom hinterher geschickt, Starkstrom. Ich hatte bei der Aktion dicke Gummistiefel an, aber der Egon auf seinem Nachbargrundstück nicht. Als er dann ständig schreiend in die Luft hüpfte und sich ans Herz fasste, habe ich den Strom wieder abgestellt. Seitdem ist er mir böse, was ich auch verstehen kann. Aber ich wusste doch nicht, dass die Gänge der Maulwürfe so weit unter dem Zaun hindurch bis auf sein Grundstück reichen!«

»Hat denn deine Mordsaktion wenigstens was gebracht?«

»Ja, den Tod von vier Maulwürfen! Als ich sie aufgesammelt hatte, taten sie mir so Leid, du glaubst es nicht! Außerdem stehen sie ja unter Naturschutz, habe ich gelesen, und seitdem … na ja … ich lass sie halt buddeln.«

»Gibt es denn gar nichts Harmloses, womit man sie verjagen könnte?«

»Doch, Bodo! Aber harmlos ist das nicht: Buttersäure ist der Renner im Gartencenter, aber wehe, du bekommst einen Tropfen auf die Finger, dann macht Claire zwei Wochen lang einen Bogen um dich! Mindestens!«

»So schlimm?«

»Noch schlimmer! Aber ein Gutes hätte die Stinkerei: Du würdest die nächsten paar Wochen immer einen Platz im Bus bekommen.«

»Ich fahre selten mit dem Bus«, sagte Bodo trocken, »sonst noch eine Idee?«

»Kauf dir einen Vibrator. Maulwürfe sehen zwar so gut wie nichts, aber sie spüren Vibrationen sehr genau. Da gibts ein spezielles Teil im Gartencenter, mit Batterie. Das steckst du in die Erde, und das sendet alle paar Minuten starke Schwingungen aus, die die Maulwürfe überhaupt nicht leiden können. Nach zwei Tagen seien sie verschwunden, so heißt es in der Werbung.«

»Na gut, Berthold«, sagte Bodo, »danke für die Tipps. Jetzt geht es zuerst einmal den Läusen und Schnecken an den Kragen. Sehen wir uns am Wochenende?«

»Kommt doch einfach Sonntagmorgen vorbei, dann schippern wir zusammen nach Reil zum Straßenfest.«

»Gut, wir telefonieren«, sagte Bodo, setzte sich in sein Auto und fuhr zur Schafswiese.

Er brachte seinen Einkauf ins Wochenendhaus, dann ging er mit einer Schachtel Schneckenkorn in den Garten. Früher hatte er Bierfallen aufgestellt: kleine, flache Schalen, mit Bier gefüllt. Aber als er einmal ausgerechnet hatte, wie teuer das war – fünfundzwanzig Schalen gleich vier Flaschen Bitburger mal zwei Monate – war er auf Schneckenkorn umgestiegen, das gab es inzwischen auch biologisch. Er verstreute es auf dem Boden, sah dann nach seinen Rosen, schnitt hier und da einen Zweig ab und sprühte anschließend das Mittel gegen die Blattläuse, die an manchen Stängeln ein ekliges, schwarzes Band bildeten.

Ein Auto fuhr auf den Platz vor dem Haus, Friedhelm stieg aus. Er öffnete den Kofferraum und kam mit einer Kühltasche durchs offene Gartentor.

»He Bodo, ich hab dir etwas mitgebracht«, rief er gut gelaunt und stellte die Tasche auf den Tisch. »Willst du was trinken?«, fragte Bodo.

»Hast du ein Bier da?«

»Ja klar! Moment …«

Während Bodo zwei Gläser und das Bier holte, sprudelte es aus Friedhelm nur so heraus: »Ich muss dir was erzählen, das glaubt mir kein Schwein! Ich hab da was erlebt, Bodo, sensationell! Also, pass auf!«

Bodo stellte die Gläser auf den Tisch und Friedhelm redete wie ein Wasserfall weiter:

»Ich bin unten an der Mündung vom Altlayer Bach in die Mosel am Angeln, auf Rotaugen wollt ich gehen. Zwanzig Meter neben mir waren noch zwei Angler, die auch nichts fingen. Sie waren ausgerüstet und angezogen wie für einen Krieg: Nato-oliv-farbene Kampfklamotten, Messer am Gürtel, und so weiter. Nach einer Stunde Wurmbaden hatte ich die Schnauze voll und versuchte, mit dem Blinker auf Zander zu gehen, die beiden saßen immer noch ohne Anbiss da. Da baut doch einer von denen einen Grill auf und macht Feuer. Und als es schön geglüht hat, legt er ein paar Fische auf den Rost! Weil ich auch mit dem Blinker keinen Erfolg hatte, habe ich eingepackt und wollte nach Hause. Ich komme bei den Typen vorbei, und was sehe ich? Die Fische auf dem Grill waren keine Rotaugen oder sonst was aus der Mosel, sondern Forellen, Regenbogenforellen, genau wie die aus meinem Fischteich am Bach! Ich geh hin und frage ganz harmlos, wo sie denn diese schönen Fische gekauft hätten. Da wurden die so was von unfreundlich: Ich solle bloß schnell weiter gehen, das ginge mich gar nichts an, raunzte der eine. Der andere hörte auf zu angeln und drohte mir mit der Rute Prügel an. Aber du kennst mich ja, Bodo. Wenn der Friedhelm einmal böse ist, dann ist er richtig böse, und er bleibt es auch eine Weile. Also hab ich sie angeschrien: ›Verdammte Diebe, ihr wart das mit meinen Forellen, und den Zaun und das Tor, das bezahlt ihr mir alles!‹ Da wollte der eine mich mit seiner Angel schlagen, ich habe aber pariert, und zwar mit meiner Angel, diesen Zweikampf hättest du sehen müssen, Bodo, das hat nur so gezischt, japanischer Schwertkampf ist nichts dagegen! Nebenbei habe ich dem Grill noch einen Tritt verpasst, sodass er in die Mosel gerollt ist, da hat es dann auch gezischt. Und gequalmt! Dann habe ich die Rute mit dem Zwölfer-Blinker genommen und dem Typen damit die Jacke aufgerissen. Der andere hat geschrien: ›Lauf, Grigori, lauf! Das ist ein Verrückter, der bringt dich um!‹, und ist davongelaufen, doch der Typ hat noch ein paar

Schläge versucht, aber gegen meinen Blinker war er machtlos! Dann hat auch er Fersengeld gegeben, und ich ihm hinterher. Dummerweise bin ich im Eifer des Gefechts über die Kühltasche mit den Regenbogenforellen gestolpert, so bekamen die beiden einen Vorsprung, den ich nicht mehr einholen konnte. Aber als sie mit ihrem Auto davongerauscht sind, habe ich das Nummernschild lesen können. Die werden was erleben, ich zeige sie an, das kannst du mir glauben!« Erschöpft lehnte er sich zurück und trank einen großen Schluck.

Bodo meinte nur: »Und wenn sie das nicht waren, dann kannst du was erleben! Dann werden sie dich anzeigen wegen Körperverletzung, Sachbeschädigung und Beleidigung. Woher willst du denn wissen, ob die Forellen wirklich aus deinem Teich waren? Die können doch tatsächlich gekauft gewesen sein oder aus einer anderen Teichanlage stammen. Vielleicht hatten sie die Fische ja vorher in einem Bach gefangen. Auch möglich, oder?«

»Nein«, sagte Friedhelm bestimmt, »erstens: Eine Bachforelle hat im Unterschied zu meinen Forellen einen kleineren, spitzeren Kopf. Und zweitens: Ich füttere mit bestem Futter mit Vitamin-E-Zusatz, das Fleisch von meinen Forellen ist … ach, schau doch selber!«

Er öffnete den Verschluss der Kühltasche und nahm eine Forelle heraus. Er klappte ihren Bauch auseinander und strich mit dem Zeigefinger entlang der Mittelgräte. »Siehst du? Durch mein Futter ist das Fleisch lachsfarben und fest, nicht so wabbelig wie im Supermarkt! Und jetzt kommt drittens: Hätten die denn sonst so aggressiv reagiert? So wie die weggelaufen sind, hatten sie keine weiße Weste! So, die Fische hier sind übrigens für dich, Bodo. Hast ja noch was gut bei mir.«

Er legte den Fisch wieder in die Kühltasche und verschloss sie.

Bodo fragte vorsichtig: »Sind das jetzt die Fische, die in der Kühltasche von den Typen waren?«

»Quatsch«, sagte Friedhelm, »die Fische habe ich in meiner Wut in die Mosel geworfen, und die Kühltasche gleich hinterher! Diese Forellen hier habe ich heute morgen extra für dich gefangen.«

»Klasse, danke!«, sagte Bodo. »Claire wird sich sicher freuen, wenn ich sie gleich anrufe und zum Fische grillen einlade! Bleibst du zum Essen, Friedhelm?«

»Nein, ich habe gleich einen Termin mit einem Interessenten für meine Fischteiche«, sagte Friedhelm frustriert, »ich verkaufe und höre auf! Immer nur Ärger mit Kormoranen, Reihern und anderen Fischräubern!«

»Da habe ich es doch mit meinen Läusen und Schnecken einfacher«, meinte Bodo, »aber Friedhelm, denk dran: Es könnten deine Fische gewesen sein, aber du musst es beweisen können! Wenn nicht, dann lass das mit der Anzeige, der Schuss könnte nach hinten losgehen!«

»Ich denk drüber nach, Bodo«, sagte Friedhelm im Weggehen. »Grüß Claire von mir!«

Bodo kannte die cholerische Art von Friedhelm. Er war aufbrausend ohne Ende, er dachte nie darüber nach, was passieren könnte. So war er schon in große Fettnäpfe getreten. Bodo war gespannt, wie Friedhelm sich in Bezug auf die Angler verhalten würde.

Er rief Claire an und bat sie, nach Ladenschluss auf die Schafswiese zu kommen, er hätte eine kleine Überraschung. Dann gab er dem Gartentor einen zweiten Anstrich, machte mit der Schaufel die Maulwurfshügel platt, und gegen Abend zündete er den Grill an. Es war ein perfekter Sommerabend, kleine Schönwetterwolken am Himmel, noch über zwanzig Grad warm und windstill.

Claire kam und war überrascht und erfreut, dass Friedhelm doch noch an die Forellen gedacht hatte.

»Dazu passt ein 2011er trockener Riesling«, meinte sie.

Sie ließen sich die Fische und den Wein schmecken und Claire sagte: »Das ist ein Abend zum Gedichte schreiben.«

»Wie viele fehlen denn noch für deinen Gedichtband?«, fragte Bodo.

»Bis jetzt habe ich zwanzig lange Gedichte, acht von den kurzen sind fertig, die zehn Kurzgeschichten sind schon korrigiert. Noch zwei oder drei Gedichte möchte ich schreiben, dann versuche ich, einen Verleger zu finden. Von den Naturgedichten kann ich dir nachher eins vorlesen, wenn du möchtest.«

»Gern«, sagte Bodo, »ich bin gespannt.«

Nachdem sie den Tisch abgeräumt hatten, machten sie es sich auf der Veranda gemütlich.

Bodo nahm eine Technikzeitschrift in die Hand und Claire schrieb auf dem Laptop. Ab und zu nippte Bodo an seinem Weinglas, schaute über die Landschaft, hörte die Vögel, sog tief die Luft ein, sagte »Herrlich«, sonst nichts und blätterte weiter.

Schließlich fragte Claire: »Einen ersten Entwurf könnte ich dir präsentieren, willst du es hören?«

»Gern«, antwortete Bodo und legte die Zeitschrift weg.

»Also, Überschrift:

Sommergewitter

Wolken ballen sich zusammen und die Luft ist schwer,
Blitze zucken, Donner grollt, noch weiß man nicht woher,
doch bald schon kommt die Regenwand von Süden her gezogen,
und über grünem Weinbergsland ein bunter Regenbogen.

Plötzlich geht der Regen nieder, Hagel ist dabei,
schlägt im Weinberg und im Garten manchen Trieb entzwei.
Prasselnd fällt der Regen auf das graue Schieferdach,
bildet in der Regenrinne einen kleinen Bach,
schießt nach unten in die Tonne, gurgelnd füllt sie sich,
Wind frischt auf, er packt das Haus und heult so fürchterlich.

In den Pfützen platzen Blasen und der Wind ist kalt,
ein trüber Sturzbach läuft nun über Steine aus Basalt.
Die Treppe wird zum Wasserfall, der schüttet, rauscht und spritzt,
Nach Osten wendet sich der Guss, noch einmal hat's geblitzt.
Vorbei sind Regen, Wind und Sturm, ganz klar ist nun die Luft,
die Straße glänzt, und über allem liegt ein frischer Sommerduft.«

»Toll«, sagte Bodo anerkennend, »du hast die Stimmung sehr gut eingefangen! Man riecht förmlich den Regen, schmeckt ihn auf der Zunge. Hast du eigentlich schon einen Verleger gefunden?«

»Nein«, meinte Claire, »ich warte noch ab, bis alles komplett ist. Wenn das Buch kurz vor Weihnachten erscheint, ist es noch früh genug.«

»Wie viel soll es kosten?«

Claire überlegte: »Meinst du, zwölf Euro sind zu viel?«

»Das ist ein guter Preis. So etwas verschenkt man doch gerne! Was anderes, Claire: Klappt das morgen mit Trier und dem Gartencenter? Sollen wir fahren?«

»Ja gerne, die Zugstrecke ist doch wieder frei! Was spricht dagegen?«

Bodo parkte den Wagen am Bullayer Bahnhof und sie gingen in die große, helle Eingangshalle.

Am Fahrkartenautomat stand ein älterer Herr und kam nicht mit der Technik zurecht.

»Kann ich Ihnen helfen?«, fragte Claire.

»Och ja, das wäre nett! Ich fahre nicht so oft mit dem Zug, deswegen kenne ich mich mit dem neumodischen Kram da auch nicht aus.«

»Wohin wollen Sie denn fahren?«, fragte Claire.

»Nach Koblenz! Meine Frau liegt im Krankenhaus, im Kemperhof, die will ich besuchen.«

»Mit Rückfahrt?«

»Ja, ich will heute Abend wieder hier sein.«

Claire drückte die gewünschte Fahrt, und die Fahrkarte und das Wechselgeld fielen in den blinkenden Schacht. Der Mann bedankte sich und Claire drückte zweimal Trier mit Rückfahrt.

Am Gleis warteten schon einige Fahrgäste, darunter eine sehr hübsche Frau. Bodo stutzte und schaute genauer hin. Er schob seine Nase hin und her und dachte nach: Woher kannte er diese Frau, wo war sie ihm begegnet? Sein Gedächtnis ließ tatsächlich nach, stellte er fest.

Claire sah ihn an und fragte: »Hab ich jetzt Grund eifersüchtig zu sein? Wie guckst du denn die Frau da an?«

»Ach was, Claire! Mir fällt nur nicht mehr ein, woher ich sie kenne.«

»Vielleicht hast du sie ja mal bei mir im Buchladen gesehen! Sie kommt öfter und kauft Bild- und Kunstbände, das ist die Frau des Bauunternehmers Samartini.«

Bodo schüttelte den Kopf: »Ich werde alt! Ihr Foto stand auf Samartinis Schreibtisch, jetzt fällt es mir wieder ein! Aber weißt du, der Samartini, der glaubt, dass sie fremdgeht. Und zwar in Trier. Er wollte mir schon den Auftrag für eine Observation erteilen, aber ich habe abgelehnt und den Kollegen Seibert in Trier vorgeschlagen. Das Lustige war: Er erzählte mir, wenn sie abends wieder nach Hause kommt, riecht sie nach Pfeifentabaksqualm.«

»Wonach?«

»Pfeifentabaksqualm, du hast richtig gehört!«

Claire zuckte die Schultern: »Was soll man sich darunter vorstellen?«

Der Zug kam und Claire, Bodo und Frau Samartini gingen auf die gleiche, offene Zugtür zu.

»Hallo Claire«, sagte Frau Samartini, »auch nach Trier unterwegs?«

»Ja! Wir wollen ins Gartencenter und ein paar neue Rosensorten ausfindig machen. Und Sie?« Frau Samartini zögerte ein wenig, dann sagte sie im Einsteigen: »Das ist so eine Sache. Mein Mann darf davon nichts wissen, noch nicht! Ich habe bei Mario Morena del Montego, dem berühmten Maler, einen Kurs in Landschaftsmalerei belegt. Ich habe einen der wenigen Seminarplätze ergattern können.«

»Das ist ja interessant«, sagte Claire, »von ihm habe ich schon einiges gesehen und auch über ihn gelesen. Hatte er nicht unlängst eine Ausstellung in Luxemburg?«

»Genau«, sagte Frau Samartini, »und demnächst in Saarbrücken.«

»Man sieht ihn ja in der Zeitung immer mit seiner Pfeife. Raucht er noch?«

»Ja! Aber das ist auch schon der einzige Wermutstropfen bei seinen Kursen: In seinem Atelier riecht es ständig nach Pfeifentabaksqualm und der zieht in die Kleider der Seminarteilnehmer. Aber ansonsten: ein wunderbarer Mensch und Maler! Ich möchte meinen Mann gerne mit dem Bild einer toskanischen Ansicht überraschen, ein großes Aquarell. Hoffentlich schaffe ich es, bis zu seinem Geburtstag fertig zu sein, es macht riesigen Spaß! Also, bis dann mal«, sagte Frau Samartini und suchte sich einen Sitzplatz in dem gut besetzten Zug. Bodo und Claire fanden in einem anderen Abteil Platz.

Bodo fragte: »Was war das denn eben? Du kennst den Maler?«

»Nein«, lachte Claire, »nur seinen Namen! Den habe ich mir gemerkt, weil er so toll klingt: Mario Morena del Montego, einen spanischen Granden stelle ich mir dabei vor! Im Veranstaltungskalender von Trier habe ich von seiner Ausstellung gelesen, und wer in Trier ausstellt, so denke ich mir, wird auch in die anderen Städte der Quatropole – Metz, Saarbrücken und Luxemburg – weitergereicht.«

»Du hast also geblufft?«

»Ein bisschen schon.«

»Und das mit der Pfeife … woher weißt du denn, dass er Pfeife raucht?«

»Von dir!« Claire lachte: »Das war vielleicht ein bisschen viel geblufft, das gebe ich zu. Aber es hat hingehauen! Sag mal Bodo, dann braucht doch dein Kollege eigentlich gar nicht mehr zu ermitteln. Die Samartini malt ja nur und geht nicht fremd.«

»Ach Claire, weißt du was? Der Samartini hat Geld genug. Lass den Seibert doch ruhig ein paar Tage ermitteln, er kann das Geld gut gebrauchen!«

Sie fuhren durch den Prinzenkopftunnel und über das Viadukt. Außer der abgerutschten Erde war an der Unglücksstelle nichts mehr zu sehen. Dann kam der zweite Tunnel auf der Strecke, der Reiler-Hals-Tunnel. Danach fuhr der Zug durch die sanfte Hügellandschaft der Voreifel.

In Trier angekommen, beschlossen Bodo und Claire, ein paar Stunden getrennte Wege zu gehen. Claire hatte tatsächlich vor, zum Dom zu pilgern und den Heiligen Rock zu besichtigen. Bodo wollte die provokant gemeinte Gegenausstellung der Marxschen Unterhose natürlich links liegen lassen, viel wichtiger war ihm der Besuch bei Elektro-Lux in der Innenstadt. Um auf dem Laufenden zu bleiben und die aktuellen Trends der Überwachungsbranche nicht zu verpassen, besuchte er mindestens zweimal im Jahr diesen Laden. Hier gab es die neuesten elektronischen Geräte: Kameras und Zubehör zur Überwachung und Ermittlung und alles, was das Herz eines Detektivs höher schlagen lässt. Und bei Seibert wollte er wenigstens kurz rein schauen. Der arbeitete halbtags als Kaufhausdetektiv in der großen Galerie. In diesem Kaufhaus gab es alles: vom neuesten Plasmafernseher über teure Parfums bis hin zum abgehangenen Rumpsteak.

»Treffpunkt Gartencenter, vorderer Eingang?«, fragte Claire noch.

»Sagen wir fünfzehn Uhr oder ist das zu früh?«

»Nein, das passt. Dann bis nachher, Bodo!«

Er ging die Theodor-Heuss-Allee entlang bis zur Porta Nigra. Dort bog er in die Innenstadt ein. In einer kleinen Nebenstraße lag das Fachgeschäft für Detektivausrüstung. Ein eifriger Angestellter zeigte ihm die neuesten Nachtsichtgeräte und Kameras. Bodo nahm ein paar Prospekte und Broschüren mit, dann kaufte er beim Italiener ein Eis und ging zur Galerie. Beim Info-Terminal bat er um ein Gespräch mit Klaus Seibert. Er wurde telefonisch angemeldet, und eine junge Frau begleitete ihn bis zur obersten Etage, in der die Büros der Mitarbeiter und auch Seiberts Büro untergebracht waren.

Klaus stand schon in der geöffneten Bürotür: »Was für eine Überraschung, Bodo! Wie lange ist es jetzt her, dass wir uns das letzte Mal gesehen haben? Komm rein!«

Bodo überlegte: »Kann das sein, vor einem Jahr? Du hattest in der Wittlicher Fensterfabrik gerade die Angestellte erwischt, die die Transportbänder manipuliert hatte.«

»Genau«, erinnerte sich Seibert, »weil sie nicht befördert worden war, hatte sie aus Rache an der Geschäftsleitung immer wieder die Produktion gestört und großen Schaden angerichtet.«

»Wie hast du das damals eigentlich herausgekriegt?«

»Durch Gabelstapelfahren! Ich habe mich undercover als Gabelstapelfahrer einstellen lassen und im Werk eine Woche lang Fensterteile von A nach B gefahren. In so einem Werk sind die Gabelstapelfahrer diejenigen, die man am wenigsten beachtet. So konnte ich in aller Ruhe die Produktionsabläufe beobachten, es ist immer dasselbe: Plastikteile kommen aufs Band, werden geschnitten, zusammengesetzt. Dann: Beschläge draufgeschraubt, Glas eingesetzt, Rahmen drum – und das

Fenster ist fertig! Und die Frau ist irgendwann an der Produktionsstraße an einen Computer gegangen, an dem sie nichts verloren hatte. Sie hat falsche Zahlen eingegeben und dann kam nur noch Schrott aus der Maschine. Die haben mir übrigens damals ein tolles Honorar gegeben! Aber seitdem ich die Stelle hier habe, läuft nichts mehr. Die Arbeit ist nur noch Routine, ich guck mir stundenlang am Monitor die Augen nach Ladendieben und Kleinkriminellen aus dem Kopf, absolut frustrierend! Und was läuft bei dir?«

»Laufen kann man das nicht nennen«, sagte Bodo, »es läuft nicht, es geht so. Es tröpfelt mal hier und mal da. Vorgestern habe ich ein paar Ganoven geschnappt, die hinter Pässen und Scheckkarten her waren. Dann baue ich Sicherheitssysteme ein, weil auf Bauernhöfen Dieseltanks geleert werden. So der übliche Kleinkram! Machst du eigentlich noch Observationen?«

»Ja klar«, sagte Seibert, »morgens bin ich hier angestellt, nachmittags übernimmt ein Kollege und ich kann tun und lassen, was ich will. Warum fragst du?«

»Ich habe dich einem Bauunternehmer aus Bullay empfohlen, seine Frau scheint hier in Trier fremd zu gehen. Er ruft dich demnächst an.«

»Gut zu wissen«, sagte Seibert, »der Job hier ist manchmal zum Heulen öde! Ich sitze nur hinter dem Bildschirm und suche mit verschiedenen Kameras in allen Räumen nach Ladendieben.«

»Wenigstens mit Erfolg?«

»Na ja«, meinte er, »manchmal haben wir Glück. Dann erwischen wir einen, der mit einer Jeans in die Umkleide geht und mit einer Cordhose und drei Ledergürteln am Körper wieder rauskommt.«

»Läufst du ihm dann hinterher?«

»Nein, nicht mehr. Ich habe einen jungen Kollegen mit Knopf im Ohr, den funke ich an, beschreibe ihm Täter und Ort, und er schnappt sich dann den Dieb.«

Bodo sah auf den Monitor: »Wie viele Kameras habt ihr installiert?«

Seibert überlegte kurz, dann sagte er: »Also, ich überwache von hier aus die fünfundzwanzig Läden in der Galerie, dazu kommen ein paar Kameras im Parkhaus ... circa dreißig werden es schon sein. Alle paar Minuten zoome ich in einen anderen Raum, das ist dann wenigstens ein bisschen Abwechslung.«

»Wo wird am meisten geklaut?«, fragte Bodo.

»In der Elektronikabteilung. Warte, ich schalte mal hin.« Seibert zog einen Hebel und drückte eine Zahl. Sofort erschien die Elektronikabteilung.

»MP-3-Player sind der Renner«, sagte er, »klein, schnell verstaut und raus aus dem Laden.«

»Aber dann piepts!«

»Bodo, du weißt doch, was man mit einer gebogenen Sicherheitsnadel alles öffnen kann! Damit kannst du auch den Mechanismus außer Kraft setzen, der das Ding zum Piepen bringt.«

Er fuhr mit der Kamerasteuerung einen Gang entlang, schwenkte hinüber zu den Regalen mit den DVDs und dann weiter in die Abteilung, in der die Fotoapparate und Camcorder zu sehen waren.

»Hier guck mal den da an, der ist nicht ganz sauber.« Er zoomte auf einen jungen Mann, der gerade im Begriff war einen Karton zu öffnen, obwohl das ausdrücklich verboten war. »Entweder der will nur was nachschauen oder er nimmt es mit. Ich aktiviere schon mal meinen Kollegen.«

Der junge Mann sah sich nach links und rechts um, dann öffnete er die Verpackung, nahm eine Kamera heraus und drehte sie um. Er las etwas auf der Rückseite, dann steckte er das Gerät wieder in den Karton, den er im Regal hinter noch nicht geöffneten Kartons verbarg.

»Fehlalarm. Der wollte nur etwas nachschauen«, meinte Klaus Seibert, »aber der Tag ist ja noch lang. Zu lang. Wenn ich hier mittags fertig bin, tun mir die Augen weh, es flimmert und meine Akkommodation lässt zu wünschen übrig.«

»Deine was? Ach so, Nahsicht–Fernsicht. Ja, in unserem Alter ... aber sei doch froh«, meinte Bodo, »dass du einen festen

Job hast! Bei mir sieht es am Monatsende auf dem Konto oft aus wie die Nordsee bei Ebbe.«

»Aber du hast wenigstens interessante Fälle, immer verschiedene! Bei mir ist es immer dasselbe. Und wenn die erwischten Diebe dann hier sitzen: immer die gleichen Ausreden, ich kann es bald nicht mehr hören! ›Muss mir einer in die Tasche gesteckt haben‹ oder: ›Hab ich doch glatt vergessen‹. Und dann die weinerlichen Bitten: ›Sagen Sie es nicht meinem Mann‹, ›Wenn mein Mann das erfährt …‹, ›Keine Polizei bitte!‹«. Seibert redete sich immer mehr in Rage: »›Meine Frau bringt mich um‹, ›Sagen Sie es bitte nicht meinem Vater, der schlägt mich‹. Zum Kotzen! Das hätten sie sich eben vorher überlegen müssen!«

»Wer klaut denn so am meisten«, fragte Bodo, um Klaus ein wenig von seiner schlechten Stimmung abzulenken.

»Das glaubst du nicht! Ältere, gut situierte Herren, die genug Geld haben, um sich hundert Päckchen Rasierklingen zu kaufen. Aber nein, es wird versucht, ein Päckchen in der Socke nach draußen zu schmuggeln! Dann die Mutprobe der Schüler: ›Wetten, dass du es nicht schaffst, ein Handy zu klauen?‹ Bei den Frauen ist die Parfumabteilung der Lieblingsort. Was da alles versucht wird, um ein Wässerchen umsonst zu ergattern, ist sagenhaft. Wo das Zeug am Körper überall versteckt wird, du glaubst es nicht! Wenn wir eine Frau geschnappt haben, hole ich immer eine Mitarbeiterin dazu. Es gab Fälle, da war der Detektiv nachher der Grabscher und hat eine Anzeige wegen sexueller Belästigung bekommen. Es macht einfach keinen Spaß, verstehst du? Immer das Gleiche! Dann hatte ich zwischendurch noch einen ganz wichtigen Auftrag von ganz oben: den Mozzarellaschlitzer zu erwischen.«

»Den was?«

»Du hast richtig gehört: den Mozzarellaschlitzer!« Klaus stand auf, nahm eine steife Haltung ein und sagte in einem nervend näselnden Tonfall: »›Herr Seibert, Ihre vordringliche Aufgabe ist es, diesen Täter mit der Käsesauerei zu erwischen, ich verlasse mich auf Sie!‹ – ›Jawohl, Herr Betriebsleiter, Klaus wird den Mann schon finden.‹ Also!«

Er setzte sich wieder. Dann fing er an zu erklären: »Irgendein Schwein geht am Käseregal unserer Feinkostabteilung vorbei, hat ein scharfes Messer dabei und ritzt die Plastikverpackungen der Mozzarellas auf. Die Salzlake läuft aus, versaut Regale und Fußböden und verdirbt andere frische Waren.«

»Und? Hat der liebe Klaus den bösen Mozzarellaschlitzer schon festgenommen?«

»Ach was! Bei den Regalen müsste dauerhaft eine Kamera installiert werden, mit Rekorder. Aber der Vorschlag war den Herrschaften dann doch zu teuer! Also gucke ich immer auf die Käsetheke ... ich träume schon von Mozzarella. Weiße, wabbelige, nasse Kugeln begraben mich im Traum und ich wache schweißgebadet auf! Weißt du, mit solchen Peanuts habe ich andauernd zu tun. Ich hätte gerne den Auftrag der Stadt Trier erhalten, in einigen Straßen Überwachungskameras wegen der vielen Pilger anzubringen, aber mein Angebot war wohl zu teuer, ein Kollege hat es bekommen, wieder nichts! Aber vorgestern ist mir ein Ding passiert, da musst du mir einen Rat geben, das hat mich umgehauen!«

»Hier im Dienst?«, fragte Bodo.

»Ja, pass auf! Ich zoome mit der Kamera in einen Laden für Schreibwaren, die sind auch unserem System angeschlossen, aber was willst du da schon groß klauen? Mir ging es auch gar nicht so sehr um einen eventuellen Ladendieb, sondern um eine Verkäuferin, die da bedient. Sie heißt Elena, ist wirklich nett, sie sieht gut aus und arbeitet wie ich halbtags in dem Laden. Ich habe sie letzte Woche am Eingang kennengelernt und sie auch schon mal in die Kantine zu einem Kaffee eingeladen.«

»Aha! Und wenn du sie zwischendurch mal sehen willst, zoomst du einfach kurz in den Laden?«, fragte Bodo amüsiert.

»Ja, ist doch nichts dabei! Also, weiter! Morgen wollen wir uns im »Blue-Music-House« treffen, das ist so ein angesagter Tanzschuppen hier in Trier. Und vorgestern ... na, was soll ich sagen ... ich sehe, wie sie klaut! Ich traue meinen Augen nicht, ganz geschickt sogar! Sie waren zu zweit, ihre Kollegin stellte sich so vor ein Regal mit teuren Schreibgeräten, dass sie einen Teil davon für die Kamera verdeckte. Sie schaute dabei so, wie alle, die was vorhaben. Mein Instinkt sagte mir nur: Achtung, hier passiert gleich was! Dann ging Elena hinter die Kollegin. Sie bückt sich, und ich kann aus meiner Kameraposition heraus nicht sehen, was sie macht. Aber ich bin ja nicht blöd, ich richte die Kamera auf den Spiegel in der linken Ecke und da sehe ich, wie sie ein paar Füller mit vergoldeter Spitze in ihren Pulloverärmel steckt. Was mache ich bloß, Bodo?«

Bodo schob seine Nase nach links und hielt sie eine Weile so. Dann fragte er: »Weiß sie, was du machst? Beruflich, meine ich?«

»Ich habe ihr gesagt, dass ich bei der Haussicherheit bin, aber Genaueres weiß sie nicht. Was würdest du an meiner Stelle tun?«

Bodo ließ seine Nase wieder los. Er kratzte sich am Kopf und meinte: »Scheiß Situation! Was würde ich …«, er dachte nach, »was würde ich machen?«

Nach ein paar Sekunden sagte er: »Liegt dir was an Elena?«

»Bodo, ich bin seit einem Jahr solo! Ich weiß gar nicht mehr, wie das ist: mit jemanden zu flirten, zu tanzen, zu reden … geschweige denn, mit jemanden ins Bett zu gehen. Ich finde sie wirklich nett, da könnte sich was ergeben!«

»Ich würde mit ihr tanzen gehen«, sagte Bodo bestimmt.

»Tatsächlich?«

»Ja«, sagte Bodo, »aber ich würde sie darauf ansprechen. Sag ihr, was du vorgestern gesehen hast. Erzähle ihr, was du für einen Beruf hast. Und dann kannst du ja sehen, wie sie reagiert. Und je nach dem kannst du reagieren. Verlass dich dabei auf dein Bauchgefühl – aber ein bisschen Kopf muss auch dabei sein!«

»Ob ich das kann?«, fragte Klaus unsicher.

»Ab hier kann ich dir nicht mehr weiterhelfen«, antwortete Bodo, »das musst du schon alleine zu Ende bringen!«

»Danke für den Tipp, ich versuche es. Bist du eigentlich noch mit Claire zusammen?«

Erschrocken sah Bodo auf seine Uhr, dann sagte er: »Aber klar! Claire ist das Beste, was mir passieren konnte. Ich treffe sie gleich im Gartencenter. Klaus, ich muss los, es war nett bei dir! Lass dich nicht unterkriegen von der Routine, dein Job hier ist doch immer noch besser als Fensterteile oder Gabeln zu stapeln, oder?«

Klaus lachte etwas gezwungen: »Das stimmt schon. Aber manchmal bin ich halt unzufrieden mit dem Job.«

»Geht mir doch mit meinem ganz genauso«, sagte Bodo. »Halt durch … ich wünsch dir viel Glück mit Elena!«

»Danke Bodo! Bis demnächst mal, tschüss!«

Bodo ging durch die Ladenpassage nach draußen in die Innenstadt. Viele Pilgergruppen mit Fahnen zogen Richtung Dom, um den Heiligen Rock zu sehen. Bodo schwamm mit dem Strom der vielen Menschen und dachte nur: ›Welche Massen! Wäre ich Taschendieb, hätte ich – dank der Kirche und dem Heiligen Rock – heute Abend einen Sack voller Geldbeutel und Portemonnaies zusammen.‹

Nur langsam kam er in Richtung Marktplatz voran, dann bogen die meisten Leute zum Dom ab, es wurde leerer und Bodo ging in Richtung Porta Nigra. Doch auch hier kamen ihm nun viele Menschen entgegen; Bodo hatte gegen den Menschenstrom und gegen die Uhr zu kämpfen. Natürlich kam er zu spät zum ausgemachten Treffpunkt. Claire erwartete ihn schon mit einer Einkaufstüte am Eingangstor. Sie sagte: »Das hätte ich nicht gedacht! So viele Menschen habe ich ja noch nie in Trier gesehen, unglaublich, wie der Heilige Rock die Leute anzieht!«

»Und? Wie sieht er aus?«, wollte Bodo wissen.

»Ich war nicht da«, sagte Claire verlegen, »als ich in dieser riesigen Schlange – um fünf Ecken rum – gestanden habe, dachte ich mir, das schaffst du heute eh nicht mehr! Es ging einfach nicht voran! Quälend langsam, nur Zentimeter um Zentimeter, schleppend ist gar kein Ausdruck! Da habe ich die Reißleine gezogen, ich habe mich umgedreht, bin aus der Schlange raus – und habe mir bei H&M selber einen Rock gekauft. Hier, schau mal!« Sie öffnete die Tüte und zeigte Bodo einen mit Rosen bedruckten, leichten Sommerrock.

Bodo lachte nur: »Ich war auch nicht bei der heiligen Unterhose von Karl Marx … sondern nur bei einem total depressiven Kaufhausdetektiv. Der Seibert macht es nicht mehr lange, der schmeißt bald hin!« Während sie ins Gartencenter gingen, erzählte er Claire die Geschichte von Klaus.

Es war, als ob der Heilige Rock die Menschen ganz auf sich konzentrieren wollte: Hier, in den Gewächshäusern war es fast menschenleer und Bodo und Claire konnten in aller Ruhe durch die blühenden Gänge schlendern. Sie blieben an einem orangefarbenen Oleander stehen.

»Der gefällt mir«, sagte Claire und umrundete den großen Strauch.

»Mir auch. Aber der Preis gefällt mir überhaupt nicht«, sagte Bodo und ließ das Schildchen aus der Hand gleiten: »Fünfzig Euro, die spinnen! Da ziehen wir uns lieber selber einen. Außerdem hat er Läuse!«

Sie gingen zu den Rosen und schnupperten sich durch die vielen verschiedenen Sorten.

»Hier, Claire, riech mal, der Duft dieser Rose hier ist fantastisch: süß, aber nicht aufdringlich. Die wäre was für uns!«

»Und der Name der Rose?«, fragte Claire.

Bodo drehte den Zettel um und las: »Gislande de Feligunde, Züchtung von 2005. Die merken wir uns mal, der Duft ist wunderbar!«

Für Bodo und Claire war ein Besuch im Gartencenter immer wie ein kleiner Urlaub. Schnuppernd durch die Gänge mit blühenden Pflanzen zu flanieren, hier und da stehen zu bleiben, Kräutlein zu zupfen, zwischen den Fingern zu zerreiben und daran zu riechen, über haarige Blätter zu streichen, zu überlegen ›Passt das Gewächs in unseren Garten?‹, das tat ihnen so gut, dass sie es oft stundenlang in diesen Pflanzenwelten aushielten.

In der Cafeteria machten sie eine Pause, Cappuccino und Kuchen inmitten von tropischen Pflanzen. Bodo sah sich um und meinte: »Was muss ich in die Karibik düsen? Ist doch fantastisch hier!«

Claire entgegnete: »Also ich würde schon einmal gerne da hin, wo diese Pflanzen wild aus dem Boden wachsen. Außerdem fehlt mir hier das Meer.«

»Mir fehlt ganz einfach das Geld für die Karibik«, sagte Bodo, »wenn der Schottel mein Honorar überwiesen hat, fahren wir zuerst mal nach Bayern. Da gibt es zwar keine tropischen, aber dafür bayerische Gewächse wie den Korbinian.«

»Darauf freu ich mich schon«, meinte Claire. Sie kauften noch ein batteriebetriebenes Maulwurf-Vertreibungsgerät, dann schlenderten sie in Richtung Bahnhof.

Der Bahnsteig war leer, nur ein Zollpolizist mit Hund patrouillierte.

»Schau mal, Claire«, sagte Bodo und zog aus seinem Hemdsärmel einen Oleanderzweig hervor, »den schenk ich dir!«

»Bodo«, sagte Claire vorwurfsvoll, »du hast den Zweig im Gartencenter gestohlen!«

»Na, ja ... gestohlen klingt vielleicht ein bisschen krass. Sagen wir, ich hätte ihn gefunden. Für dich!«

Claire nahm den Zweig und sagte grinsend: »Das kommt dabei raus, wenn man dich ein paar Minuten mit einem Kaufhausdetektiv alleine lässt!«

Der Zug aus Richtung Saarbrücken fuhr ein, er spuckte eine große Pilgerschar aus, die sich zu einer Prozession aufstellte und, fromme Lieder singend, in Richtung Dom marschierte. Dann kam der Regioexpress Luxemburg–Koblenz, er fuhr pünktlich in den Bahnhof ein.

Bodo und Claire stiegen ein und suchten sich einen Platz im Abteil.

»Ist hier noch frei?«, fragte Bodo einen älteren Herrn, der alleine auf einer Vierer-Sitzgruppe saß. »Aber bitte, nehmen Sie doch Platz!«

Bodo und Claire verstauten ihre Plastiktüten und setzten sich dem Herrn gegenüber. Auch er hatte eine Plastiktüte neben sich stehen, Claire las den Aufdruck: ›Antiquariat Nosbusch, Rue de Clerf 24, Luxemburg‹.

»Waren Sie beim Heiligen Rock?«, fragte der Herr neugierig.

Claire schüttelte den Kopf und sagte: »Leider nein! Eigentlich wollten wir ja, aber der Andrang war so riesig. Da muss man sich schon morgens in aller Frühe anstellen, wenn man mittags in den Dom kommen will. Wir waren zu spät dran heute, vielleicht beim nächsten Mal.«

»Sie wissen ja«, sagte der alte Herr, »dass das lange dauern kann! Ich habe den Heiligen Rock vor zwölf Jahren besichtigt, es war ein durchaus beglückendes Erlebnis für mich! Es hat mich berührt, dem Gewand unseres Erlösers so nahe zu sein. Wenn man sich vorstellt, dass er damit im Heiligen Land unterwegs gewesen ist ... vielleicht trug er es, als er auf dem See Genezareth über das Wasser wandelte ... oder bei der wunderbaren Brotvermehrung? Vielleicht ist er damit in Jerusalem eingezogen? Wenn ich mir das vorstelle, überkommt mich ein Schauer! Seit diesem Ereignis bin ich unserem Herrn wieder nähergekommen.«

Bodo rollte mit den Augen und schaute nach draußen, der Zug fuhr gerade los.

»Das ist schön für Sie«, sagte Claire, von dem frommen Erguss überwältigt. Um das Gespräch in irdischere Gefilde zu steuern, fragte sie: »Waren Sie in Luxemburg einkaufen?«

»Ja,« lächelte der Alte, »ich sammle alte Stadtansichten und antiquarische Bücher. Und in Luxemburg-Stadt ist ein sehr originelles Geschäft: drei Etagen, voll gestopft mit alten, schönen Dingen. Es mag ja sein, dass der Besitzer nicht weiß, wo er etwas suchen muss ... aber ich finde in diesem liebenswerten, staubigen Bücherchaos immer etwas Passendes für mein Hobby. Zweimal im Jahr unternehme ich diese Fahrt in einen Kosmos, der von Geschichte und Geschichten zusammengehalten wird. Hier, sehen Sie mal!« Er öffnete seine Plastiktüte und zog eine Papierrolle hervor. Dann knotete er das Bändchen, das darum gewickelt war, auf: »Ein alter Stadtplan von Koblenz aus dem Jahre 1688. Ist das nicht wunderschön?« Er rollte das Papier auf, und Bodo und Claire bestaunten einen vergilbten, zerknitterten Plan.

»Ist das was wert?«, fragte Bodo vorsichtig.

»Nun, lassen Sie es mich so sagen: für mich schon! Ich sammle alte Stadtansichten. Mit diesem Stück kann ich meine Sammlung komplettieren.«

Claire meinte trocken: »Also, auf gut deutsch: Das hier hat Ihnen gerade noch gefehlt.«

»So ist es, junge Frau.«

Claire unterhielt sich weiter mit dem Herrn, während Bodo auf ein Gespräch mit diesem edlen Exemplar lieber verzichtete, seine Sätze wirkten so geschraubt.

›Der hat Wortdiarrhoe. Das ist bestimmt ein pensionierter Studienrat‹, dachte er und beobachtete die Gesten des alten Mannes. Er machte kleine Handbewegungen. In sich gekehrt und etwas ängstlich kam er ihm vor, vielleicht war er ja ein pensionierter Religionslehrer. Er trug einen dunkelblauen, teuren Anzug, seine braunen Lederschuhe waren einen kleinen Tick zu modern, und die samtrote Fliege um seinen Hals … was sollte man davon halten? Altmodisch? Extravagant? Er hatte schlohweißes, volles Haar. ›Ein pensionierter Bibliothekar könnte es auch sein‹, sinnierte Bodo, während draußen die hügelige Voreifellandschaft vorüberzog. Staub aufwirbelnde Mähdrescher waren auf den Feldern bei Hetzerath unterwegs. Das Korn war schon reif und trotz des regenarmen Sommers konnten sich die Bauern auf eine gute Ernte freuen.

»Nein, sie muss nicht echt sein, die Reliquie«, sagte der alte Herr gerade zu Claire gewandt. »Das Echte finden wir in uns! Tief in uns fühlen wir eine Verbindung zu dem Stück Holz, Stoff oder auch Metall aus der Zeit Jesu. Und wenn die geistige Verbindung hergestellt ist, spüren wir Glück und es entsteht ein inneres Leuchten.«

»Genau«, sagte Claire, »so ist es! Hauptsache, man glaubt an sich. Dann kann alles andere einem nichts mehr anhaben.«

Bodo schüttelte den Kopf: ›Was redeten die da für einen Unsinn?‹ Einer verstand den anderen nicht! ›Oder verstehe ich nichts mehr?‹ Er schaltete komplett ab und sah nur noch aus dem Fenster. In fünf Minuten würden sie Wittlich, den nächsten Haltepunkt erreichen, der Zug wurde schon langsamer. Bis Bullay würde er den salbungsvollen Herrn noch ertragen müssen.

Der wandte gerade den Kopf zum Gang und sah in Richtung Abteiltür. Dann gab er Bodo seine Plastiktüte: »Wären Sie so nett und würden einen Moment lang darauf aufpassen? Ich sollte dringend zur Toilette.« Hastig stand er auf und ging ins hintere Abteil.

›Na ja‹, dachte Bodo, ›ältere Herren sollen ja öfter mal müssen müssen.‹

Die Tür des vorderen Abteils öffnete sich und zwei Zollbeamte, ein Mann und eine Frau mit einem Schäferhund, kamen herein. Langsam gingen sie durch den Waggon. Der Hund schnupperte und hechelte.

»Suchen die nach Rauschgift?«, fragte Claire.

»Keine Ahnung«, meinte Bodo, »aber ein schöner Hund ist das.«

Die beiden Beamten kamen näher. Plötzlich bellte der Hund und stellte sich vor Bodo.

»Aus! Sitz!«, sagte die Beamtin.

»Der riecht vielleicht unseren Bisquit«, sagte Claire zu ihr, »wissen Sie, wir haben nämlich auch einen Hund.«

Die Beamten zeigten ihre Dienstausweise und die Frau antwortete: »Nein, unser Hund riecht etwas Anderes. Haben Sie vielleicht eine größere Menge Bargeld bei sich?«

Bodo schüttelte den Kopf. Er lachte und sagte: »Ich und eine größere Menge Bargeld? Der Witz war gut! Ihr Hund riecht Geld, sagen Sie? Dann hat er heute aber einen schlechten Tag!«

»Sie müssen Geld bei sich haben, denn der Hund kann es riechen! Dieser Hund hier ist zum Erschnuppern von Papiergeld ausgebildet. Uns scheint, Sie sagen nicht die Wahrheit! Was ist in Ihren Tüten?«

Claire öffnete ihre Tüte und zog den Rock heraus: »Das ist in der Tüte. Sonst nichts!«

Bodo zog den Karton mit dem Maulwurfvibrator heraus. Er öffnete ihn und sagte: »Bitte schön!«

»Und was ist in dieser Tüte?«, fragte der Beamte.

»Die gehört nicht uns«, sagte Bodo, »wir sollten nur einen Moment lang darauf aufpassen. Der ältere Herr, dem sie gehört, ist nur auf der Toilette, der kommt gleich wieder, er …«

»Diese Ausrede ist uns geläufig. Öffnen Sie die Tüte!«

»Mensch, Bodo«, rief Claire, »wir sind ja so blöd!«

Sie sprang auf und rannte durch den Mittelgang nach hinten ins nächste Abteil.

»Stehen bleiben«, rief die Beamtin, »sofort stehen bleiben!«

»Kommen Sie mit«, schrie Claire im Laufen, »aber schnell!«

Der Zug wurde langsamer, um in Wittlich seinen nächsten fahrplanmäßigen Halt einzulegen.

Claire riss die Toilettentür auf: leer. Sie lief weiter zum nächsten Abteil. Die Beamtin hatte sich nun ebenfalls in Bewegung gesetzt, während ihr Kollege mit dem Hund bei Bodo blieb.

Claire rief den vor ihr stehenden Leuten, die aussteigen wollten, zu: »Lassen Sie mich durch! Schnell! Bitte!«

Kopfschüttelnd machten sie Platz, und Claire riss die Toilettentür im nächsten Abteil auf: wieder nichts!

›So ein scheinheiliger Mensch! Wie konnte ich nur auf ihn reinfallen? Na warte!‹, dachte sie zornig und lief noch schneller durchs übernächste Abteil.

Schließlich hielt der Zug mit kreischenden Bremsen. Da sah sie ihn: Er versuchte gerade, die Tür zu öffnen, um nach draußen auf den Bahnsteig zu gelangen.

Claire sprang ihn in dem Moment an, als er den rechten Fuß auf den Bahnsteig setzte. Sie krallte sich an seiner Jacke fest. Dadurch verlor er das Gleichgewicht und beide stürzten auf den Boden. Die Beamtin kam angelaufen, sie packte Claire am Arm und zog sie hoch. Dabei drehte sie ihr den Arm auf den Rücken und schnaufte: »So, Schluss jetzt! Lassen Sie den Mann in Ruhe!«

»Der wollte abhauen«, sagte Claire schwer atmend und wies mit dem Kopf auf den am Boden liegenden Herrn.

»Kann ich Ihnen helfen?«, fragte ihn die Zollbeamtin.

»Meine Hand«, wimmerte er, »meine Hand tut weh! Ich glaube, sie ist gebrochen.«

Sie reichte ihm ihre linke Hand, mit der rechten hielt sie Claire fest. Stöhnend rappelte der Mann sich auf. »Das wird ein Nachspiel für Sie haben, junge Frau! Eine Anzeige wegen Körperverletzung ist das Mindeste, was ich gegen Sie erwirken werde. Tun Sie was«, herrschte er die Zollbeamtin an, »Personalien und so.«

»Moment,« sagte Claire zur Beamtin, »ich muss Ihnen da was erklären! Dieser Mann lügt uns an! Warum gibt er uns seine Tüte mit einer alten, wertvollen Stadtansicht und bittet uns, einen Moment darauf aufzupassen, während er auf die Toilette muss – und will dann hier aussteigen … obwohl er doch in Koblenz zu Hause ist? Hier stimmt was nicht!«

»Das werden wir ja gleich wissen«, sagte die Zollbeamtin und wies auf ihren Kollegen, der auf dem Bahnsteig mit Hund, Schaffner und Bodo auf sie zu kam. Der Schaffner fragte, ob er den Zug weiterfahren lassen könne, was die beiden Beamten bejahten.

»Darf ich Ihre Fahrkarte sehen?«, fragte der Zöllner den alten Herrn.

»In der rechten Jackentasche. Schauen Sie bitte nach, ich kann nicht hineingreifen.« Mit verzerrter Miene hielt er seine rechte Hand fest.

Der Beamte griff in die Tasche, sah sich die Fahrkarte an und sagte: »Ihr Fahrschein gilt bis Koblenz. Warum wollten Sie in Wittlich aussteigen?«

»Ich wollte nie in Wittlich aussteigen, die Frau da hat mich aus dem Zug gestoßen!«

»So ein Quatsch!«, sagte Claire zornig.

Der Zollbeamte stellte die drei Tüten nebeneinander auf den Bahnsteig und gab dem Hund ein Zeichen. Der Hund trottete auf die drei Tüten zu, er schnupperte an jeder, aber bei der luxemburgischen Tüte bellte er.

»Erstaunlich«, sagte der Zollbeamte. Dann wandte er sich zu Bodo, Claire und dem älteren Herrn. »Stellen Sie sich bitte in einem Abstand von zwei Metern nebeneinander auf und lassen Sie die Hände seitlich am Körper hängen!«

»Das kann ich nicht«, jammerte der alte Mann und hielt mit der linken Hand seine rechte fest, »meine Hand ist gebrochen!«

»Macht nichts«, sagte der Beamte und gab dem Hund wieder einen Befehl.

Der Hund schnupperte an Bodos Händen und blieb still, bei Claire winselte er ein bisschen und bei dem alten Mann bellte er. Der Beamte stellte die Tüte vor ihn: »Das ist also Ihre Tüte, der Hund hat das zweifelsfrei erkannt! Was haben Sie darin?«

»Zwei Stadtansichten von 1688 und ein paar antiquarische Bücher.«

»Bitte öffnen Sie die Tüte!«

»Das kann ich doch nicht«, lamentierte der alte Herr und hielt seine verletzte Hand hoch.

»Dann dürfen wir die Tüte für Sie öffnen«, sagte der Beamte, machte sie auf und übergab seiner Kollegin zuerst die Rollen der Stadtansichten und dann die Bücher. Sie entknotete die Bändchen, rollte die Papiere auf, drehte sie um, rollte sie wieder zusammen und gab sie dem Kollegen zurück. Beim ersten Buch, einer dicken alten Bibel, schlug sie den Deckel auf. Dann blätterte sie ein paar Seiten, wog das Buch in ihrer Hand, drehte es um, schlug den hinteren Buchdeckel auf und sagte zu ihrem Kollegen: »Das ist aber mal ein schönes Notenbuch, ein Banknotenbuch! Ich schätze, einhunderttausend Euro!«

Bei den beiden anderen Büchern war wirklich nur das drin, was auch in ein Buch gehört: Seiten und keine Noten. Die alte Bibel jedoch war hohl, die Seiten waren in der Mitte heraus getrennt, und in dem Hohlraum war Platz für Banknoten.

»Mir ist schlecht«, sagte der alte Mann, »ich muss mich setzen.«

»Gerne«, sagte der Beamte und wies auf die Sitzgelegenheit am Bahnsteig hin. Der Mann schleppte sich auf die Bank und Bodo witzelte gut gelaunt: »Der geht sitzen!«

Aber Claire war wütend: »So ein scheinheiliger Pharisäer«, fauchte sie, »so ein Frömmler! Das sind mir die Richtigen: Wasser predigen und Wein saufen! Und wir sind auf den Heuchler hereingefallen, das ist das Schlimmste!« Sie stampfte mit dem Fuß auf.

»Du bist auf ihn hereingefallen, Claire«, sagte Bodo, »du hast dich so angeregt mit dem lieben Herrn über Gott und die Welt unterhalten. Ich habe gleich bemerkt, dass da was nicht stimmt!«

»Aha, der Herr Detektiv hat also gleich etwas bemerkt! Und warum hast du nichts gesagt?«

»Ich wollte einfach meine Ruhe haben.« Bodo ging zu Claire hin und schloss sie in seine Arme. »Das hast du ganz super gemacht, Claire!« Er gab ihr einen Kuss auf die Backe.

»Ach Bodo, ich bin noch so aufgeregt, verzeih mir!«

Von der Bank her hörten sie ein leises Stöhnen. Der alte Mann griff sich ans Herz und sackte zusammen. Sofort waren die Beamten bei ihm, die Frau hob seine Beine auf die Bank und fühlte seinen Puls: »Ruf schnell den Notarzt, das sieht böse aus!«

Mit geschlossenen Augen, bleichem Gesicht und Schweißperlen auf der Stirn lag der alte Mann auf der Bank, er atmete schwer und unregelmäßig. Sein Hinterkopf lag auf dem Metallgitter der Bank. Claire packte ihre Tüte mit dem Rock, hob seinen Kopf ein wenig hoch und legte die Tüte als Kissen darunter. Dabei öffnete der alte Mann die Augen und murmelte leise: »Es wäre doch das letzte Mal gewesen, das letzte Mal ... ich habe meiner Frau immer gesagt, das letzte ... meine Nerven, mir ist kalt, das letzte ...«, und seine Augen schlossen sich wieder.

Die Beamtin sagte zu Claire: »Solche Fälle haben wir öfter! Geld wie Heu, aber keine Nerven, eine Steuerhinterziehung durchzuführen. Wenigstens sind Sie beide jetzt aus dem Schneider.«

»Hatten Sie uns denn wirklich im Verdacht?«, fragte Claire.

»Na klar! Bei so einer dummen Ausrede, da gerät doch jeder in Verdacht! Aber mal im Ernst: Sie sind eigentlich noch zu jung für diese Sorte Steuerflüchtlinge. Meistens sind es Personen, die ein erfolgreiches Berufsleben hinter sich haben, dem deutschen Staat aber die Steuer nicht bezahlen wollen und dann so krumme Touren fahren. Immer dieselbe Klientel, wir haben den Blick dafür und der Hund die Nase. Komm her, Billy!«

Der Hund kam und die Beamtin gab ihm ein Leckerli. Claire streichelte ihn und fragte: »Der gehört Ihnen? Privat oder dienstlich?«

»Beides. Billy und ich sind jetzt sechs Jahre zusammen auf Streife. Leider verliert er so langsam seinen Geruchssinn.«

»Und was passiert dann mit ihm?«, fragte Claire.

»Ich gebe ihn nicht her, der kommt in kein Tierheim! Nach seiner Pensionierung behalte ich ihn«, sagte die Beamtin.

»Wie das klingt: Pensionierung für einen Hund!«

»Doch, doch! Er wird tatsächlich mit Urkunde ehrenhaft aus dem Dienst entlassen!«

Auf dem Bahnhofsvorplatz fuhr jetzt der Krankenwagen vor. Zwei Sanitäter und ein Notarzt kamen angelaufen. Der Arzt hob die Lider des Mannes hoch und leuchtete mit einer Lampe in seine Augen. Dann horchte er mit dem Stethoskop seine Brust ab. Er öffnete seine Arzttasche und legte eine Kanüle in den Arm des Mannes. Die verband er mit einem Tropf, den der Sanitäter hoch hielt. Dann gab er das Zeichen für den Abtransport. Zu den Beamten gewandt, sagte der Arzt: »Sieht nach einem Schwächeanfall aus. Wir nehmen ihn mit ins Elisabeth-Krankenhaus.«

»Gut«, sagte der Beamte, »wir informieren unsere Kollegen, die kommen dann dorthin wegen der Personalien des Mannes.«

»Alles klar, wir müssen los!« Die Sanitäter und der Notarzt transportierten den alten Mann in den Krankenwagen und fuhren mit Blaulicht, aber ohne Sirene rasch davon.

»Was wird jetzt aus uns?«, fragte Bodo die beiden Zollbeamten.

»Es tut uns Leid wegen der Unannehmlichkeiten. Sie können Ihre Reise jetzt fortsetzen, in zehn Minuten kommt die Regionalbahn nach Koblenz.«

»Und was machen Sie heute noch?«, fragte Claire und die Beamtin antwortete: »Wir nehmen den nächsten Zug nach Trier. Dort steigen wir wieder in den Zug, der aus Luxemburg kommt, und das Spiel beginnt von vorne.«

Bodo fragte interessiert: »Wie viel Schwarzgeld erwischen Sie denn so in der Woche?«

»Sagen wir, im Monat«, meinte der Beamte, »da gibt es eine verlässliche Statistik. Im Monat kommt bei Kontrollen auf den Straßen hinter der Grenze und in Zügen circa eine Million Euro zusammen.«

»Ist nicht wahr«, staunte Claire, »eine Million? Das ist ja unfassbar! Gibt es denn so viele reiche Deutsche?«

»Es scheint so. Aber wir haben auch schon Schweizer hier erwischt«, sagte der Beamte.

Der Lautsprecher kündigte den Zug nach Trier an. Die beiden Zöllner verabschiedeten sich und gingen durch die Unterführung zum Gleis, das nach Trier führte. Bodo und Claire warteten auf die Regionalbahn und fuhren dann ohne weiteren Zwischenfall nach Bullay.

Sie holten Bisquit bei Helga ab. Wieder zu Hause angekommen hörte Bodo den Anrufbeantworter ab: Samartini bat um Rückruf und Madeleine fragte, ob sie nicht Lust hätten, morgen mit ihnen eine Bootstour zu machen. Der dritte Anruf war von Nico Veith, er lud für morgen Abend zur versprochenen Weinprobe ein. Bodo drückte seine Nase, hielt sie fest und dachte nach, da ließ sich doch was verbinden. Er rief Nico an und fragte, ob er noch zwei Personen mehr zur Weinprobe mitbringen könne.

»Kein Problem«, sagte der, »sehr gerne! Bis morgen, und es gibt noch eine große Überraschung! Aber nicht jetzt und nicht am Telefon!«

Dann rief Bodo Madeleine an und fragte, ob sie Lust hätten, bei Nico Veith eine Weinprobe mitzumachen. Madeleine war begeistert und sagte sofort zu.

»Berthold hat am Heck der ›Leonie‹ einen Grill aufgebaut«, sagte sie, »bringt euch Würstchen oder Steaks mit. Kartoffelsalat, Quiche und Baguette sind an Bord.«

»Dann ist der Sonntag ja gerettet! Hoffentlich bleibt das Wetter so schön wie heute, dann wärs perfekt«, freute sich Claire.

Bodo rief bei Samartini an und Claire wunderte sich, wie Bodo reagierte, als die Verbindung hergestellt war. Nervös lief er im Zimmer auf und ab und sagte: »Gibts nicht, ist nicht wahr, Wahnsinn, Herr Samartini, ja, nein, ja so was!« Am Fenster blieb er kurz stehen und schob seine Nase schnell nach links und rechts: »Unglaublich! Sensationell, Herr Samartini, das ist ein Volltreffer, eine gelungene Überraschung! Dann wissen wir jetzt genau ...« Bodo blieb eine Weile still und Claire hörte Samartinis aufgeregte Stimme durch den Hörer, er redete wie ein Wasserfall, dann sagte Bodo: »Danke! Danke für den Anruf! Nein, ich hab zu danken, also, alles Gute! Tschüss, Herr Samartini.«

Claire schaute ihn fragend an: »Was war denn das?«

»Das ist vielleicht ein Ding, Claire! Also: Der Samartini ist sofort nach meinem Besuch nach Koblenz ins Labor gefahren, meine Geschichte hat ihm keine Ruhe gelassen. Er kennt Professor Stürmer persönlich und hat bei ihm, an Ort und Stelle eine DNA-Analyse machen lassen. Stürmer hat die DNA Samartinis mit der vom Skelett am Viadukt verglichen. Stell dir vor, Claire, es hat gepasst! Beide Proben haben in den entscheidenden Merkmalen übereingestimmt. Das Skelett und Samartini sind verwandt!«

»Das heißt?«, fragte Claire ungläubig.

»Das heißt, das Skelett vom Viadukt ist – oder besser gesagt war – Luigi Samartini. Endlich weiß ich, wer das mal war!«

»Kompliment«, sagte Claire, »deine Hartnäckigkeit hat sich gelohnt! Also kein abgestürzter amerikanischer Copilot aus dem Zweiten Weltkrieg, sondern ein ermordeter italienischer

Tunnelarbeiter von 1880. Wirklich verrückt, was die Wissenschaft alles möglich macht! Wie hat Samartini eigentlich reagiert?«

»Er schien erleichtert, endlich weiß die Familie, wo der Luigi abgeblieben ist. Er ist damals also nicht, ohne sich von seinem Bruder zu verabschieden, auf eine andere Baustelle gezogen, sondern er ist auf der Viaduktbaustelle erschlagen und verscharrt worden. Wahrscheinlich hatte sein Tod mit dem Streik der Tunnelarbeiter damals zu tun.«

»Dann hat er circa hundertdreißig Jahre lang in einem Weinberg gelegen«, sagte Claire nachdenklich. »Was passiert jetzt mit dem Skelett?«, fragte sie neugierig.

»Samartini sagte mir gerade, er will es einäschern lassen. Die Urne kommt ins Familiengrab.«

»Gut so«, meinte Claire, »dann hast du durch deine Recherchen Licht in ein dunkles Kapitel der Familiengeschichte der Samartinis gebracht. Find ich toll, Bodo!«

»Das mit der Weinprobe bei Nico morgen passt jetzt wie die Faust aufs Auge, er hat das Skelett ja schließlich gefunden«, sagte Bodo, »diese Neuigkeit – das wird eine Überraschung für ihn sein!«

»Hast du heute noch was vor, Bodo?«, fragte Claire.

»Nein, für heute ist genug passiert. Warum?«

»Dann könnten wir doch auf die Schafswiese fahren und noch ein bisschen im Garten sitzen.«

»Das passt gut«, lachte Bodo gut gelaunt, »wir haben noch zwei Forellen von Friedhelm im Kühlschrank, die müssen weg. Und dann graben wir den Maulwurfvertreiber ein.«

SONNTAG

Nach spätem Frühstück spazierten Bodo und Claire hoch auf den Hunsrück und ließen den Blick über die Weite der Landschaft schweifen. Das tat einfach gut: Schauen bis zum Horizont, das war etwas, was das Moseltal nicht bieten konnte. Dafür konnte man im Hunsrück keine Bootstour machen.

Zurückgekehrt, gossen sie noch einmal alle Pflanzen, die es nötig hatten, dann nahmen sie ihr Grillgut aus dem Kühlschrank, schlossen das Wochenendhaus ab und fuhren die Serpentinen zur Mosel hinunter.

Berthold und Madeleine waren schon auf dem Schiff. Bodo stellte sein Auto an die Kaimauer und brachte die Kühltasche an Bord. Claire stand mit Bisquit an der schmalen Holzbohle, die zum Boot führte. Sie schüttelte den Kopf und zeigte auf den Hund: »Der geht da nicht drüber«, sagte sie, »er ist doch keine Ziege!«

»Und wenn ich ihm ein Würstchen hinhalte?«, meinte Berthold.

»Der ist nicht so gefräßig wie du«, antwortete Claire lachend, »aber versuch es halt mal!«

Berthold nahm eine Wurst, hielt sie hoch und rief: »Bisquit, hierher! Lecker Würstchen, komm! Komm, lieber Bisquit, komm, hier ist die Wurst!«

Bisquit tänzelte hin und her, er schnaubte und setzte einen Fuß auf die Bohle, um ihn gleich danach wieder zurückzuziehen.

»Quäl den Hund doch nicht so«, rief Bodo, »das ist ja so, als ob ich vor einer Gletscherspalte mit einem Tausend-Euro-Schein wedele: ›Komm, lieber Berthold, spring rüber, den Schein kannst du haben, holla, spring doch endlich!‹«

Berthold lachte: »Entschuldigung, lieber Bisquit! Aber weißt du was, Claire? Wir machen die Leinen los und ich fahre an den nächsten Anlegesteg. Lauf die zweihundert Meter mit Bisquit moselabwärts, wir kommen dahin gefahren.«

Bodo lockerte das Seil am Heck und Berthold löste es vorne am Klampen. Dann startete er den Motor und tuckerte langsam Richtung Brücke. Er machte ein Kurve und fuhr dann gemütlich bis zur Anlegestelle, wo Claire mit Bisquit schon wartete.

Berthold manövrierte das Boot eng an die Mauer, Bodo warf das Seil um den Poller und zog das Boot nah heran. Nun lag es so, dass Bisquit mit einem kleinen Satz ins Boot springen konnte.

»Na also«, sagte Berthold, »geht doch!«, und kraulte Bisquit, der nun an Berthold hoch sah und nicht von der Stelle wich.

»Was ist denn, Bisquit, was ist?«

Bisquit winselte, seine Pfote kratzte an Bertholds frisch gewaschenem roten Overall.

»Der will die Wurst, die du ihm eben versprochen hast«, lachte Madeleine.

»Das ist aber meine«, sagte Berthold, »die esse ich nachher selber. Und außerdem bist du nicht gesprungen. Gell, Bisquit?«

»Gemein«, sagte Claire und gab Bisquit ein paar Hundeleckerli.

Bodo löste das Seil, Berthold zog den Fahrthebel nach hinten und steuerte mit einem weiten Bogen moselaufwärts, Richtung Pünderich. Der Himmel war blau bis auf ein paar kleine, weiße Cumuluswolken, die sich im Wasser spiegelten, der Schiffsdiesel tuckerte leise. Die Sonne glitzerte in den Wellen, sodass tanzende Lichtreflexe entstanden.

»Herrlich«, sagte Madeleine genießerisch und schaute verliebt zu Berthold hinüber, der am Steuer stand.

Hoch auf einer alten Pappel hinter der Autobrücke saßen zwei Reiher und ein paar Kormorane, die ihr nasses Gefieder ausbreiteten. Berthold sagte: »Die sehen aus wie Pastöre, wenn sie die Arme ausbreiten und rufen ›Der Herr sei mit euch.‹«

»Und mit deinem Geiste«, antwortete Bodo. Alle lachten über den Scherz, nur Claire meinte trocken: »Typischer Bertholdwitz.«

Berthold sagte: »Aber ohne Scherz: Es gibt viele Angler, die würden gerne alle Kormorane erschießen, weil sie angeblich tonnenweise Fische aus der Mosel holen und den armen Anglern nichts mehr übrig lassen.«

»Die Kormorane fressen den Fisch wenigstens«, sagte Claire, »aber ich habe schon oft Angler gesehen, die fangen die Fische, lassen sie stundenlang im Netz schwimmen und abends kippen sie die halbtoten Tiere wieder in den Fluss.«

»Man sagt ja, Fische hätten kein Schmerzempfinden«, meinte Berthold, aber Bodo war skeptisch: »Weiß man's? Wenn sie in den Haken gebissen haben, der sich durch die Lippe bohrt und schließlich vom Angler wieder herausgedreht wird … ob sie dabei wirklich nichts spüren?«

»Man müsste den Anglern auch mal so einen Haken durch die Lippe ziehen! Angelhaken-Piercing, das wäre doch mal was Neues«, meinte Berthold teuflisch grinsend.

»Autsch, hör doch auf! Wenn ich nur daran denke, tut es mir schon weh«, klagte Madeleine.

Sie tuckerten am Sportplatz vorbei und die Baustelle der Ferienhaussiedlung kam in Sicht.

»Ist hier mal wieder Baustopp?«, fragte sie.

»Nein, Madeleine«, sagte Berthold, »heute ist Sonntag.«

»Ha ha«, meinte Bodo, »schlechter Bertholdwitz.«

Berthold drehte sich am Steuerrad zu Madeleine um und fragte: »Weißt du eigentlich, warum das hier so lange mit der Fertigstellung dauert?«

Sie zuckte mit den Schultern: »Nein, nicht genau! Irgendetwas habe ich zwar gelesen … war da nicht wieder ein Einspruch von der Bürgerinitiative?«

»Diesmal nicht«, antwortete Claire, »im Laden hat man mir erzählt, dass ein banaler Verfahrensfehler für den Baustopp gesorgt hat. Man hat bei der Übertragung der Grundstücke auf den Investor einen bürokratischen Fehler entdeckt. Jetzt muss jeder einzelne Winzer nochmal eine Unterschrift für sein abgetretenes Stück Land leisten, und das dauert und dauert!«

»Und ich kann noch lange auf meinen Hafen warten«, maulte Berthold, »dabei brauchen die ›Leonie‹ und die ›Anne‹ doch im Winter ein sicheres Quartier!«

»Ob das so sicher ist?«, warf Bodo ein. »Denk an den ersten Spatenstich vor zwei Jahren, der war auch sicher!«

»Bombensicher war der! Und laut!«, lachte Claire.

»Das ist nicht zum Lachen«, sagte Berthold, »es wurden Personen verletzt. Darüber lacht man nicht.«

»Was ist denn passiert?«, fragte Madeleine ahnungslos.

»Vor zwei Jahren, da warst du noch nicht hier«, sagte Berthold, »da sollte der erste Spatenstich für den Ferienpark – wie so üblich – mit den Vertretern der Baufirmen, den Bürgermeistern der beteiligten Ortschaften, dem Investor und den üblichen Politikernasen über die Bühne gehen. Auf einer vorbereiteten Fläche waren drei Schaufeln für jeweils einen Vertreter der Baufirmen, einen Politiker und den Investor bereitgestellt. Auf das Kommando des Verbandsbürgermeisters sollten sie den Spaten in die Erde stoßen. Alles war genau geplant: Wer wo stehen sollte und welchen Spaten er benutzen würde. Der Bürgermeister gab das Kommando, die Herren stießen zu … und dann gab es eine Explosion. Viele der umstehenden Zuschauer fielen durch die Druckwelle einfach um. Was noch auf den Beinen war, lief nach dem Knall wild durcheinander, manche gaben Fersengeld bis an den Sportplatz. Als sich der Qualm verzogen hatte, half man den Spatenmännern wieder auf die Beine. Der Bürgermeister hielt seine Hände an den Kopf und klagte über Ohrenschmerzen. Der Investor stand nur einen Augenblick lang auf den Beinen, dann fiel er um und in Ohnmacht. Der Mann von der Baufirma stand schockiert und reglos da, dann schüttelte er den Kopf und stammelte ganz schnell nacheinander: ›Schwein, Glück, Schweineglück, saumäßig … schweinemäßig Glück gehabt!‹ Den Leuten war bis auf den Schock und die verschmutzten Klamotten nichts passiert, aber der Bürgermeister hatte ein geplatztes Trommelfell und dem Investor fehlte der große Zeh. Er war bei der Explosion weggerissen worden.«

»Mein Gott, und dann?«

»Ja, und dann«, Berthold kratzte sich am Kopf, »dann kamen Krankenwagen mit Tatütata und versorgten die Verletzten.

Die Polizei kam mit mehreren Autos, später war auch noch die Kripo da ... kurzum: Es war die Hölle los! Es wurde untersucht, wer für den Anschlag verantwortlich sein könnte. Zuerst hatte man einen von der Bürgerinitiative in Verdacht. Da war nämlich einer, der schon mehrmals in Versammlungen Wutausbrüche bekommen und wüste Beschimpfungen gegen den Investor ausgestoßen hatte. Das war aber Fehlanzeige, er hatte ein Alibi. Dann verdächtigte man einen Nebenerwerbswinzer, der als einziger sein Stück Land mitten im Baugebiet nicht verkaufen wollte. Im Hauptberuf arbeitet er in der Altlayer Schiefergrube, so hätte er an Sprengstoff ran kommen können, aber nach langen Ermittlungen stellte sich heraus, dass in der Grube ganz anderer Sprengstoff benutzt wird, als bei dem Anschlag verwendet wurde. Tja, und dann kam Bodo auf die Idee, in Holland Urlaub zu machen!«

Irritiert fragte Madeleine: »Was hat das denn jetzt mit dem Anschlag zu tun?«

»Bodo, erzähl du weiter«, bat Berthold, aber Bodo winkte ab: »Du bist gerade so schön im Fahrwasser, Berthold, bei mir würde das zu lange dauern. Gib die Kurzversion, dann ist aber auch gut!«

»Also gut, die Kurzversion. Bodo dachte sich damals, wenn es keiner von der Protestbewegung gewesen war und auch nicht der Winzer, wer könnte sonst noch dagegen sein? Alle wollen ja, dass der Ferienpark gebaut wird. Also machte er Urlaub in Holland. Er ermittelte im privaten Umfeld des Investors. Bodo weiß, dass Mord und Totschlag meistens in der Familie ihren Grund haben. Er fand heraus, wo und wie der Investor wohnte, und er befragte Nachbarn und Geschäftsleute, immer unter dem Vorwand, Geschäfte tätigen zu wollen. Er fand das Bürohaus in Delft, er fragte den Leuten Löcher in den Bauch, dann setzte er sein Puzzle zusammen. Heraus kam, dass der Investor – ein treu sorgender Familienvater und streng gläubiger Mennonit – nicht einverstanden war mit der Liaison seiner Tochter mit einem muslimischen Bosnier. Dann kam Bodo auf die Idee, bei der Kripo nachzufragen, was für eine Art Sprengstoff bei dem Anschlag verwendet worden war. Bodo kennt bei der Kripo nämlich Hinz und Kunz, und wahrscheinlich hat ihm Kunz gesagt, dass diese Art Sprengstoff bevorzugt im Bosnienkrieg verwendet wurde. Den Rest kannst du dir denken. Der Schwiegersohn in spe des Investors wurde vernommen: Widersprüche, Hausdurchsuchung, Sprengstoff-Fund, Verhaftung.«

»Gute Kurzversion«, lobte Bodo.

Madeleine sah Bodo bewundernd an: »Toll, Bodo, du hast einen echt interessanten Beruf! Wie viel Geld hast du denn für die Aufklärung bekommen?«

»Von wem hätte ich denn Geld bekommen sollen? Den Auftrag habe ich mir ja selber erteilt! Und außerdem habe ich nur Urlaub in Holland gemacht.«

»Aber der Investor, der muss sich doch irgendwie bedankt haben?«

»Hat er eben nicht! Der hat doch ganz andere, wichtigere Dinge zu tun! Hier so einen Scheiß hinzustellen zum Beispiel!«

»Und deshalb bist du jetzt gegen den Ferienpark?«, hakte Madeleine nach.

»Nein«, sagte Bodo, »deshalb nicht. Ich bin wegen der Lichtverschmutzung dagegen.«

»Wegen der was?« Madeleine runzelte die Stirn.

»Ja, du hast richtig gehört: wegen der Lichtverschmutzung! Schau mal: Claire und ich haben unsere Ranch auf der Schafswiese. Früher konnten wir in der Nacht auf den gegenüber liegenden Berg, den Barl schauen. Wir haben die Kassiopeia und andere Sternbilder gesehen. Heute sehen wir nur noch den Leuchtturm mit der Lidl-, DM-, Vögele- und Aldi-Reklame, der blendet alles andere mit seinem Licht aus. Keinen Stern siehst du mehr, wenn du in diese Richtung schaust. Weißt du, dass die Sternwarte der Stadt Bonn in den fünfziger Jahren wegen städtischer Lichtverschmutzung in die Eifel umziehen musste?«

»Ich wusste gar nicht, dass du so ein romantischer Sternegucker bist«, sagte Berthold und nahm etwas Gas weg, weil ein vorbeifahrender Tanker große Wellen machte.

»Es wird immer heller um uns herum, ich finde das auf Dauer nicht gesund«, sagte Bodo. »Wo gehen wir eigentlich vor Anker?«

Berthold zeigte nach vorne: »Wir legen an Schottels Anleger an, da kommt heute Abend kein Schiff mehr.«

Er steuerte das Boot geschickt an den eisernen Steg. Bodo machte die Taue fest, Berthold zog den Zündschlüssel ab und legte den Sprithahn um. »So, wir können«, sagte er.

Sie gingen durch den alten Ortskern von Pünderich mit seinen Fachwerkhäusern und Madeleine sagte: »Wunderschön ist es hier! Als ob die Zeit stehen geblieben wäre. Fehlt nur noch, dass aus einem der Fachwerkhäuser gleich ein Mann mit einem Gehrock und einem Zylinder herauskommt.«

»Na, so rückständig sind sie hier aber nicht mehr«, meinte Berthold.

Bodo zeigte auf eine alte, mit kunstvollen Schnitzereien versehene, zweiflügelige Tür: »Den oberen Teil konnte man aufklappen«, erklärte Bodo, »und wenn der Nachbar gegenüber das genauso machte, konnte man einen wunderbaren Tratsch über die Straße halten.«

»Praktisch«, sagte Madeleine.

Bodo zeigte auf das Schloss der Tür: »Siehst du, was ich sehe, da im Schloss?«

Madeleine rief verwundert: »Da steckt ja ein Schlüssel! Ist das der Haustürschlüssel?« Bodo nickte.

»Aber dann könnte doch jeder, der wollte ... also, ich meine, auch Ganoven könnten da rein und stehlen, was ihnen gefällt.«

Bodo nickte wieder und sagte: »Man könnte es so formulieren: Hier ist dem Dieb Tür und Tor geöffnet.«

»Ach was«, entgegnete Berthold, »es könnte auch heißen: Hier ist die Welt noch in Ordnung.«

»Ha ha«, sagte Bodo, »Bertholdwitz! Dich möchte ich sehen, wenn du nach Hause kommst und deine Modellbootsammlung und deine Hausbootbücher wären fort. Geklaut, gestohlen! Und das nur, weil du den Haustürschlüssel hast stecken lassen!«

Nachdenklich meinte Berthold: »Ich nehme mir zwar immer wieder vor, den Schlüssel rumzudrehen, aber na ja … bis jetzt ist ja noch nichts passiert!«

Sie kamen zum Hof der Veiths. Am Haus prangte ein großes Schild mit dem Wappen der Familie, darunter stand: »Weinbau seit 1665«.

Nico Veith hatte im Innenhof ein paar elegante Korbsessel aus seiner Vinothek aufgestellt.

»Hereinspaziert«, rief er und drehte mit einem leisem Plopp den Korken aus einer Sektflasche.

Kasimir lief schwanzwedelnd auf Bisquit zu, die beiden verstanden sich wieder prächtig.

Nicos Frau kam aus der Vinothek und brachte Gläser.

»Darf ich vorstellen?«, sagte Bodo, »das ist Madeleine, Claire, und hier, den Flusspiraten kennt ihr ja schon.«

»Hallo zusammen, ich bin die Monika«, sagte Nicos Frau und stellte die Gläser auf den Tisch: »Zur Begrüßung ein Gläschen Sekt?«

Nico schenkte ein und sie prosteten sich zu.

»Ich bin so froh, dass du den Kasimir aus der Höhle gerettet hast, Bodo! Unsere Kinder wären untröstlich gewesen«, sagte Monika, »besonders Dennis, unser Ältester. Er hängt so an dem Hund, die beiden sind unzertrennlich.«

»Das war Bisquit«, sagte Bodo. »Ohne seine Nase und ohne die schaufelnden Bahnarbeiter hätte ich bei der Höhle gar nichts erreicht!«

»Wie dem auch sei, Danke nochmal! Ah, da kommt ja auch schon der Dennis mit seiner Freundin.«

Ein hübsches, junges Paar kam in den Hof geschlendert. Sie hielten Händchen und machten einen verliebten Eindruck. Monika stellte kurz vor: »Das ist Dennis, und das ist seine Freundin Andrea. Dennis, das ist Bodo, er hat den Kasimir aus der Höhle befreit.«

Dennis ging auf Bodo zu, er strahlte: »Hallo Bodo! Du weißt gar nicht, wie sehr wir uns gefreut haben, als Kasimir wieder aufgetaucht ist. Irgenwie gehört er ja doch zur Familie dazu.«

Und seine Freundin sagte: »Als ich Dennis kennengelernt habe, dachte ich zuerst, ich müsste eifersüchtig auf den Hund sein. Er musste überall mit, egal wohin. Und wenn wir uns geküsst haben, hat er die erste Zeit immer zugeguckt und geknurrt.«

»Heute guckt er nur noch«, meinte Dennis lachend.

»Aber er guckt eifersüchtig«, sagte Andrea und gab Dennis einen flüchtigen Kuss.

»Auch einen Schluck Sekt?«, fragte Monika die beiden.

»Aber gerne«, sagte Dennis, er nahm zwei Gläser, reichte eins davon Andrea, und seine Mutter schenkte ein.

»Ja, dann nochmal danke und ein Prost auf Bisquit!«

Berthold, Claire und Madeleine saßen auf der runden Bank um den alten Kastanienbaum im Hof. Nico hatte die erste Flasche Wein entkorkt und erklärte,was es mit diesem 2010er Riesling, Kabinett halbtrocken, auf sich hatte. Monika, Andrea, Dennis und Bodo hatten es sich auf den Korbsesseln bequem gemacht.

Andrea sagte zu Bodo: »Ich habe gehört, du bist Detektiv! Das ist bestimmt ein spannender Beruf!«

»Wie man's nimmt«, antwortete Bodo, »es gibt schon spannende Aufträge, aber meistens artet es leider in langwierige Überwachungen aus. Da sitze ich dann tagelang, nächtelang im Auto und muss irgendeinen Hauseingang überwachen. Ob da nicht gleich der Herr X rauskommt, weil er mit der Frau Y fremdgeht. Das ist oft nervend!«

Dennis fragte: »Aber es gibt doch bestimmt auch spannende Fälle?«

»Die gibt es auch«, antwortete Bodo, »sie sind aber eher selten.«

»Erzähl mal von einem«, bat Andrea.

»In Bad Tannberg haben Claire und ich letztes Jahr einen Erpresser überführt, der Kurgäste mit ihren Liebschaften fotografierte. Übergabeort sollte der vierzig Meter hohe Wasserfall sein, das Geld sollte in einer wasserdichten Brotbox oben ins Wasser gesetzt werden. Die Brotbox stürzt den Wasserfall hinunter, so schnell kann kein Mensch die zweihundert Stufen nach unten rennen, der Erpresser fischt sie unten in aller Ruhe aus dem Bach und haut ab.«

»Und was ist wirklich passiert?«

»Ach, da ging Einiges schief! Zuerst rutschte ich oben auf dem Felsen aus und wäre fast abgestürzt. Unten schlug der Erpresser Claire nieder und verschwand mit dem Geld, aber ich habe ihn später doch noch erwischen können. Leider hat er mir dabei auch eins über die Rübe gegeben, sodass Claire und ich im selben Krankenzimmer aufgewacht sind.«

»Wo ist dieser Wasserfall?«, fragte Andrea. »Den will ich sehen!«

Dennis dachte kurz nach, dann sah er in den Himmel und sagte: »Was spricht denn dagegen? Der Himmel ist blau, die Luft ist warm ... wenn du Lust hast, fahren wir mit dem Motorroller los und ich zeige dir den Wasserfall. Bad Tannberg ist ja nicht weit von hier.«

»Super Idee!«, freute sich Andrea. Die beiden verabschiedeten sich.

»Fahrt vorsichtig«, rief Monika ihnen noch hinterher und ging mit Bodo zu den anderen, die schon unter dem Kastanienbaum saßen. In Weinkühlern aus rotem Ton standen verschiedene Flaschen auf dem Tisch. Nico reichte Bodo ein Glas und erklärte: »Das ist ein leichter Kabinett mit elf Prozent Alkohol, trocken ausgebaut. Standort: die Steillage unterhalb der Burg.« Er schwenkte das Glas, roch daran und sagte: »Er duftet nach hellen Früchten, haltet mal die Nase ins Glas.«

»Tatsächlich«, meinte Claire, »ich würde sagen, Pfirsich.«

Madeleine schwenkte und ließ den Wein im Glas rotieren, dann schnupperte sie und meinte: »Könnte aber auch Aprikose sein.«

Berthold schwenkte nur kurz und sagte: »Ich rieche hier nur einen typischen Riesling von der Mosel. Prost!« Er hob das Glas an den Mund und nahm einen großen Schluck. »Prima«, konstatierte er und trank gleich noch einmal.

»He, mach langsam«, sagte Madeleine, »du musst noch fahren!«

Berthold grinste: »Moselabwärts schwimmt das Schiff doch alleine!«

Nun schenkte Nico aus einer anderen Flasche in frische Gläser ein.

»So, und jetzt versucht mal den. Das ist ebenfalls ein trockener Riesling, aber der hier ist über dem Viadukt gewachsen. Das ist ein Wein vom roten Schiefer, probiert mal den Unterschied.«

Er hob das neue Glas an die Nase, roch daran und nahm einen kleinen Schluck. Dann probierte er aus dem ersten Glas und fragte: »Na, was meint ihr?«

»Das ist ein Unterschied wie Tag und Nacht«, sagte Bodo überrascht, »die Aromen sind vielfältiger, er bleibt länger auf dem Gaumen, und beim Abgang ist er kräftiger als der erste.«

»Das macht das Terroir«, sagte Nico, »die beiden Weinberge liegen nur achthundert Meter voneinander entfernt, aber der erste Wein wächst auf blauem Schiefer, und beim zweiten Wein schmecken wir die Mineralität des roten Schiefers.«

»Wirklich erstaunlich«, sagte Bodo und probierte immer wieder die beiden Sorten gegeneinander.

»Der Boden, auf dem dieser Wein wächst, besteht aus stark verwittertem, eisenhaltigem rotem Tonschiefer«, erklärte Nico weiter, »deshalb der würzige, erdige Ton, der eher als Frucht denn als Süße wahrgenommen wird.«

Claire fragte: »Der zweite Wein ist also aus der Lage, in der du das Skelett gefunden hast?«

»Genau.«

»Oh je«, erschrak Madeleine und starrte auf ihr Glas. »Wenn ich mir vorstelle, dass die Rebenwurzeln die Knochen erreicht und daraus die Mineralien gezogen haben, dann trinken wir ja hier ...«, sie schüttelte sich.

»Nein«, sagte Nico, »keine Sorge! Das Skelett hat eingebuddelt hinter einer Weinbergsmauer gelegen, du kannst beruhigt weiter trinken.«

Zu Bodo gewandt sagte er: »Ich weiß aber mittlerweile, wie der Mann damals umgekommen ist, er wurde mit einer Spitzhacke erschlagen.«

»Woher willst du das wissen?«, fragte Bodo.

»Von meinem Vater«, antwortete Nico und wurde ernst. »Er hat mir letzte Woche im Altenheim so eine Art Familiengeheimnis verraten. Als er gehört hat, dass ein Skelett gefunden wurde, hat er mich um ein Gespräch unter vier Augen gebeten. Das ist schon seltsam genug. Was er mir aber dann erzählt hat, hat mir einen Moment lang ganz schön zugesetzt.

Aber der Reihe nach: Mein Ururgroßvater war Winzer, er hatte einen Sohn namens Nikolaus und eine Tochter, die Maria hieß. Die beiden mussten natürlich, wie das damals im Familienbetrieb üblich war, im Weinberg mithelfen. Oberhalb des Viaduktes, das damals gerade gebaut wurde, hatte unsere Familie einen Weinberg. Bei der Weinbergsarbeit lernte Maria einen italienischen Tunnelarbeiter kennen und verliebte sich in ihn. Trotz aller Geheimhaltung kam das Verhältnis heraus. So etwas war natürlich damals in einem Dorf nicht möglich. Unter Winzern! Man heiratete einen Winzer aus dem Nachbarort oder – zur Not – eine Bauerstochter aus dem Hunsrück, aber doch keinen Tunnelarbeiter. Und dazu noch einen Italiener! Für Marias Eltern war das eine unmögliche, nicht zu akzeptierende Angelegenheit. Aber sie blieb stark. Dann passierte, was nicht passieren durfte: Sie wurde schwanger. Als ihr Bruder das erfuhr, schwamm er nachts über den Fluss, ging zur Baracke, lockte den Arbeiter in den nahen Weinberg und erschlug ihn mit einer Spitzhacke. Dann vergrub er ihn hinter der Trockenmauer, die gerade gebaut wurde. Vor seinem Tod hat mein Urgroßvater sein schreckliches Geheimnis seinem Sohn anvertraut, der wiederum erzählte es seinem Sohn. Und nun hat mein Vater es mir erzählt, viel früher als er es eigentlich vor hatte. Aber als das Skelett aufgetaucht ist, war die Zeit wohl reif dafür.«

Einen Moment lang war es still im Hof.

Dann fragte Claire: »Und? Wie geht es dir mit dieser schrecklichen Nachricht?«

Nico zuckte die Schultern: »Was soll ich sagen? Am Anfang war ich schockiert, mein Urgroßvater ist ein Mörder, da gehen dir schon tausend Gedanken durch den Kopf! Wenn das publik wird, wie stehen wir da? Was werden die Leute sagen? Aber inzwischen bin ich zu dem Entschluss gekommen, offensiv damit umzugehen, ja vielleicht sogar die Presse zu informieren, damit – das klingt jetzt paradox – die Sache aus der Welt ist. Ein für allemal.«

»Wie lange ist das jetzt her?«, fragte Berthold.

»Genau einhundertzweiunddreißig Jahre.«

»Dann ist das ja auch lange verjährt«, meinte Berthold.

»Mord verjährt nie«, warf Bodo ein.

»Aber wer soll denn heute noch dafür büßen?«, fragte Monika und Bodo sagte: »War das die Überraschung, die du mir am Telefon versprochen hast?«

»Ja, das war sie«, sagte Nico.

»Dann habe ich auch eine für dich: Ich weiß, wer der Tote war.«

»Was? Woher ...«, fragte Nico erstaunt.

»Mir hat die Geschichte keine Ruhe gelassen, nachdem klar war, dass es nicht der amerikanische Pilot gewesen ist. Professor Stürmer in Koblenz hat nämlich durch eine Karbonanalyse feststellen können, dass das Alter der Knochen nicht auf sechzig, sondern auf weit über hundert Jahre datiert werden kann. Durch die verrostete Lampe, an der ich mich im Weinberg unter dem Viadukt verletzt hatte, bin ich auf eine Idee gekommen, denn Grubenlampen wurden nicht nur im Bergbau, sondern auch beim Tunnelbau eingesetzt. Claire und ich haben daraufhin im Internet über die Bahnbauarbeiten, den Tunnel und das Viadukt recherchiert. Dabei kamen wir von den schrecklichen damaligen Lebensbedingungen der Arbeiter zu Internetseiten von Bahnbegeisterten und Leuten, die sich mit der Geschichte der Bahn auskennen. Irgendwann stießen wir dann auf einen direkten Nachkommen, nämlich den

Bauunternehmer Samartini aus Bullay. Im Gespräch mit ihm habe ich erfahren, dass einer seiner Vorfahren damals spurlos von der Tunnelbaustelle verschwunden war. Als er in seinem Stammbaum nach sah, fand er dessen Namen: Er hieß Luigi, Luigi Samartini. Und durch eine vergleichende Untersuchung der DNA der Skelettknochen und Samartinis DNA ist die Verwandtschaft zweifelsfrei bewiesen.«

»Mein Gott«, entfuhr es Monika. Sie hielt sich entsetzt die Hand vor den Mund und riss die Augen weit auf.

»Das darf nicht wahr sein«, brach es aus Nico hervor. Er sprang auf, setzte sich, stand wieder auf und legte schließlich eine Hand auf Monikas Schulter. Sie saß bleich und fassungslos auf ihrem Platz und schüttelte den Kopf. Tränen standen in ihren Augen. Auch Nico kämpfte mit seinen Gefühlen.

»Das ist nämlich so …«, versuchte er zu erklären, »ihr müsst unsere Reaktion entschuldigen, aber damit hatten wir nicht gerechnet! Dennis, unser Sohn, geht ja mit der Andrea, schon länger übrigens. Sie mögen sich und denken ans Heiraten. Wir finden das mit den beiden auch in Ordnung. Aber jetzt diese Nachricht …«

»Was macht euch denn so betroffen?«, fragte Madeleine besorgt.

Nico holte tief Luft, dann sagte er: »Andrea ist Samartinis Tochter.«

Es war auf einmal sehr, sehr still im Hof.

»Das ist ja ein Ding«, sagte Berthold nach einer Weile und pfiff durch die Zähne, »das ist ja der Hammer!« Er dachte nach und meinte weiter: »Jetzt verstehe ich eure Reaktion! Dann ist ja die Familie Veith durch den Sohn von der Maria, den der Luigi Samartini gezeugt hat … ach du lieber Himmel! Dann sind die Familien ja miteinander verwandt!«

Nico setzte sich wieder, er atmete schwer: »Das heißt, ich habe am Viadukt den Schädel von Luigi, meinem Urgroßonkel in der Hand gehalten. Mein Urgroßvater hat ihn ermordet … und die Kinder der beiden Familien wollen jetzt heiraten.«

Monika erwachte aus ihrer Erstarrung. Sie putzte sich die Nase und sagte: »Er muss es wissen! Nico, wir müssen es Samartini sagen!«

»Gut«, sagte Nico, »ich ruf ihn an.« Er ging ins Haus um zu telefonieren.

Monika sagte bewegt: »Es war schon schwer, die Geschichte mit dem Familiengeheimnis zu verdauen. Und jetzt das! Unglaublich, was kommt denn noch?«

Bodo meinte beruhigend: »Es kann nur besser werden! Sieh es mal so: Der Mord liegt über hundert Jahre zurück, keiner kann mehr dafür belangt werden. Durch Zufall oder Fügung – nenne es wie du willst – haben die beiden Familien über die Kindeskinder zueinander gefunden. Glaub mir, es fühlt sich richtig an!«

Nico kam zurück. »Er kommt! Samartini kommt gleich!«

»Was hat er gesagt?«, fragte Bodo.

»Nicht viel, er war zu überrascht, glaube ich.«

Zu Monika sagte er: »Die Kinder habe ich auch erreicht, sie kehren um und kommen zurück.«

»Hast du ihnen was gesagt?«

»Nein«, sagte Nico, »nur, dass es wichtig ist.«

Madeleine sagte: »Es ist eine Fügung des Schicksals, dass die beiden sich mögen. Besser kann man doch eine Familie gar nicht zusammenführen. Es ist wie bei Romea und Julia. Nur dass es sich hier nicht um verfeindete Familien handelt, sondern um ahnungslose. Ich bin gespannt, wie Samartini reagieren wird. Kennt ihr ihn näher?«

»Nein«, sagte Bodo, »ich habe ihn erst neulich bei meinem Besuch kennengelernt, als ich Fragen zur Bahngeschichte hatte.«

»Was hast du bei ihm denn sonst noch so erfahren?«, fragte Nico.

»Der erste Samartini ist, als Viadukt und Tunnel an der Moselstrecke fertig waren, nicht weiter zur nächsten Baustelle gezogen, sondern hat sich um 1890 herum in Bullay niedergelassen. Dort hat er ein Baugeschäft und einen Lebensmittelladen gegründet. Was ich interessant finde: Es gab in diesem Laden nur Produkte aus Italien, Spaghetti, getrocknete Tomaten und Schafskäse für seine Landsleute. Für die Bullayer war es die große weite Welt, sie waren die ersten an der Mosel, die Spaghetti gegessen haben. Oder wenigstens gesehen.«

»Lustige Vorstellung«, lachte Berthold, »jetzt versteh ich auch, warum die Bullayer so drauf sind! Aber was Samartini betrifft, ich weiß nur, dass seine Häuser gut gebaut sind, und dass das, was er anpackt, läuft. Er hat übrigens damals bei der Ausschreibung zum Bau des Feriendorfes keine Bewerbung abgegeben, weil er der Meinung war, dass durch die Bebauung ein Fremdkörper in die Landschaft gestellt würde.«

»Da bin ich anderer Meinung«, sagte Nico, »als Winzer weiß ich, dass die Lagen neben dem Zeller Sportplatz nicht zu den besten gehören, da wird eher Masse als Klasse produziert. Und davon haben wir an der Mosel schon genug – von mir aus kann das Feriendorf gebaut werden!«

»Von mir aus auch«, stimmte Berthold zu, »ich bekäme einen Hafen für meine Schiffe. Und die Zeller Geschäftsleute würden von den Gästen und Besuchern der Anlage profitieren.«

»Was ich nicht verstehe«, sagte Nico, »ist, dass einer meiner Winzerkollegen seinen Weinberg in dem Areal nicht verkauft hat.«

»Ja, hast du gesehen? Die bauen die Häuser um den Weinberg herum!« Berthold schüttelte den Kopf und Nico fragte: »Was passiert denn, wenn er mit seinem Spritzschlauch anrückt und anfängt den Weinberg zu spritzen?«

»Das wird Zoff geben«, meinte Claire. »Ich weiß nur, dass ich mir einen Stapel holländische Bücher, Reiseführer und Zeitungen in den Laden holen werde. Wenn das Feriendorf bezogen wird, kann ich euch nach einem Jahr sagen, ob es für die Stadt etwas bringt oder nicht! Aber zurück zum Thema: Frau Samartini kauft bei mir schon Jahre lang Bücher, ich finde sie sehr nett. Habt ihr sie denn noch nicht kennengelernt?«

»Nein«, sagte Monika, »bis jetzt noch nicht. Dennis war, was die Eltern seiner jeweiligen Freundinnen betrifft, bisher sehr zurückhaltend.«

»Wechselt er denn so oft die Freundin?«

»Na ja, er war halt noch auf der Suche nach der Richtigen … da gibt man sich doch nicht jedes Mal mit den Alten der Freundin ab! Aber bei Andrea wird das endlich was Festes werden, ich spüre es. Und ich hoffe es auch! Ich kann mir doch nicht ständig neue Namen merken: Mama, das ist die Heike, das ist die Johanna, darf ich dir die Lea vorstellen und so weiter.«

»Also die Andrea würde schon passen«, sagte Nico. Mit gemischten Gefühlen sah er der Begegnung mit Samartini entgegen, der musste jeden Augenblick auftauchen. Seine Gedanken kreisten um das Thema, und er trank sein Glas aus, ohne auf den Geschmack zu achten.

Monika riss ihn aus seinen Gedanken: »Nico, gehst du bitte noch eine Flasche vom roten Schiefer holen? Der schmeckt uns allen sehr gut.«

Nico stand auf, er wollte gerade die erste Stufe zum Keller hinabsteigen, als er hörte, wie ein Auto vorfuhr. Er drehte sich um, es war Samartinis Auto. Der parkte es vor dem Hof, seine Frau und er stiegen aus und kamen auf das geöffnete Hoftor zu. Nico und Monika gingen ihnen entgegen und begrüßten die beiden.

»Endlich lernen wir uns mal kennen«, sagte Frau Samartini.

»Stimmt«, sagte Monika, »es wurde auch höchste Zeit.«

»Nur die Umstände unserer ersten Begegnung machen uns zu schaffen«, sagte Nico.

Samartini nickte: »Das kann ich mir vorstellen! Bei der Hinfahrt dachte ich, wie mag es denen jetzt zu Mute sein …«, er suchte nach Worten, »ich dachte, gleich treffen zwei Familien aufeinander, die zwar einerseits ein dunkles Kapitel von früher verbindet, die aber andererseits ein neues Kapitel für die Zukunft aufschlagen wollen.«

»Also mein Mann und ich, wir haben schon darüber gesprochen«, sagte Frau Samartini, »uns liegt die Zukunft unserer Kinder selbstverständlich mehr am Herzen, als das, was damals geschehen ist. Das kann keiner von uns mehr gefühlsmäßig nachvollziehen, wir nicht und Sie, glaube ich auch nicht.«

»Als ich das eben von Herrn Kröber erfahren habe«, sagte Nico, »habe ich mich in Grund und Boden geschämt. Tausend Gedanken sind mir durch den Kopf geschossen ... ich bin immer noch ein bisschen verwirrt.«

Monika rettete die Situation: »Darf ich Ihnen ein Glas Sekt anbieten?«

»Aber gerne«, sagte Frau Samartini.

Samartini hatte Bodo entdeckt, er ging auf ihn zu, packte seine Hand und zog ihn etwas beiseite.

»Guten Tag, Herr Kröber, herzlichen Glückwunsch zu Ihrer gelungenen Recherche! Sie sind ja da sehr hartnäckig gewesen, Kompliment! Endlich wissen wir, was aus Luigi geworden ist.«

»Tja«, meinte Bodo und schob seine Nase schnell nach links, »traurige Sache das, nicht wahr?«

»Würde ich nicht so sehen! Wir sind eher erleichtert, wir konnten durch Sie eine dunkle Stelle im Familienstammbaum erhellen. Aber Trauer oder sogar Hass ist fehl am Platz. Hier im Hof kann keiner etwas für das, was vor langer Zeit passiert ist.«

»Schön, dass Sie das so sehen«, meinte Bodo, »das wird Nico entlasten. Er hat sich Vorwürfe und alle möglichen, schrecklichen Gedanken gemacht.«

»Braucht er nicht«, sagte Samartini, dann neigte er seinen Kopf zu Bodo und sagte leise: »Übrigens, den Detektiv in Trier brauche ich nicht, die Sache hat sich erledigt.«

»Ich weiß«, sagte Bodo lächelnd.

»Woher wissen Sie ...?«, fragte Samartini verblüfft.

»Ich bin doch Detektiv, deswegen weiß ich immer ein bisschen mehr!« Er drehte sich um: »Darf ich Ihnen meine Freunde vorstellen? Das ist Claire, meine Lebensgefährtin, sie hat einen entscheidenden Anteil an der Aufklärung dieser Geschichte. Madeleine und Berthold aus Zell, sie haben uns mit ihrem Boot hierher geschippert.«

Samartini stellte sich vor und meinte dann: »Geschichte sagten Sie gerade, Herr Kröber, das ist ein gutes Wort für diesen Vorfall von vor hundertfünfzig Jahren. Das ist nur noch eine Geschichte, sonst nichts mehr!«

Durch das Hoftor knatterten Dennis und Andrea, sie stellten den Roller ab und zogen die Helme aus. Andrea schüttelte ihre langen braunen Haare und war überrascht, als sie ihre Eltern sah: »Was ist denn hier los? Ihr hier? Warum, ist was passiert?«

»Ja, Andrea«, sagte Frau Samartini, »vor hundertfünfzig Jahren ist etwas passiert, das ihr wissen müsst. Kommt, ich erzähl es euch.«

»Wird es jetzt spannend?«

»Und wie!«

Sie setzten sich an den langen Tisch. Samartini, Monika und Nico kamen hinzu und Frau Samartini sagte: »Eigentlich müsste Herr Kröber als Außenstehender die Geschichte unserer Familien erzählen. Wie wärs, Herr Kröber? Sie haben den gesamten Ablauf und die Recherchen dazu im Kopf.«

»Gerne«, sagte Bodo, »aber nur, wenn ich ein volles Glas Wein vor mir stehen habe! Es wird nämlich etwas dauern.«

»Kein Problem«, lächelte Monika, sie schenkte allen ein und Bodo erzählte die ganze Geschichte vom roten Skelett am Viadukt. Als er geendet hatte, schauten Dennis und Andrea sich an. Andrea sagte: »Jetzt erst recht!« Sie umarmte Dennis und gab ihm einen Kuss.

Und Dennis sagte: »Ich denke, das ist die beste Art, diese schreckliche Geschichte zum Guten zu wenden. Wir werden heiraten, und zwar schon bald. Ihr seid alle eingeladen!«

»Bravo«, sagte Samartini, und seine Frau reichte Dennis die Hand. »Schwiegersohn Dennis, das klingt gut«, meinte sie lächelnd.

Nico ging zu den Weinflaschen, nahm eine aus dem Weinkühler, sah aufs Etikett und nickte.

»Recht hat sie! Jetzt erst recht«, murmelte er und schenkte sich ein Glas ein. Er probierte, dann sagte er: »Kommt Leute, holt euch frische Gläser! Der Wein hier – im Holzfass ausgebaut, zehn Monate lange schonende Gärung – hat eine kräutrig würzige Note, das ist ein Wein mit Biss!«

Er und Monika schenkten allen ein, dann hob er sein Glas und sagte mit bewegter Stimme:

»Das ist der Wein, der bei der Hochzeit von Dennis und Andrea ausgeschenkt werden wird. Eine Spätlese vom roten Schiefer, gewachsen über dem Viadukt. Zum Wohlsein!«

Spät in der Nacht ging die Schiffsbesatzung durch den Ort zum Anlegesteg. Es war eine laue Sommernacht, der Mond war fast voll und leuchtete mit den glitzernden Sternen um die Wette. Claire schwärmte: »Das war heute Abend so was wie eine Verlobung bei den Veiths. Schön wars!«

Berthold hielt Madeleine an der Hand und sagte: »Also, Madeleine, wir sind ja jetzt zu der Hochzeit von Dennis und Andrea eingeladen. Da könnten wir doch mal genau hinschauen, wie so was funktioniert, und dann könnten wir das ja nachmachen.«

Madeleine blieb abrupt stehen und ließ Bertholds Hand los: »Was hast du da gerade gesagt? Nachmachen? Das heißt wir beide … du willst … du und ich … war das gerade ein Heiratsantrag oder was?«

»Versuchen könnten wir es doch mal«, sagte Berthold schüchtern. Madeleine ging einen großen Schritt auf Berthold zu, dann blieb sie dicht vor ihm stehen und umarmte ihn.

»Wir gehen dann schon mal vor«, sagte Bodo lachend, während Berthold und Madeleine sich küssten. Er zog Claire an der Hand mit sich und sie gingen zum Boot.

Nach ein paar Minuten kamen Berthold und Madeleine glücklich angeschlendert.

Sie lösten die Leinen vom Poller, Berthold startete den Motor und legte den Fahrthebel nach vorne. Langsam glitt das Boot auf die Mitte des Flusses. Im Wasser spiegelten sich die Lichter der Uferpromenade.

»Kannst du eigentlich noch fahren?«, fragte Bodo.

»Ich habe höchstens eine Flasche Riesling getrunken, die macht mir gar nichts aus«, lachte Berthold.

»Und die zusätzlichen Gläser zählst du nicht?«

»Ach, das waren doch nur kleine Schlückchen zum Probieren«, erwiderte er.

»Wir hatten schließlich zwölf Proben, und am Anfang ein Glas Sekt«, setzte Bodo noch einen drauf.

»Jetzt hör endlich auf damit«, sagte Berthold ungehalten, »wie du siehst, fährt das Schiff geradeaus, es kommt kein anderes Schiff entgegen, den Mond und die Sterne haben wir als Beleuchtung, und die Wasserschutzpolizei schläft schon lange!«

Plötzlich gab es einen lauten, dumpfen Schlag. Das Boot schaukelte kräftig hin und her und Madeleine schrie erschrocken: »Was war denn das?«

Claire lachte und zeigte nach hinten, wo eine schaukelnde, grüne, jetzt eingedellte Boje im Dunkeln verschwand.

»Oh, Entschuldigung«, murmelte Berthold zerknirscht, »die habe ich irgendwie übersehen.«

Dank an:
Elisabeth, meine Frau,
Franz Piacenza
Jupp und Kurt, Lokomotivführer
Clemens und Rita, Winzer
Georg und Frau Mense, Doktores,
Winfried, Archivar,
Manfred, Bahnspezialist,
Karl Heinz und Felix, Polizisten
Simone, Hundeführerin
Hildegard und Josepha, Zeitzeuginnen